KB263048

北京人

역자

구광범 具洸範

동국대학교 중문과 졸업
中國 黑龍江大學 중문계 석사
中國 華東師範大學 중문계 박사
현재 관동대학교 중국학과 교수

저서
『漢語情景會話』
『中國現當代散文읽기』
『21세기 중국어』
『표준중국어』 등

북경인 北京人, 3막극

인쇄_ 2004년 6월 5일
발행_ 2004년 6월 10일
지은이_ 차우위(曹禺)
옮긴이_ 구광범
펴낸곳_ 도서출판 선학사
펴낸이_ 이찬규
등록번호_ 제03-01157호
주소_ 서울시 용산구 한강로1가 141-3
전화_ 02-795-0350
팩스_ 02-795-0210
ISBN_ 89-8072-143-9 03820
값 12,000원

北京人

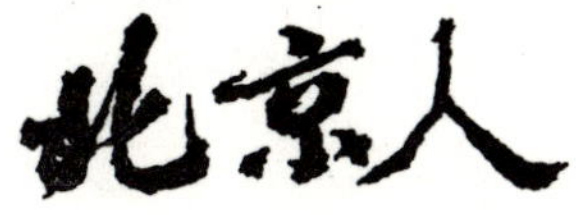

| 3막극 |

차우위 曹禺 著
구광범 譯

선학사

海內存知己，天涯若比隣

이 세상에 知己만 있다면야
하늘 끝이라도 다 이웃인 것을

― 王勃[1]

---

1) 왕발(650-676) 字는 자안(子安), 降州龍文(지금의 山西省 稷山縣)사람. 初唐 시인으로 楊炯, 盧照隣, 駱賓王과 더불어 '初唐四杰'로 불린다. 저서로는 《王子安集》 20권이 있다. 위의"海內存知己" 구절은 그의 시 《送杜少府之任蜀川》에서 인용한 것임.

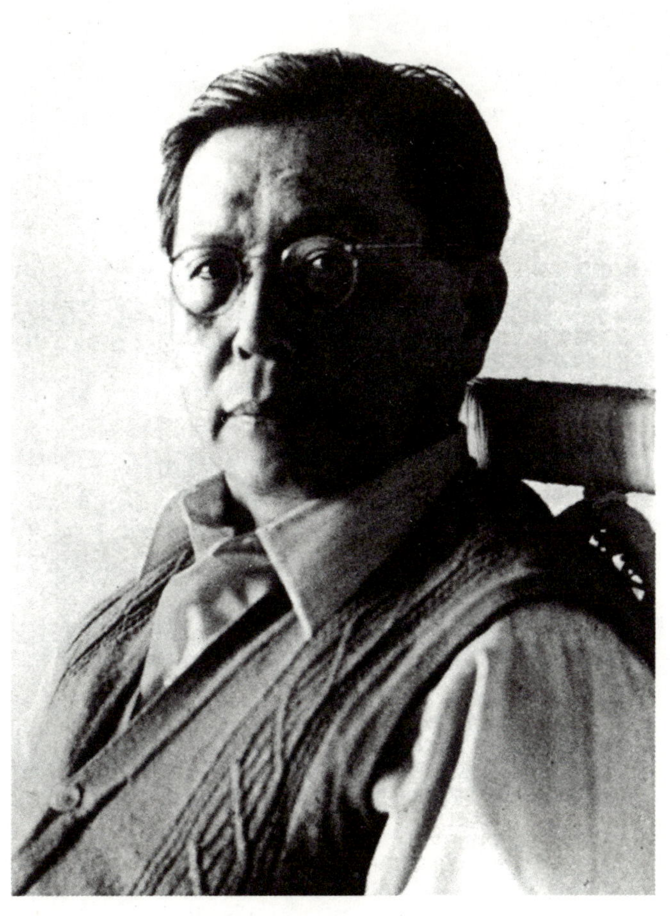

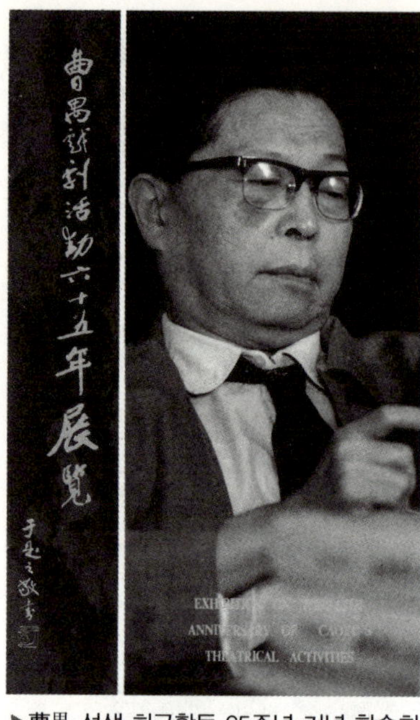

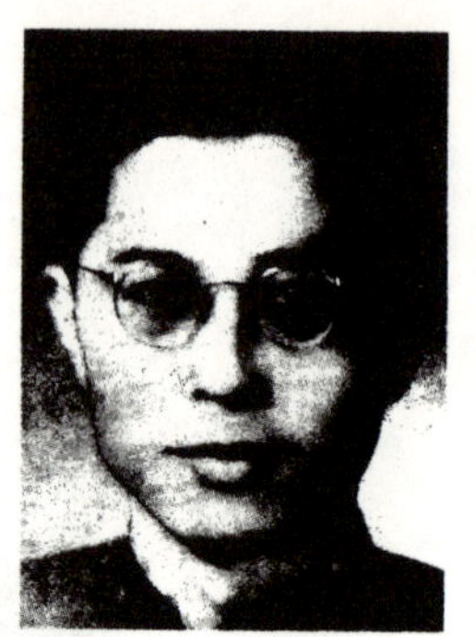

▶曹禺 선생 희극활동 65주년 기념 학술회 초청장(1990년)

▶차우위의 청년시절

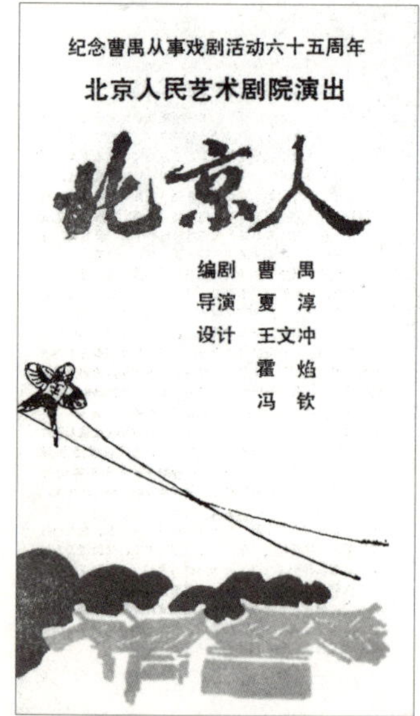

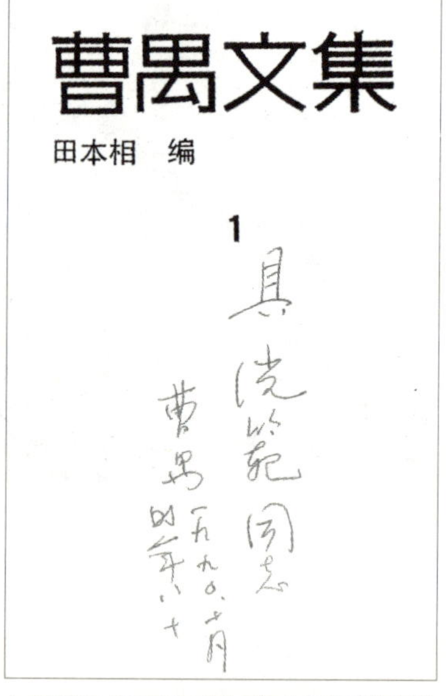

▶曹禺 선생 희극활동 65주년 기념 학
술회 때 공연한 《北京人》의 팸플릿

▶역자가 1990년 학술회 때 차우위(曹禺)
선생으로부터 받은 친필 서명

역자 서문_

역자가 차우위(曹禺) 선생의 작품을 처음 접한 것은 한·중 수교 전인 1990년 가을로 기억한다. 그 해 뻬이징에서 중국 문화부 예술위원회 주최로 曹禺 선생의 희극활동 65주년을 기념하는 「曹禺戲劇創作學術研討會」가 개최되었는데, 역자는 이 학술회에서 曹禺 선생의 대변인 격인 당시 中國藝術研究院 話劇研究所 소장 田本相 선생의 소개로 병석에 누워있는 曹禺 선생을 잠시 만나볼 수 있었다. 역자는 曹禺 선생을 뵙고 많은 이야기를 나누고 싶었지만 선생의 병이 중한지라 대화까지는 나눌 수가 없었다. 할 수 없이 선생의 대리인 田本相 선생을 통해서 여려가지 이야기를 들을 수 있었는데, 田本相 선생께서는 曹禺 선생에 대한 한국 내 연구 상황을 알고 싶어하였고, 역자의 설명을 들은 田本相 선생께서는 曹禺 선생 대표작품을 한국에 번역하여 소개해 줄 것을 부탁하였다. 마침 역자 또한 학위논문으로 曹禺研究를 생각하고 있었던 때라 쾌히 田本相 선생의 요청에 동의를 하였고, 그 후 8개월 후인 2000년 7월에 《雷雨》와 《北京人》두 작품에 대해 번역 작업을 마쳤다.

두 작품의 출판을 섭외하기 위해 방학을 이용해 잠시 귀국한 역자는 여러 출판사를 수소문하였지만 희극이라는 장르의 특수성 때문에 출판사 섭외가 그리 쉽지가 않았다. 끈기를 갖고 여러 출판사에 문의한 끝에 마침내 모 출판사의 출판 동의를 얻어 두 작품의 번역원고를 건네주었지만, 뜻밖에도 이 출판사의 도산으로 출판이 취소되었고 설상가상으로 번역원고마저 분실하는 어처구니없는 일이 발생하였다. 나중에 알게 되었지만 출판사가 도산하고 서적을 정리하는 와중에 분실하게 되었다고 한다. 그

당시 역자는 아직 컴퓨터를 사용하지 않았던 때인지라 복사본 하나 없이 번역원고 원본을 그대로 잃어버리게 되었고, 개인적으로는 너무도 아쉬운 일이었지만 무엇보다 曹禺 선생과 田本相 선생께 약속을 지킬 수 없었던 것이 안타까웠다.

이런 일이 발생한 후 역자는 석사학위논문 준비로 인하여 재 번역에 투자할 시간적 여유가 없었고, 석사학위를 수료하고서도 곧바로 박사과정에 진학하게 되어 좀처럼 짬을 내기가 힘들었다. 사실 시간이 없었다는 것은 핑계일 수도 있다. 역자가 曹禺 선생과의 약속을 이렇게 차일피일 게으름을 피우며 미루고 있을 때, 다행히도 다른 역자에 의해 曹禺 선생의 대표작인 《雷雨》, 《日出》, 《原野》가 번역되어 출판되었다.

최근 역자가 현대문학을 강의하면서 曹禺 선생 작품을 집중적으로 분석할 기회가 있었는데, 아직 중국어 원문에 두려움을 갖고 있는 학생들에게 작품의 이해를 도모하고 또한 예전에 曹禺 선생과 한 약속을 늦게나마 꼭 지켜야겠다는 생각에서 그의 대표작 중의 하나인 《北京人》을 재 번역하기로 결심하였다. 《北京人》은 예전에 한번 번역을 한 작품이기 때문에 쉽게 생각하고 시작했지만 역시 번역이란 작업은 만만한 작업이 아님을 다시 한번 실감하였다. 우여곡절 끝에 《北京人》을 번역 출판하게 되어 감개가 무량하다. 또한 이번 출판으로 이미 세상을 떠나신 曹禺 선생과 약속을 지키고 그동안 曹禺 선생께 느꼈던 송구함을 조금이나마 덜 수 있는 것 같아서 조금은 마음의 가벼움도 느낀다.

역자가 이번 번역에 사용한 《北京人》의 원문은 1942년 최초 판본에 의하여 1988년 田本相 선생이 편한 中國戲劇出版社 《曹禺文集》 제2권에 수록된 판본을 원문으로 삼았고 간혹 오자라고 판단되는 부분에서는 《中國新文學大系》(1937-1949) 제15권을 참조하였다. 또한 본문 속의 중국어 한글표기는 엄익상 교수의 《중국언어학 한국식으로 하기》를 참고하였고, 우리에게 아주 친숙한 일부 인명에 대해서는 우리말 음 그대로 표기하였음을 밝혀둔다.

끝으로 희극이란 장르가 시장성이란 측면에서 많은 출판사에서 출판을 주저함에도 불구하고 중국문학 소개라는 대의를 더 중시여기고 출판을 적극 지지해 주신 선학사 이찬규 사장님께 진심으로 감사를 드린다.

2004년 2월

구 광 범

등장인물_

쩡하우 曾皓	뻬이핑(北平)2)의 한 몰락한 舊 세가의 노인, 약 63세.
쩡원칭 曾文淸	쩡하우의 장남, 36세.
쩡쓰이 曾思懿	쩡하우의 큰며느리, 38세.
쩡원차이 曾文彩	쩡하우의 딸, 33세.
지앙타이 江泰	쩡하우의 사위. 쩡원차이의 남편. 초창기 해외 유학생, 37세.
쩡팅 曾霆	쩡하우의 손자. 쩡원칭과 쓰이 사이의 아들, 17세.
쩡뤠이전 曾瑞貞	쩡하우의 손자며느리. 쩡팅의 아내, 18세.
쑤팡 愫方	쩡하우의 이질녀, 30세쯤.
천어멈 陳奶媽	쩡원칭을 키운 유모, 60세쯤.
샤우주얼 小柱兒	천어멈의 손자, 15세.
장순 張順	쩡씨 집안의 하인.
위앤런깐 袁任敢	인류학을 연구하는 학자, 38세.
위앤위앤 袁圓	위앤런깐의 외동딸, 16세.
뻬이징인 北京人	위앤런깐의 학술 탐사대에서 트럭을 수리하는 거인.
경찰	
관棺**을 파는 상인**	갑, 을, 병, 정

---

2) 뻬이징(北京)의 지명은 1928년 '뻬이핑(北平)'으로 개칭하였다가 1949년 다시 원래의
  北京으로 환원하였다. 원문에서 작가가 北京을 北平이라 말한 것은 1941년 이 작품을
  탈고할 당시 北京을 北平이라 불렀기 때문이다.

장 소_

제1막: 추석 날, 뻬이징 쩡씨 집의 작은 거실 내.

제2막: 당일 밤 11시쯤, 쩡씨 집의 작은 거실 내.

제3막: 제1막의 시간 보다 약 한 달이 지난 후, 밤 3시쯤 쩡씨 집의

　　　　작은 거실.

北京人

제1막

추석 날, 정오가 가까운 시간에 뻬이징의 쩡(曾)씨 집안의 오래된 저택의
작은 거실 안은 사람 하나 없이 쥐죽은 듯 조용하다. 단지 오른쪽 벽에
길게 걸려 있는 벽시계만이 느릿느릿 '똑-딱 똑-딱' 힘없이 움직이고 있다.
거실 밖에는 주인이 기르는 흰 비둘기가 무리를 지어 구름 속에서 배회하
고, 때때로 가을 바람을 타고서 비둘기에 달아 멘 냉랭한 호루라기 소리가
이상하게도 맑고 곱게 들려온다. 이는 은피리에서 흘러나오는 천상의 소리
같아서 오랫동안 어두운 병실에 누워 있는 환자도 참지 못하고 고개를
들어 쳐다보게 할 정도다. 뒤쪽의 큰 거실에서 한 짝의 넓은 창문을 통해
내다보면 두세 개의 흰 구름이 드넓은 하늘에 걸려 있다.

이 작은 거실은 안채의 큰 객실과 앞 뒤뜰의 동쪽 방과 서로 교차하는
위치에 있는데, 방에는 모두 네 곳의 출입구가 있다. 오른쪽 문은 천어멈의
침실과 통하는데, 문 앞에는 정교하게 짠 청록색 망사 커튼이 걸려 있다.
방 왼쪽 문은 작은 마님 —쩡원차이와 서양 유학을 다녀온 지앙타이 부부
의 침실로 통하는데, 문 앞에 아무것도 걸려 있지 않고 비교적 작고 지저분

한 것을 봐서는 방안의 치장에도 거의 신경을 쓰지 않는 것 같다. 작은
거실 뒷벽은 거의 대부분이 줄을 지어서 긴 종이 칸막이와 벽장 같은 작은
서재로 둘러있다. 이 한 줄의 종이 칸막이는 안채의 옆문이고 작은 거실의
3분의 2의 자리를 차지하고 있다. 문지방은 바닥으로부터 한 사람 키정도
의 높이로 돌계단을 한 걸음 뛰어오르면 문안의 큰 객실로 들어오게 된다.
날씨가 좋고 종이 칸막이도 완전히 밀쳐져 있어서 안채의 기상을 엿볼
수 있는데, 넓고 확 트인 모습은 한때 성황을 누린 사대부 집안처럼 보인다.
안쪽의 큰 객실 창문은 모두 우측으로 열려 있고 앞마당으로 향한 문은
활짝 열려 있어서 정원 속의 짙푸른 대추나무, 등나무, 백양나무들이 내다
보인다. 이때 눈부신 햇살이 객실 창문을 통해 바닥을 비치고 다시 반사된
빛이 방안 그림자를 아른거리게 하여 마치 물 속에 있는 듯 하다. 어둡게
색이 바랜 기둥의 금분(金粉)과 천장에서 떨어져 나간 장식마저도 이 햇살
에 반사되어 광채가 선명하다. 이것은 관객 가까이에 있는 어두운 작은
응접실과 확연한 대조를 이룬다. 매년 초여름 무더운 날씨면 집주인은
큰 객실과 통하는 모든 문짝을 가리고 단지 왼쪽의 뒤쪽 벽 작은 서재
안의 원형 창문에서 약간의 빛만을 세어 들어오게 하여 어두운 작은 거실을
시원스럽게 한다. 집안의 주인은 평소 뒤뜰 침실을 떠나기를 싫어하지만
가끔은 이곳에 와서 휴식을 아니 할 수 없게 한다. 이 작은 서재는 뜻밖에도
이름까지 있는데 문 머리에 주인이 전서(篆書)로 쓴 '양심재(養心齋)'라는
세 글자의 편액이 횡으로 걸려 있다. 사실 이곳은 단지 작은 거실의 벽장으
로 작은 거실의 3분의 1을 차지하지만 크다 하더라도 작은 거실의 구석방
정도라 할 수 있다. 서재의 정면 창문을 통해 뒤뜰 홰나무 가지를 바라볼
수 있고 왼쪽 문(거의 보이지 않음)은 곧바로 뒷마당과 쩡 노인네 침실로
통하게 되어 있다. 이 구석방안에는 벽을 따라서 선장본(線裝本) 책으로

가득 찬 책장이 놓여 있고 창 앞에는 주인이 아끼는 녹나무 책상과 자단나무 걸상이 있다. 책상에는 필묵, 그림 도구, 도자기, 골동품들이 놓여 있는데 모두 매우 고풍스럽고 정교하기 그지없다. 이 집 주인들은 이곳에서 그림을 그리거나 시를 읊고 어떤 때에는 경서를 읽거나 한담을 하고 점을 치기도 하는데, 무료해지면 잠시 낮잠을 청하기도 한다.

말하자면 이 작은 거실은 이전에는 밀담을 나누던 장소였다. 쩡씨 가문이 흥성했을 때 손님이 무수히 드나들었는데, 경덕공(敬德公)은 이 집 가문을 일으킨 선조로 하나의 규율을 만들었다. 그것은 허물없는 주인의 친구들이 모두 규율에 따라 이곳에서 그가 조정의 업무를 마치고 돌아올 때까지 기다렸다가 양심재에서 밀담을 나누기도 하고 혹은 양심재를 나와 뒤뜰 방에서 긴 이야기를 나누기도 하는데, 이렇게 해서 큰 거실에서 기다리는 젊은 사람과 구별을 지었다. 지금은 백발의 노인이 된 쩡 노인은 당시에는 아주 젊어서 풍류를 탐닉하는 귀족의 후손처럼 기세가 당당하고 매일 기생집을 드나들며 새를 기르고 풍류를 즐기면서 부잣집 도령의 태평세월을 보냈다.

지금은 몇 십 년이 지났지만 이 방은 여전히 쩡씨 집안 자손들이 모여서 담소를 나누는 장소이다. 왜냐면 가문의 광채와 선조가 물려준 애정이 모두 이곳에 집중되어 있는 것 같아서 설사 불효한 자손들이 다시는 예전의 경덕공같이 가문을 빛낼 수 없지만 지난날의 번영을 회상하며 선조의 숨결이 살아 있는 이곳에서 머리 숙여 배회하지 않을 수 없고 차마 떠날 수 없기 때문이다. 또 한편으로는 집안 일을 총괄하는 큰 마님(경덕공의 손자며느리)과 그녀의 남편이 오른쪽 옆에 기거하고 있어서 분부나 상의를 하려면 자연 이곳을 떠날 수 없다. 게다가 이 방은 사방팔방으로 통하고 대단히 신경 써서 지었기 때문이기도 하다. 우리들은 현재 마룻대와 들보에서 지난날의 휘황찬란했던 흔적을 엿볼 수 있다. 지금은 가세가 쇠약해져서 큰 객실과 서쪽 사랑채 모두를 부득이 인류학을 연구하는 학자에게 세를 주었지만 이쪽의 방은 다시는 쉽사리 타인에게 기거하지 않게 큼 하려고 한다. 이곳은 쩡씨 집안의 최후의 보류인 것이다. 설령 정원의 초목은 이미 시들고 집안의 기둥과 대들보가 퇴색되고 벽에 칠한 회칠도 대부분 떨어지고 부식되었지만 곳곳에는 다한 목숨을 유지해보려는 모습이 드러나 보이고 주인도 사면초가의 환경 속에서 억지로 버티며 이겨내 보려고 한다.

사실 언뜻 이 집을 보면 전혀 초라한 모습이 드러나 보이지 않는다. 우리들은 앞에서 육중한 시계가 아주 당당하게 장식되어 있음을 말한 적이 있다. 시계 뒤의 팔각형의 유리창은 번쩍번쩍 빛이 나고(뻬이징의 구식 집은 방과 방 사이에도 유리창이 있음) 안에는 살구 빛 휘장이 짙게 가려져 있는데, ― 큰 마님 성격은 원래 다른 사람에게 그녀가 안에서 무엇을 하는지를 보이고 싶어하지 않는다. ― 마치 아주 은밀한 비밀을 감추고 있는 것처럼. 시계 앞에는 금 비단으로 싼 옥(玉) 노리개(如意)가 놓여 있는데 조상이 자손에게 물려주기로 약정한 물건이다. 양옆에는 난초 화분과 20년 전 큰 마님이 시집을 때 패물로 가져온 붉은 화병 한 쌍이 놓여 있다. 책상 앞에는 홍목 탁자가 있는데 낡고 훼손이 되었고 위에는 자색 보가 깔려 있는데, 식사 때면 보를 치우고 식탁으로 대용한다. 현재는 큰 접시에 뻥탕후루3)가 놓여 있는데 산사(山楂) 열매로 만든 것, 포도로 만든 것, 올방개(荸薺)로 만든 것, 호도로 만든 것, 약콩으로 만든 것, 혹 대추로 만든 것, 배를 잘라 만든 것, 귤 조각으로 만든 것 등 그 신선한 색깔은

---

3) 뻥탕후루(冰糖葫蘆)는 과실류를 꼬치에 꿰어 사탕물을 말라 굳힌 일종의 과자.

사람들에게 절로 군침을 삼키게 한다. 탁자 가까이에 두세 개의 의자와 하나의 낮은 걸상이 있는데 모두 깨끗하게 닦여 있다. 왼쪽 벽쪽에는 반원형 자단목 탁자가 쩡원차이 방문 어귀에 놓여 있고 탁자 위에는 불감나무 화분과 푸른 비단으로 싼 코담배 병 몇 개 그리고 두서너 권의 고서가 놓여 있다. 방 중앙에는 투명한 어항이 있어서 그 속에서 금붕어가 유유히 헤엄을 치며 노닌다. 탁자 앞에는 두세 개의 작은 소파와 하나의 차탁이 있는데 배치가 유별난 것이 아마도 유학생 지앙타이의 생각인 것 같다. 이쪽 벽에는 행서로 쓴 동기창4)의 글이 걸려 있는데 표구가 아주 고풍스럽다. 양심재 가까이 벽 구석에는 흰 비단을 씌운 칠현의 거문고가 걸려 있는데 등황색의 술이 무겁게 늘어뜨려져 있다. 뒤쪽 양심재와 큰 객실의 칸막이 사이는 비어서 흰 벽이고 한 폭의 빼어난 대나무 묵화가 걸려 있는데 표구한지가 오래되어 보이지 않는다. 이 묵화의 오른쪽으로 5척 높이의 흑단 목에 용을 조각한 스탠드가 서 있는데 용의 입가에는 꽃과 새가 그려져 있는 사각형의 짚 푸른 청사초롱을 물고 있다. 왼쪽의 백색 바탕에 푸른 무늬를 입힌 명나라 때의 주둥이 넓은 자기 항아리 속에는 십여 개의 그림 두루마리가 비스듬히 꼽혀 있다. 항아리 옆의 두 개의 장방형 걸상 위에는 트렁크가 뚜껑을 닫지 않은 채로 놓여 있다.

　방안은 고요하고 하늘엔 비둘기 울음소리가 끊겼다 이어졌다 한다. 바깥의 긴 골목에서는 아마도 어떤 이가 힘들게 느릿느릿 뻬이징 특유의 외바퀴 물 수레를 밀고 있는 것 같고, 수레는 돌로 포장된 울퉁불퉁한 좁은 골목길에서 '삐거덕 삐거덕' 소리를 내며 지나간다. 이 답답한 바퀴소리는 멀리서

---

4) 동기창(董其昌 1555-1636) 자는 재(宰), 호는 사백(思白), 향광거사(香光居士). 華亭 (지금의 上海 松江)사람. 명대의 서화가이다. 작품으로는 《容臺集》《容臺別集》 《畵禪室隨筆》《畵旨》《畵眼》 등이 있다.

가깝게 또 가까이서 멀리 퍼지는데 중간에 가끔 멜대를 멘 이발사가 치는 소리(연철로 만든 일종의 큰 집게 같은 것으로 가운데에 못을 박아서 '찰찰' 금속 소리를 냄)가 섞여서 마치 왕벌이 윙윙거리는 소리처럼 난다. 사이를 두고 또 칼 가는 사람이 불어대는 '뿌뿌뿌' 깨진 나팔 소리가 단조로운 분위기를 깨트린다.

방안은 사람이 없어 적막하고 엷은 호박색 사기 화분에 심어서 재배하는 소심(素心) 난은 조용히 그윽한 향기를 품어내고 있으며, 미풍이 불어와서 창 밖에서도 물푸레 꽃의 달콤한 향기가 스며들어 온다.

[잠시동안]

[멀리 큰 객실로 통하는 앞마당의 문에서 쩡씨 큰 마님과 장순이 들어온다. 그들은 얼른 큰 거실을 지나쳐서 눈앞의 이쪽 방으로 천천히 걸어 들어온다. 장순은 서른 살쯤 된 뻬이징 사람으로 공손하고 근면한 하인인데 약간은 초조하게 큰 마님 뒤를 따라 들어온다.]

[쩡쓰이(큰 마님의 이름)는 어려서부터 사대부 집안의 훈육을 받고 자란 여인이다. 스스로가 교양과 예절이 밝고 총명하고 일을 잘한다고 자부하면서 종일 웃는 얼굴을 짓지만 마음속에는 칼을 품고 있고, 허위 적이고, 이기적이고, 말이 많으며, 여태껏 자성할 줄 모르고 살아왔다. 평소 본인은 인심도 많고 대범하다고 여기고 주위 사람들에 대해서는 모두 그녀를 모략하는 이리나 생쥐들이라고 여긴다. 입으로는 늘 "겸손과 인내심을 품고 있다"고 말하면서 마음속에는 늘 남의 이익 따위에는 개의치 않는다지만 정녕 자신은 "손해를 볼 수 없다"고 이리저

리 머리를 쓴다. 본래 질투심과 의심이 많고 또한 유달리 자신의 감각이 민감하다고 착각하고 있다. 그녀는 어떠한 말 한마디에서도 악의에 찬 비방을 알아차릴 수 있고 배후에는 반드시 음흉한 모략과 계산이 있다고 여기고 종일 두려움에 전전긍긍한다. 다행스러운 것은 스스로 생각해 낸 간사하고 은밀한 분위기 속에서 남몰래 투쟁할 뿐이다. 말투는 위선적이고 어색하기 그지없지만 겸손하고, 온화하고, 효도하고, 어질고… 현모양처가 응당 갖추어야할 각종 미덕을 드러낸다. 이렇게 함으로써 친척들에게 현모양처란 칭찬을 듣고 싶어하지만 친척들은 암암리에 그녀를 싫어하지 않는 사람이 없고, 그녀는 언제나 교활한 여우처럼 남에게 탄로 날 비웃음의 꼬리를 드러낸다. 그녀는 절대로 어질거나 효도한다고 할 수 없다(그녀는 늙어서 죽지 않은 시아버지를 무척 싫어한다). 스스로 보기 드문 며느리라고 허풍을 떨고 재물을 목숨과 같이 여기면서 오히려 자신이 제일 인심이 후하다고 쉽게 말을 한다. 남몰래 다른 사람에게 해를 끼치는 것은 그야말로 습관처럼 되었지만 자신의 미덕을 편애하고 찬미하며, 곁에 있는 며느리를 학대하다시피 하면서 항상 사람들 앞에서는 남을 너무 후하게 대한다고 탄식한다. 어떤 이는 그녀가 음험하고 잔인하다고 하고 또 어떤 이는 그렇지 않다고 말한다. 음험하고 잔인하다고 말하는 사람들은 그녀의 웃음 속에 칼이 숨겨 있어서 마음속에 얼마나 편협한 비밀을 품고 있는지 몰라서 싫어하고 그렇지 않다는 사람은 그녀가 마치 쥐처럼 담이 작고 도적을 두려워하고, 가난을 두려워하고, 죽음을 두려워하는 등 일체의 악인과 조그만 재난에도 두려워하기 때문이라고 한다. 언뜻 보기에 울타리 밑의 연약한 풀처럼 보여서 그녀의 원한이 어디서 태동하는지 모르지만 그녀는 반드시 잔인하게 싹과 뿌리를 밟아 제거해야만 하고 남을 쐬거나 물어 버릴 수 있는 벌이나 뱀을 만나면 얼른 피해서 다른 말을 하고 자신의 수양을 칭찬한다. 아무튼 그녀는 스스로가 총명하고, 능력이 있고, 대단하고, 포부가 있는 사람이라고 여긴다. 단지 쇠약해진 사대부 집안에 잘못 시집 온 것을 애석해하고 자신이 무엇 때문에 굳이 여자의 도리를 갖추어야 하는지를 원망한다. 그녀의 키는 크지 않고 토끼 눈처럼 약간 사시 눈이다. 이마는 넓고 높은 콧대에 두터운 입술, 치아는 앞쪽으로 돌출 되었고 검은 두 눈썹은 칼로 자른 듯이 가지런하면서 매섭게 그렸다. 말을 할 때는 극도로 상대방의 표정을 훔쳐보고 행동거지와 눈치가 매우 빠르다. 그녀는 마흔이 안되었지만 이미 몸이 뚱뚱해져서 얼굴이 부어 있는 듯 하다. 그녀는 자잘한 무늬를 넣은 얇은 노란색 치파오5)와 금색 수를 놓은 비단신을 신고 겨드랑이에는 번쩍번쩍 빛이 나는 열쇠 한 꾸러미를 끼고 손에는 장부를 들고 있는데 미간은 분노에 찬 모습이다.]

장   순 : (따라 웃으며) 어떻게 하는 것이 좋겠어요, 큰 마님?

쩡 쓰이 : (입술을 삐죽하고) 그 사람들더러 문간방에 가서 기다려 보라고 해라.

장   순 : 그런데 그 사람들은 지금 달라고 하는데요―

---

5) 치파오(旗袍)는 중국 여인들이 청나라 때부터 입었던 중국 전통복장으로 옆이 터져 있는 원피스 모양이다.

쩡 쓰이 : 지금은 없어.

장   순 : 그 사람들 말은, (몹시 곤란해하며) 그 사람들 말로는―

쩡 쓰이 : (미간을 찌푸리며) 뭐라고?

장   순 : 그 사람들 말로는 관에 칠을 할 때 노 나리께서 이것저것 고르
시면서 서른 번이든 쉰 번이든 칠을 하라고 하셨대요. 지금은
푸지앤(福建)칠6)도 했고 관도 들여 놓았으니, (따라 웃으며) 큰
마님께 돈을 달라고 하는데, 돈을 바로―

쩡 쓰이 : (교활한 웃음소리를 내며) 그 사람들더러 노 나리한테 가서 달라고
해. 그리고 그 사람한테 말해, 관은 내가 쓸 것이 아니라고.
그들이 기다릴 수 없다면 관을 가져가라고 해. 거무칙칙한 관을
집안에 들여놓으니 난 불길하기 짝이 없는데.

장   순 : (온순하게) 제 생각엔 좀 빌려서라도 주는 것이 좋겠어요. 추석
날에 칠을 했는데, 큰 마님.

쩡 쓰이 : (태도를 바꾸고) 칠 가게에서 네게 얼마나 좋은걸 줬기래, 넌 저렇
게 돈을 요구하는 놈들의 말을 싸고도는 거야.

장   순 : (웃는 얼굴로, 해명하며) 그런 게 아니라, 큰 마님, 보세요―

[천어멈, 육순이 넘은 노인으로 큰 객실에서 앞마당으로 통하는
문으로 약간 비틀거리며 들어온다. 그녀는 쩡씨 집안에서 수년
간 일해 온 하인으로 큰 마님의 남편이 바로 그녀의 젖을 먹고
자랐다. 40년 전 그녀는 쩡씨 집안이 전성시대를 이룰 때 들어왔
는데 죽은 노마님의 믿음직한 하인이었다. 그녀는 시골에서

─────────────────────

6) 푸지앤(福建)칠: 푸지앤(福建)은 쓰추안(四川)과 함께 중국 고대로 유명한 칠예술이
발달된 곳이다.

왔고 성격이 솔직하고 말하는 것이 시원시원하며 쩡씨 집 자녀
들을 대할 때면 마치 친자식처럼 여긴다. 최근에 자신의 아들이
여러 번 고향에서 살기를 권고해서 집으로 돌아가 살지만, 얼마
지나지 않아 그녀 주인의 자녀들이 그리워서 늘 시골 토산품을
가지고 방문하곤 한다. 이번에도 또 자신의 친손자를 데리고
막 시골에서 명절 문안을 하러 왔다. 비록 발걸음은 불안해
보이고 머리칼은 반백이 되었지만 얼굴은희고 홍조를 띠고 있고
말소리도 대단히 우렁차서 여전히 아주 건강하게 보인다. 약간
은 가는귀가 먹었고 얼굴은 항상 유쾌한 미소를 짓고 있다.]
[그녀는 집에서 지금처럼 아주 잘 지내고 있다. 마음은 자상하
나 말이 많고 쩡씨 집안 사정을 누구보다도 많이 알고 있어서
할 말이 있으면 곧 하는데, 쩡씨 집안 위아래 누구도 그녀를
말리지는 못한다. 그녀는 옅은 남색 웃옷을 입고 청색 비단
조끼를 걸쳤고 검정 바지에 낡은 검정 헝겊신을 신고 있다.
회색 쪽머리에는 삐뚤게 붉은 꽃 한 송이를 아담하게 꽂았다.]

장　　순 : (놀래며) 아, 천어멈, 오셨어요.

천　어멈 : (급하게, 몸을 내밀며 예의를 표시했다고 생각하고) 큰 마님, 나 참,
돈을 요구해도 그렇지, 저럴 수 있어요. 장사치들은 아마도 저
렇게 돈을 받아내나 보죠! (고개를 돌려 화를 내며) 장순아, 너
나가서 그놈들 냉큼 꺼지라고 해! 저런 놈들은 내 본적이 없어
요, 큰 마님. (분에 차서 여전히 숨을 헐떡인다.)

쩡　쓰이 : (얼굴에 웃음을 띠고) 언제 오셨어요, 천어멈?

장　　순 : (미안한 투로) 어쩌죠, 천어멈?

천 어멈 : (가리키며) 그놈들 당장 물러가라고 해라! (고개를 돌려 큰 마님을
향해 웃는 듯 화내는 듯한 얼굴로) 전 그런 놈들 처음 봐요, 화가
치밀어 혼났어요. 마님, 문을 막고서 돈을 요구하는 놈들을 좀
보세요? (다시 몸을 돌려 장순에게 화를 내며) 너 그놈들에게 여기는
쩡씨 저택이라고 말해라. 만약 노마님이 살아 계셨으면 이렇게
버릇없는 놈들은 명함 한 장만 내밀어도 압송해갔을 텐데. 그것
이 몇 푼이나 된다고, 은화 몇 만냥은 가난한 늙은 나도 만져봤
어, (분개하며) 나 참, 너희들이 문을 막고 나를 들어오지 못하게
해.

쩡 쓰이 : (앞뒤 말을 듣고서 반 농담조로 그녀의 환심을 사고자, 장순에게) 맞다,
누가 감히 이렇게 무례하게 굴었단 말이냐, 우리 천어멈도 몰라
보고 말야?

천 어멈 : (얼굴에 웃음을 띠고) 그런 게 아니라 마님, 그놈들이 절 알아보고
말고가 중요한 것이 아니라 이 집 문을 못 알아보는 것이 화가
나는 거죠. 이 집 문은 제가 막 왔을 때 정사품, 정삼품 벼슬이
아니면 들어오지도 못했어요. (장순에게) 바로 네 할아버지 장차
이가 일년동안 이 문을 드나드는 관리들이 주는 돈만 받아도
땅을 사고 마누라를 얻고 자식, 손자까지 기르는데 충분했어,
(웃으며 가리키고) 그래서 네놈이 솟아난 거야.

장   순 : (늙은 행세를 하는 할아버지의 동료를 보고 별 수 없이 순종하고 웃으며)
그래 맞아요, 천어멈.

쩡 쓰이 : 앉으세요, 천어멈.

천 어멈 : 흥, 누가 저런 뻔뻔한 놈들을 거들떠봤다고, 무례한 놈? 내가
왔을 때 노 나리도 당시엔 도련님이셨지. (비교하며) 큰 도련님

　　　　　　도 이만했고, 그 때는─

쩡　쓰이 : (그녀를 밀어 앉히고, 한편으로 말리면서) 화내지 마시고 앉으세요.

　　　　　　천어멈, 대체 무슨 영문이에요.

천　어멈 : 흥, 팔월 추석을 새는데─

쩡　쓰이 : 천어멈, 그들이 어멈한테 뭐라 했기래요?

천　어멈 : (잘 듣지 못하고) 네?

장　　순 : 어멈이 귀가 멀어 듣지 못했어요. 큰 마님, 상대하지 마세요.

　　　　　　상대하면 끝이 없어요.

천　어멈 : 너 뭐라 했느냐?

장　　순 : (큰 소리로) 그 빚쟁이들이 어멈을 어떻게 얕봤는지 큰 마님이

　　　　　　물으셨어요?

천　어멈 : (알아듣고서 주머니에서 흰 종이로 된 계산서들을 꺼내서) 보세요, 그놈

　　　　　　들이 문을 가로막고 이 종이 쪼가리들을 내 손에 쥐어주면서

　　　　　　안 가지고 들어가면 안된데요.

쩡　쓰이 : (손에 넣고서) 오, 이거요!

천　어멈 : (가슴 조이며) 보세요, 이것들이 뭐예요!

쩡　쓰이 : (계산서를 훑어보고) 흥, 표구점에도 빚이 있네. 장순아, 너 문간방

　　　　　　젊은이들한테 가서 나리께서 안 계신다고 일러라.

천　어멈 : 아, 왜, 칭 도련님이!

쩡　쓰이 : (돈을 꺼내며) 우선 20원을 갖다주고 수고비는 좀 깎아 보렴!

　　　　　　나리께서 돌아오시면 정말 이렇게 많은 표구를 했는지 알아보

　　　　　　고서 다시 계산하자.

장　　순 : 그런데 포목점과 과일 가게, 또 관에 칠을 한 사람들은─

쩡　쓰이 : (참지 못하고) 나중에, 나중에 말해. 노 나리를 뵙고서 다시 말해.

장   순 : (왼쪽 문을 가리키며 낮은 소리로) 큰 마님, 고모부가 또 당신 방의
흙벽이 무너지려 한다면서 고쳐 줄 것인지 말 것인지 물으시며
아침나절 소란을 피우셨어요.

쩡 쓰이 : (침울한 표정으로) 너 고모부한테 말하렴, 안 고쳐주는 것이 아니
고 고칠 돈이 없다고 말야. 그럭저럭 쓰시라고 해, 노 나리께서
집을 팔려고 하시니까.

장   순 : (눈치를 못 채고) 큰 마님, 저희 방도 비가 새서 어제 밤에는—

쩡 쓰이 : (차갑게) 미안하다. 난 돈이 없으니 이따가 노 나리께 말해서
특별히 너에게 서양식 건물을 지어서 살게 해 주마.

[장순이 몹시 난처하여 어찌할 줄 모를 때, 바같에서 —]
[사람 목소리 : 장 아저씨! 장 아저씨!]

장   순 : 그래—

[장순이 큰 거실 문을 통해서 퇴장한다.]

쩡 쓰이 : (표정을 바꿔 몹시 친절하게) 천어멈, 오시는데 힘드셨죠, 덥지는
않았나요?

천 어멈 : (실망하며 달갑지 않은 기색으로) 참, 큰 마님, 저의 칭 도련님께서
안 계시다니 —

쩡 쓰이 : 서둘지 마세요. 당신의 칭 도련님(오른쪽 문을 가리키며)은 방에서
아직 자고 있어요. 금방 나와서 어멈께 추석 문안 올릴 거예요.

천 어멈 : 큰 마님, 절 놀리지 마세요. 전 유모예요, 하인은 하인이고 주인

은 주인인걸요. 마흔이 다 되어 며느리까지 있으신 큰 나리께서
어떻게 저에게—

쩡 쓰이 : (이렇게 하는 것을 좋아하며) 그럼 내가 먼저 어멈께 문안 인사를
올리게 해주세요.

천 어멈 : (황급히 일어나 끌며) 됐어요, 됐어요. 저를 황송하게 하지 마세요.
큰 마님도 이제 할머니가 되시는데. 아, 어떻게— (두 사람은
잠시 양보를 다투다가, 큰 마님은 당연히 절을 올리고 싶지 않은 듯, 그래
서—)

쩡 쓰이 : (웃음을 멈추고) 참, 정말.

천 어멈 : (매우 기뻐하며) 정말이지, 전 방금 듣고서 아찔했어요. 제가 이렇
게 먼길을 달려온 것은 바로—

쩡 쓰이 : (말을 가로채고) 칭 도련님을 보시려고.

천 어멈 : (타인에게 의중을 들키자 잠시 어리둥절하며 겸연쩍게 웃는다.) 마님은
정말 똑똑하세요. 아이, 저도 큰 마님, 쑤팡 아가씨, 노 나리,
고모님, 작은 도련님 부부, 이 집안 모든 식구들을 만나보고
싶지만 만나지 못하고 그냥—

쩡 쓰이 : 왜요?

천 어멈 : 오늘밤에 돌아간다고 제 며느리한테 말을 해놨어요—.

쩡 쓰이 : 그럼 어떻게 해요. 아주 어렵게 한번 이 먼 뻬이징 성안에 오셨
는데, 어떻게 묵지도 않고 그냥 가세요?

천 어멈 : (한편으로 자부하며 또 한편으로 슬퍼하며) 아, 40년 간 이 집에서
살았어요! 아들 결혼에도 가보지 못하고요. 생각해 보세요, 어
디가 내 집이겠어요. 큰 마님, 내 손자를 시켜서 마님께 시골
물건을 좀 가져왔어요.

쩡 쓰이 : 참, 천어멈 뭘 또 이렇게?

천 어멈 : (정감 있게) 아니, 조금, (큰 객실 쪽으로 걸으면서 웃으며 말한다.)
만약 제가 낯이 두껍지 않았다면 이 물건은 일찌감치— (찾다가
보이지 않자) 주얼, 주얼, 이 애가 눈 감짝할 사이에 또 어디로
달아난 거야. 주얼! 주얼! (소리질러 부르며 큰 객실을 나서 앞마당으
로 찾으러 나간다.)

[하늘에서 비둘기에 메달은 대나무 호루라기 소리가 평온하고
한가롭게 들려온다.]

[멀리 담 밖으로 빙과류를 파는 장사가 삥잔(氷盞—이것은 한
쌍의 작은 술잔 종기처럼 생긴 놋쇠로 손바닥 속에서 서로 부딪
치며 소리를 낼 수 있음)을 부딪치며 딸랑 딸랑 내는 소리가
분명하고도 맑게 들린다. 이 소리의 박자는 "떵차, 떵차, 떵떵
차, 차차떵떵차"이고 계속해서 맑고 낭랑한 삐이징 어투로 매우
유쾌하게 "갈증을 해소하고 또 시원합니다. 장미향과 설탕을
첨가했어요. 못 믿겠다면 맛을 한번 보세요!"라고 빙과를 파는
소리를 지른다.(여기까지 하고서 아예 목소리를 높여 박자에
맞춰서 노래를 부르기 시작함) "쑤안메이탕7)이요. 아, 색다른
맛입니다!" 삥잔이 계속해서 손안에 놀리면서 "떵차차, 떵차차,
차차떵떵차" 소리를 낸다.]
[이때 쩡쓰이가 살며시 트렁크 앞으로 가서 천천히 옷을 정리한
다.]

---

7) 쑤안메이탕(酸梅湯)은 일명 오매탕(烏梅湯)이라 하기도 하는데 다 익지 않은 푸른
매실을 가지고 만든 청량음료. 맛은 시원하고 신맛이 난다.

쩡 쓰이 : (갑자기 오른쪽으로 고개를 돌리며) 원칭, 당신 일어났어요?

　　　　[안은 대답이 없다.]

쩡 쓰이 : 원칭, 당신의 유모가 왔어요.

　　　　[쩡원칭의 오른쪽 방안의 소리 : (무기력하게) 알았소, 그런데
　　　　왜 안으로 들어오라고 하지 않았소?]

쩡 쓰이 : 들어오게 한다고 요? 입안의 썩은 마늘 냄새가 우리 방에 들어
　　　　와서 진동하면 당신은 참을 수 있어도 난 참을 수 없어요. 당신
　　　　오늘 도대체 떠날 거예요 말 거예요, 떠날 옷을 모두 다 챙겨
　　　　놓았어요.

　　　　[안의 소리 : (느리게) 비둘기가 모두 날았소?]

쩡 쓰이 : (개의치 않고) 내가 당신 도대체 떠날 건지 아닌지 물었잖아요?

　　　　[안의 소리 : (넋을 잃은 듯이) 오늘은 비둘기가 높이 날았구려!
　　　　호루라기 소리도 잘 안 들리니 말이요.]

쩡 쓰이 : (오른쪽 문을 향해 걸으며) 여보, 당신 도대체 마음속으로 무슨
　　　　생각을 하는 거예요? 당신 도대체—

[안의 소리 : (고통스럽게 길게 소리를 빼며) 가요, 가, 난 떠날 거요.]

쩡 쓰이 : (침실 문 앞에 가서 문발을 걷어올리고 문을 밀어 여는데 갑자기 안에서 무슨 불길한 물건을 보았는지 놀라며 소리를 지른다.) 아, 어째서 당신 또—

[이때 큰 객실 안에서 말을 하며 큰 걸음으로 들어오는 천어멈의 소리를 듣고 쓰이는 얼른 고개를 돌려서 들어보고는 재빨리 두 짝의 방문을 안으로부터 잠근다.]

[천어멈이 주얼을 데리고 걸어 들어온다. 샤우주얼은 열 네다섯쯤으로 시골아이가 명절이나 되어야 옷장에서 꺼내 입는 그런 새 옷을 입었다. 천으로 만든 양말과 신발을 신었고 바지는 끝을 묶었으며 겉에 걸친 엷은 남색 무명 두루마기가 깃은 헐렁하나 소매와 전체 길이가 짧아서 무릎을 가리지 못한다. 두루마기는 씻을 때 탈색이 되어 색이 약간 바랬고 뒤쪽 옷깃 가운데에는 할아버지의 상(喪)을 치렀다는 표시의 붉은 천 조각을 달았다. 옷이 물에 수축되어 어떤 곳은 주머니처럼 볼록하고 몸에 꽉 끼어 보이지만 아이의 건강함과 귀염성이 드러나 보인다. 문을 들어올 때 똥글똥글한 두 눈은 뭔가 불안한 듯 사방을 두리번거리고 있고, 작은 가슴을 활짝 펴고 옷 가슴속에서 뛰는 심장의 고동소리는 마치 방금 숲 속에서 뛰쳐나온 한 마리의 작은 사슴처럼 생기가 있어 보인다. 빡빡 머리에 동그란 아이의 얼굴은 약간의 홍조를 띠고 있고 납작한 코와 치켜 올라간 작은 입은 천진하다 못해 멍청해 보이기까지 하다. 눈썹과 눈 사이에

서는 가끔 장난기 어린 모습을 드러낸다. 그는 한쪽 손에 진흙으로 빚어 만든 토끼 혹은 저팔계 인형을 들고 있다. ― 토끼 인형은 흰 얼굴에 속이 비어 있는 것으로 잘 움직이도록 입술에 실을 묶어 아래로 잡아당기면 입술이 마주치면서 꽈당꽈당 찧는 소리를 낸다. 만약 검은 얼굴의 붉은 혀를 가진 저팔계라면 손도 움직일 수 있어서 실을 잡아당기면 승려 모자를 쓰고 가사를 입은 저팔계가 목탁을 두드리고 긴 입으로는 마치 불경을 읽는 듯이 시끄럽게 꽈당거리는 모습이 아주 우습게 보인다. ― 다른 한쪽 손으로는 암탉 한 마리를 끼고서 빈 비둘기 우리를 하나 들고 있고 뒤로는 장순이 양손으로 큰 광주리 하나를 들고 따르고 있다. 광주리 안에는 암탉과 계란, 배추, 좁쌀, 미나리 등이 담겨져 있다. 두 사람은 모두 땀에 흠뻑 젖어서 멍하니 옆에 서 있다.]

천 어멈 : 가자, 가자, 가자니까! (잔소리를 하며) 애 좀 봐라, 애 좀 봐! 온통 땀 범벅이네. 누가 쑤안메이탕을 마시라 한 거야? 입추가 되었는데 이렇게 찬 것을 마시면 배탈이 안 날 수가 없지. (고개를 돌려 장순에게) 장순아, 넌 옆에서 좀 말리지 않고 뭘 한 거야! (가리키며) 이 인형은 누가 사 준거니?

샤우주얼 : (눈을 흘겨 장순을 보고) 장 ― 장순 아저씨.

천 어멈 : (장순을 향해 반 웃음, 반은 원망하듯) 웃지 마, 네가 사준 것은 하나도 고맙지 않아.

쩡 쓰이 : 됐어요, 그만 하세요.

천 어멈 : 주얼아, 어서 마님에게 큰절을 하지 않고 뭐하니. 물건을 내려

놓고, 어서!

[샤우주얼이 얼른 빈 비둘기 우리를 내려놓으며 암탉도 장순이
들고 있는 광주리에 놓는다.]

쩡 쓰이 : 괜찮아요, 그럴 필요 없어요. 먼 길을 와서 아주 피곤할 텐데.

천 어멈 : (샤우주얼이 인형을 내려놓기 아쉬워하는 것을 보고서 인형을 가로채며)
           그 인형은 누가 뺏어가지 않으니 내려 놔라. (장순에게 건네주자
           장순이 한아름 들고 있는 물건 때문에 난감해 한다.)

쩡 쓰이 : 괜찮아요, 번거롭게 하지 마세요.

천 어멈 : (웃으면서) 이 촌놈 좀 보게! 성안에 들어올 때까지 몇 번을 가르
           쳤건만 또 잊어 버렸어. (앞으로 가서 그를 누르며) 절을 올리렴.
           할미 친척이나 다름없는 분이야!

[샤우주얼이 고개를 돌려 할머니를 보고는 어리둥절하다가 천
어멈이 손을 놓자 갑자기 바닥에 엎드려서 절을 하고는 일어난
다.]

쩡 쓰이 : (명절 때 주기 위해 벌써부터 준비해 놓은 듯 빨간 봉투를 꺼내들고서)
           주얼아, 똑똑하고 건강하게 자라거라! 받아서 맛있는 것 사 먹
           으렴. (샤우주얼이 멍하니 서 있다.)

천 어멈 : 아, 마님, 또 돈을 쓰시네요. (손자에게) 괜찮으니 받거라, 이것도
           네 할머니 친척이 주시는 거야. (샤우주얼이 앞으로 가서 받는다.)
           고맙다고 말씀드려야지, 이놈아. (샤오주얼이 다시 몸을 돌려 장순에

게서 인형을 돌려 받고는 고개를 숙이고 바보스럽게 웃는다.) 이 아이는 서 있어도 서 있는 것 같지 않고 앉아도 앉아 있는 것 같지 않아요, 절을 시켜도 마찬가지고요. 마님! 앉으세요. 어휴, 길은 멀고 날씨는 덥고! (걸상 하나를 끌어다 앉으며) 내 길을 오면서 내내 주얼에게 말을 했는데―

장　　순 : (참지 못하고) 어멈 무거워 죽겠어요!

천　어멈 : (고개를 돌려 웃으며) 참, 내 정신 좀 봐! 큰 마님, (광주리를 받아 들고는 뒤지면서 말을 한다.) 시골에는 뭐 맛있는 것이 없어서 부추, 미나리, 오이, 피망, 강낭콩을 좀 가지고 왔어요, 이 물건들은―

쩡　쓰이 : 아휴, 너무 많아요.

천　어멈 : 좁쌀과 계란 그리고 암탉도 두 마리 가져왔어요.

천　어멈 : 그야말로 이삿짐을 가져오셨네요, 정말이지 그 먼 곳에서 가져 오시느라 힘드셨을 텐데― (고개를 돌려 장순에게) 장순아, 가져다 놓거라.

천　어멈 : (장순에게) 너에게도 줄려고 큰 무 두 개를 가져왔는데. (마구 찾는다.)

장　　순 : (웃으며) 찾을 필요 없어요, 이미 뱃속으로 들어갔으니까요.

　　　　　[장순이 황급히 큰 광주리를 앉고 큰 객실로 통하는 문으로 나간다.]

샤우주얼 : (비밀스럽게) 할머니.

천　어멈 : 왜?

샤우주얼 : (작은 소리로) 꺼낼까요?

천 어멈 : (영문을 몰라서) 뭘 말이냐?

[샤우주얼이 갑자기 영특하게 그의 할머니를 보면서 비둘기 우
리를 치켜든다.]

천 어멈 : (갑자기 생각이 나서) 아! (아주 다급하게) 어디에 뒀니?

샤우주얼 : (미안한 듯이 옷 속에서 아주 작은 회색 비둘기 한 마리를 꺼낸다. 작은
비둘기는 머리털을 높이 치켜세우고 깃털은 윤기가 흐르며 몸 주위에는
드문드문 자색 반점을 띠고 있는데, 그 모습이 예사롭지 않아서 보고 있노
라면 금방 귀한 품종임을 알 수 있다.) 여기요!

천 어멈 : (작은 비둘기를 받아들고는 기뻐서 목소리마저 약간 떤다. 비둘기에게)
귀여운 내 새끼, 넌 여기서 살아야 해! 어쩐지 뭐가 하나 빠진
것 같다고 했더니. (큰 마님에게) 이 놈을 좀 보세요! 원래는 한
쌍이었는데 제가 특별히 칭 도련님을 위해서 구한 거지요. 우리
에 잘 넣고 왔는데 오는 도중에 손자 놈이 갖고 놀고싶다고
졸라대는 바람에 그만 획하고 한 마리를 날려 버렸지 뭐예요.
하지만 칭 도련님이 운이 좋아서 그나마 귀여운 놈이 남았지요.
큰 마님, 이 털을 좀 만져 보세요. (억지로 큰 마님의 손에 갖다
대며) 뛰어 오를지 모르니 조심하세요!

쩡 쓰이 : (본능적으로 비둘기 같은 작은 생명체를 싫어하는 듯 뒤로 회피하며 억지
로 웃음을 지으며) 네, 네. (왼쪽 문을 향해) 원칭, 천어멈이 또 당신
에게 비둘기를 가져왔어요!

천 어멈 : (자연스럽게 함께 따라 부른다.) 칭 도련님.

[쩡원칭이 방안에서 말하는 소리 : 천어멈.]

천 어멈 : (비둘기를 들고서 곧장 그녀의 칭 도련님에게 보여주고 싶어서) 제가
          들어가서 보여드릴게요! (말을 하며 들어가려고 한다.)

쩡 쓰이 : (황급히) 들어가지 마세요.

천 어멈 : (멍해지며) 왜요?

쩡 쓰이 : 그, 그이는 아직 일어나지 않았어요.

천 어멈 : (여전히 흐뭇해하며) 뭐 어때요, 전 그저 칭 도련님과 침대 옆에서
          이야기를 나눌텐데요. (다시 들어가려 한다.)

쩡 쓰이 : 들어가지 마세요. 방안이 아주 지저분해요.

천 어멈 : (온화하게) 아, 괜찮아요. (또 들어가려 한다.)

쩡 쓰이 : (부른다.) 원칭, 옷을 다 갈아입었나요?

[원칭이 방안에서 대답하는 소리 : 지금 입고 있어요!]

천 어멈 : (직설적으로 웃으며) 아, 뭐 다 늙은 노인네인데 어때요. (문을 밀고
          들어간다.)

[원칭이 방안에서 : (큰 소리로) 들어오지 마세요.]

쩡 쓰이 : (저지하며) 잠시 기다리세요, 그이는 옷을 갈아입을 때 다른 사람
          이 보는 것을—

천 어멈 : (약간 실망하며) 네, 그럼 관두죠. 성격은 바꿀 수 없나 봐요.
          (자애롭게) 큰 마님, 칭 도련님은 제가 열여섯 살 때까지 바지와

저고리를 갈아 입혔어요. (비둘기를 샤우주얼에게 주며) 애야, 놓고 가거라! (하지만 여전히 참지 못하고 문에 대고) 칭 도련님, 그동안 별거 없으셨죠?

쩡　쓰이 : (걸상을 하나 끌고 와서) 앉아서 얘기하세요.

[원칭의 소리 : (친근하게) 네, 천어멈은요?]

천　어멈 : (큰 소리로) 잘 있었어요! (얼굴이 다시 밝아지며) 손녀가 또 하나 늘었어요.

[이때 샤우주얼이 조용히 비둘기를 우리에 넣는다.]
[원칭의 소리 : 축하드려요.]

천　어멈 : 그러게 말이에요, 아주 통통하지요! (말을 끝내고 앉는다.)
쩡　쓰이 : 그이가 어멈께 축하드린다고 말했어요.
천　어멈 : 축하는 무슨 축하예요, 계집아이인걸요!

[원칭의 소리 : 이번에는 좀 오래 묶고 가세요.]

천　어멈 : (목을 길게 빼고 큰 소리로) 네, 곧 한 달이 되요.
쩡　쓰이 : 그이가 어멈께 오래 묶고 가시래요.
천　어멈 : (고개를 흔들며) 아뇨, 금방 가야 되요.

[원칭의 소리 : (듣지 못하고) 뭐라고요?]

천 어멈 : (일어나서 큰소리로) 제가 들어갈게요, 도련님.

       [원칭의 소리 : 뭐가 그리 바쁘세요?]

천 어멈 : 뭐라고요?

       [원칭의 소리 : (큰 소리로) 뭐가 그리 바쁘시냐구요?]

천 어멈 : (여전히 듣지 못하고서) 뭐라고요?

샤우주얼 : (참지 못하고 천진하게 웃으며) 할머니, 정말 귀먹었나 봐요. 뭐가
       바쁘시냐구요?

천 어멈 : (소리를 질러서 어지러운 듯 어쩔 줄 몰라하며 다시 말을 반복한다.) 바쁘
       냐고요? (아주 언짢아하며 반 웃음 섞인 소리로) 아, 답답해 죽겠어
       요. 그만두죠, 기다렸다가 나오시면 얘기하죠. 큰 마님, 전 우선
       뒷마당에 가서 쑤팡 아가씨를 좀 만나볼게요!

쩡 쓰이 : 그것도 좋겠어요, 있다가 제가 사람을 시켜서 모셔올게요. (장방
       형 탁자의 쟁반 위에서 산사열매로 만든 삥탕후루를 하나 집어서) 주얼,
       너 가져가서 먹거라. (그에게 건네준다.)

천 어멈 : 고맙다는 말을 또 안 하네! (샤우주얼이 바보스럽게 웃으며 받아서
       곧장 입에 넣는다.) 또 먹어! (갑자기 입에서 빼내며) 먹지말고! 보기
       만 해! (샤우주얼이 군침을 흘리며 빨간 삥탕후루를 쳐다본다.) 그 인형
       은 내려놓고 할머니를 따라 와!

       [샤우주얼은 그 인형 내려놓기를 여전히 아쉬워하지만 할머니

는 그의 손을 잡고 양심재의 작은 문으로 퇴장한다.]

쩡 쓰이 : 정말 귀찮네! (오색찬란한 인형을 한쪽에 놓고 또 비둘기 우리를 들고서
는—)

[원칭이 방안에서 말하는 소리 : 천어멈!]

쩡 쓰이 : 나갔어요.

[그녀의 남편 쩡원칭이 오른쪽 침실 문으로 천천히 걸어나온다.
— 그는 시인에게서도 찾아볼 수 없는 고상한 분위기와 빼어난
외모를 지녔다. 날씬하고 호리호리한 키에 풍성한 긴 두루마기
를 입었는데 그 색깔이 우아하고 고상하며 행동거지는 약간
느릿한 모습이다. 하지만 이는 그의 본래의 모습이고 자세히
바라보면 순박하고 정이 넘쳐 보이고 양미간에는 총명함과 영
특함이 잠재해 있음을 알 수 있다. 그의 얼굴은 창백하고 앞이
마는 넓으며 광대뼈가 튀어나왔고 핏기 없는 입술은 보기에도
아주 예민해 보인다. 움푹 들어간 눈동자는 실망의 기색으로
비애와 우울함을 드러내고 있다. 그는 늘 어딘가를 멍하니 응시
하는데 이럴 때면 핏줄이 앞이마에서 약하게 솟아오른다.]
[그는 뻬이징의 학자 집안의 자제로 자라서 바둑과 시문 그리고
회화를 즐기는 것은 아주 자연스럽게 자신의 생활에서 많은
시간을 차지한다. 뻬이징의 세월은 한가해서 봄에는 연을 날리
고 여름밤에는 뻬이하이(北海)8)를 노닐며 가을에는 시산(西

山)9)에 올라 단풍을 즐기고 겨울에는 아침나절 눈 게인 창가에서 그림을 그린다. 쓸쓸할 때면 시나 부를 읊고 마음이 평온할 때는 홀로 앉아 차를 마시며 그는 반평생의 생활을 이렇게 공허한 허송세월을 보내왔던 것이다.]

[또한 어릴 때부터 모친의 지나친 사랑이 그를 연약하게 자라게 했으며 이른 결혼으로 신체가 허약하고, 말소리는 맑으나 힘이 없고, 행동에 있어서는 어떠한 구속도 싫어한다. 작은 지방에서 보자면 그는 아주 총명하기 그지없고 어릴 적에는 신동이란 말을 듣기도 하였다. 하지만 지금은 서른 여섯이 되었어도 여전히 예전과 같이 그렇게 무능력하게 살며 희망도 없이 하루 종일 무기력하게 지낸다. 그는 유모 감각도 있고 말솜씨도 좋아서 틀림없이 정이 넘치는 친근감 있는 성격의 소유자이다. 그러나 그가 다른 사람에게 주는 느낌은 오히려 나태하고 산만하다는 느낌을 준다. 그는 행동이 느리고 생각하기를 꺼려하고 말하는 것과 걷기를 싫어한다. 또 잠이 많고 사람 만나기를 꺼려하고 어떤 중대한 일이라도 미루고 힘든 일은 하려고 하지 않는다. 가끔 생활에 대한 싫증과 실망감이 있어도 그는 이런 마음속의 고통을 털어놓기 꺼려한다. 그는 자신이 여전히 느낌이 있는 존재란 것을 느끼고 싶지 아니하고 지각이 있는 사람들 눈에는 그가 "단지 생명을 부지하고 있는 빈 껍데기"로 보일 것이다. 비록 그는 매우 온화하고 예의가 바르지만 때로는 생기가 넘치고 위엄도 있어 보인다. 이는 그가 사대부 가정의 자제로서

---

8) 뻬이징 고궁박물관(紫金城) 북쪽에 위치한 공원.
9) 뻬이징 서쪽에 위치한 산.

부패한 뻬이징 사대부 문화에 지나치게 물들은 결과이다. 그의 절반은 정신적으로 마비가 되어있다.]

[그에게는 말하기 힘든 고통이 있다.]

[이른 결혼 후의 생활은 적막하고 그를 정신적으로 무디게 하였다. 어쩌다 적막한 계곡에서 한 그루의 난초라도 발견한다면 자신도 모르게 의기 투합함을 깨닫고 늘 침묵 속에서 서로 통하지만 그들은 적막이란 마치 새가 자신의 둥지로 돌아가야 한다는 것을 깨닫고 돌아가는 것처럼 이해하고 있다. 그들은 상대에 대해 무언의 침묵 속에서 서로의 애석함과 위로를 주고받는다. 하지만 실 한 가닥이라도 노출이 될까 염려되어 차마 진실한 마음을 서로에게 말하지는 못한다. 사대부의 가정은 원래 정말 무서운 질곡이 있어서 그들의 생활은 줄곧 오래된 우물 속의 물처럼 불편하게 엉켜있다. 그들이 단지 침묵만으로 보상받기 힘든 불행을 받아들이고 무료한 세월 속에서 전부가 암흑으로 덮인 세계와 충돌하며 진정한 행복을 얻으려는 것은 불가능한 것이다. 매년 애통함을 참으며 막연하기 그지없는 적막한 세월을 보내면서 끝내는 자포자기하고 연약하게도 일종의 불량한 습관에 빠져서 자신을 파탄시키는 지경에 이르렀다.]

[지금은 이미 중년이 되어 그 난초마저도 점차 시들어버리고 오랫동안 주시해왔던 아들도 명을 받들어 결혼하여 지난 날 자신이 겪었던 고통을 열 일곱 살의 아들이 다시 되풀이하는 모습을 지켜보고 있다. 또한 가세도 기울어져서 예전의 좋은 시절은 아마도 지나가 버린 듯 하다. 점점 조여오는 궁핍함이 나태함에 젖어있는 영혼으로 하여금 몸서리치게 아픔을 느끼게

하여 여러 차례 이 좁은 대문을 박차고 뻬이징을 떠나 더 광활한 인파 속에서 순리에 맞게 생활해 보겠다는 결심을 해보았지만, 전혀 날아보지 않은 새인지라 금방 용기를 잃어버리고 다시 비상하는 법부터 배워야 하는 처지이다. 그는 생각하는 것을 두려워하고 영문도 모르고 집에서 망설이고 있다. 그는 여러 해 동안 이 가정을 증오하였지만 오늘처럼 이별을 해야 하는 순간에는 의외로 무기력하게 침묵하고서 갑자기 마비라도 되어버린 것 같다. 시간의 좀 벌레가 이미 그의 영혼을 야금야금 갉아먹어 버려서 그는 남몰래 고통을 느끼지만 출로를 어디에서 찾아야 할지를 모른다.]

[그는 거실로 나와 그의 비단 적삼의 단추를 채우고 있다.]

쩡 원칭 : (웃는 얼굴을 감추고) 어멈은 나갔나? 좀 붙잡지 않고서?

쩡 쓰이 : (대꾸하지 않는다.) 이건 어멈이 당신에게 준 비둘기예요. (건네준다.)

쩡 원칭 : (비둘기 우리를 들고서) 불쌍하기도 하지, 노인네가 이렇게 먼 길을 오다니. (비둘기를 바라보며 칭찬한다.) 아, 봉황의 머리! 귀엽고 짧은 입! (기뻐하며) 분명 한 쌍일텐데, 어째서 — (고개를 들고 의아해하는 얼굴로 비둘기를 쳐다본다.)

쩡 쓰이 : 원칭, 당신 또 그 등을 켜고서 뭘 하셨어요?

쩡 원칭 : (얼굴이 온통 어둠으로 드리워지고 천천히 그 비둘기 우리를 내려놓는다.)

쩡 쓰이 : (잔소리를 늘어놓으며) 어제도 아버님이 요즘에 당신이 어떤지를 내게 물어 보셨어요? 그 아편 등과 아편도구를 버렸냐고 말이에요. 전 진작에 버렸다고 말했지만. (날카로운 목소리로) 이상하지!

이상해! 고통도 겪어보고 아편도 끊었는데, 떠날 날에 임박해서 설마 한바탕 소란을 피우겠다는 것은 아니겠죠?

쩡 원칭 : (길게 한숨을 쉬고 있는다.) 아, 난 등을 켜 놓고 좀 볼뿐인데 당신은 상관 말아요.

쩡 쓰이 : (무시하듯) 누가 상관한데요? 모두가 함께 사니 체면을 지켜달라는 거죠. 당신 정말 그 잘난 매부의 말처럼 중독이 된다면 다시는 대문을 나서지 못하고 일도 얻지 못해서 그저 집에서 아편이나 하고 차나 마시면서, 비둘기 키우며 그림 따위나 그리며 평생을 흐리멍덩하게 보내게 될 거예요.

쩡 원칭 : (침착하게) 다른 사람이 뭐라고 말하던지 내가 떠나면 되지 않소?

쩡 쓰이 : 당신이 떠나더라도 내게 체면은 세워 줘야지요. 다시는 눈앞이 캄캄한 짓은 하지 말아요.

쩡 원칭 : (고통스럽게) 난 언제나 당신 말대로 했는데, 또 어쩌란 말이요? (다시 멍하니 앞쪽을 바라본다.)

쩡 쓰이 : (차갑게 책망하며) 당신 그런 가련한 모습 짓지 마세요. 난 사나운 여자가 아녜요! 난 다른 사람들이 내가 너무 사나운 여자라서 남편을 매일 못살게 들볶는다는 그런 불명예스런 말은 듣고 싶지 않단 말이에요. (상자 앞으로 간다.)

쩡 원칭 : (넋을 잃고 우리 속에 있는 비둘기를 바라보며) 그만 해요, 밤이 되면 난 집에 없을 테니까.

쩡 쓰이 : (상자의 뚜껑을 열고, 고개를 돌려서) 명심하세요, 난 당신한테 전혀 강요한 일이 아니니 다른 사람들한테 내가 당신을 떠나보냈다는 말이 또 나오게 해선 안돼요. 밖에 있으면 불편한 점이 있겠

지만 친척들은 또 내가 강요해서 당신을 밖에서 고생시킨다고 욕할 거예요. 나만 잘살려고 하고 또 내가 어질지 못하다고 하면서요. (잔소리를 하면서 한편으로는 원칭이 집 떠나서 입을 옷상자를 챙긴다.) 난 당신 집안에서 시집살이를 할 만큼 했어요. 흥! 시어머니가 계실 때는 시어머니한테, 시어머니가 돌아가시니 며느리한테, 노인네는 노인네대로, 어린것은 어린것대로, 그런데 또 당신이 중간에서—

쩡 원칭 : (진작부터 싫증이 나서 할 수 없이 다른 화제를 찾아 그녀의 끝없는 잔소리를 끊는다.) 저 대나무 묵화를 걸어 놓았구려.

쩡 쓰이 : (흘겨보며) 걸었지요—

쩡 원칭 : (그림 앞으로 가서) 표구를 잘 했구려.

쩡 쓰이 : (가시 돋친 말로) 정말 잘 그렸네요! 얼마나 고상하고 우아해요! 한 사람은 그림을 그리고 한 사람은 글을 썼으니 정말 멋있고 아름다운 천생연분의 한 쌍이네요.

쩡 원칭 : (언짢아하며) 당신 터무니없는 말로 쑤팡이를 놀리지 말아요.

쩡 쓰이 : (경멸하듯) 참, 이상하네요. 도둑이 제 발 절인다더니, 내가 당신들을 뭐라 했나요? 쑤팡 아가씨 그림에 당신이 이 정도는 할 수 있다고 생각해요. 시와 글을 써주고 또 손수 표구까지 맡기시는 것 말예요. 당신한테 말하지만 난 옹졸한 여자가 아니에요. 사내가 백 명의 첩을 둔다고 해도 난 찬성해요. (과장해서) 만약 내가 남자라면 첩을 칠팔십 명 정도는 두겠어요. 사내가 주색과 재물을 탐하지 않으면 뭘 해요! 마찬가지예요, (날카롭게) 쑤팡 아가씨 같은 이런 사람도—

쩡 원칭 : (약간 화가 나서) 당신 남을 그렇게 제멋대로 말하지 말아요. 쑤팡

이는 아직 시집도 안간 아가씨인데!

쩡 쓰이 : 이상하네요, (교활하게 웃으며) 당신이 그녀의 뭐라도 되나요! 이 처럼 감싸고돌게요.

쩡 원칭 : (진지하게) 쑤팡이는 부모도 없이 우리 집에 사는데, 당신은 그녀가 조금도 불쌍하다는 생각이 안 든단 말이요!

쩡 쓰이 : (교활하게 입을 삐죽거리며) 당신은 남을 불쌍히 여겨도 남은 전혀 그렇지 않아요! (원칭을 가리키며) 당신은 그녀가 한 마디도 하지 않는다고 해서 너그럽고 아무런 생각도 없다고는 여기지 마세요. (자신감 있게) 난 그런 여자들을 잘 알아요, (수다스럽게) 그런 여자는 뱃속에 독기가 있어서 말이 적으면 적을수록 생각도 많지요. 그녀가 왜 시집도 가지 않고 당신 아버님을 모시고 있겠어요? 그녀는 사지도 멀쩡하고 배우기까지 했는데, 왜 하필 노처녀가 될 때까지 사서 고생하며 노인네한테 시중을 들고 있겠어요? (차갑게 웃으며) 난 정말 나쁜 마음을 가지고 남을 평가하고 싶지 않아요, 당신이 마음속으로 잘 생각해 보세요.

쩡 원칭 : (차갑게 그녀를 바라보며) 난 그런 생각이 안 들어.

쩡 쓰이 : (폭발하듯) 그런 생각을 못한다면 당신은 멍청이예요!

쩡 원칭 : (미간에 우울하고 쓸쓸함이 피어난다.) 아, 당신 너무 총명한 척 말아요, (고개를 숙이고 천천히 양심재로 걸어가 그림 그리는 탁자 앞에서 뭔가를 찾고 있는 듯하다.)

쩡 쓰이 : (더욱 더 그녀의 속사정을 토로하듯) 내가 총명해? 흥, 총명한 사람이라면 당신 집에서 20년을 고생하며 지내지 않았을 거예요. 내가 일찍이 신식 아낙네들한테 배웠어야 했는데. 집안 일을 모두 며느리한테 맡기고 혼자서 음식점이나 다니며 경극이나 보면서

말이에요. 진작 그렇게 했으면 나를 보기만 하면 빚쟁이처럼 찌푸리는 아버님 얼굴도 덜 볼 수 있었을 거구요. (스스로 뽐내며) 아, 난 복 터진 여자의 운명이야. 나이 사십이 다 되었어도 위로는 어른께 효도해야하고 아래로는 며느리를 돌봐야 하고 중간에는 또 당신 눈치까지 살펴야하니 말예요. (인삼탕 컵을 들고서) 그만 합시다, 그만 해. 인삼탕이 다 식었어요, 어서 드세요.

쩡 원칭 : (계속해서 미간을 찌푸리고 인내하며 듣다가 갑자기 책상 서랍 속에서 아직 표구하지 않은 산수화 하나를 들고 흔들며, 조급해서 얼굴까지 붉어지며) 이걸 봐, 이것 좀 봐, 누가 그런 거야? (과연 산수화 그림 한 귀퉁이를 어떤 동물이 갉아먹어서 자국이 나 있고, 한가운데는 무엇이 물고 갔는지 손바닥 크기만큼의 구멍이 나 있다.)

쩡 쓰이 : (컵을 놓고서) 네?

쩡 원칭 : (산수화 그림을 쥐고 떨면서) 보라니까, 당신 좀 보라고!

쩡 쓰이 : (고소하게 생각하고, 담담하게) 고모부가 그러진 않았을 텐데.

쩡 원칭 : (책상 앞으로 가서 다시 책상 서랍을 살펴보고) 이건 쥐야! 쥐가 그런 거라고! (쓰이 가까이로 가서 참지 못하고 그림을 흔들며) 내가 진작부터 집이 오래되어서 쥐가 많으니 쥐약을 좀 사야한다고 말했잖아. 그런데 당신은 늘 귀담아 듣지 않았어.

쩡 쓰이 : 아버님이 사셨어요. (비웃으며) 요즘 쥐는 예전과 달라서 귀신같아요. 쥐약을 놔도 먹지도 않고 사람들이 아끼는 것만을 골라 망가뜨리거든요.

쩡 원칭 : (상심하며) 이 그림은 못쓰게 됐어.

쩡 쓰이 : (매몰차게) 이것이 뭐 진기한 거라도 되나요, 쑤팡 아가씨더러

　　　　다시 한 장 그리라면 되지.

쩡　원칭 :　(참지 못하고 큰소리로) 당신— (문득 그녀의 해결책도 도움이 안 된다
　　　　는 생각이 미치자 일종의 마비된 실망감이 다시 머리끝까지 올라와 꿈틀거
　　　　린다. 그는 묵묵히 이미 망가진 산수화를 보며 멍하니 앉았다가 고개를
　　　　숙이고 심각하게) 이건 내가 그린 거야.

쩡　쓰이 :　(약간 놀라지만 여전히 그녀의 차가운 말투를 하고서) 이상하네요, 그
　　　　림 한 장 쥐가 물어뜯었다고 이렇게 안절부절 하다니요? 집안의
　　　　재산과 살림을 밖에서 굴러온 큰 쥐들이 일년 내내 갉아먹어도
　　　　마음 쓰지 않고, 아무런 일 없다는 듯이 가만히 있는 양반이.

쩡　원칭 :　(길게 한숨을 쉬고, 그 그림을 바닥에 내던지고 일어나서 쓴웃음을 지으며)
　　　　어휴, 먹을 것이 있으면 다 같이 먹는 거야.

쩡　쓰이 :　(분노하며) 다 같이 먹는다구요? 당신 조상께서 재산을 얼마나
　　　　남겨주셨다고 그런 과장된 말을 하는 거예요. 지금은 아버님이
　　　　계시니 재산의 절반이 당신 것이라고 할 수 있지만 언젠가 아버
　　　　님이 돌아가시면—

　　　　[갑자기 왼쪽 방에서 혼탁하고 다급하게 욕하는 소리가 흘러나
　　　　오는데, 말투가 거만하고 아주 자연스럽게 욕을 하는 것이 오랫
　　　　동안 하인을 부려서 하인들을 욕하는 것이 입에 습관이 된 듯
　　　　한 위세이다.]
　　　　[방안의 소리 : 꺼져! 꺼져! 꺼지라고! 파렴치하고 개같은 자식
　　　　들.]

쩡　쓰이 :　(원칭에게) 들어보세요.

[방안의 소리 : (아마도 창문을 열고 뒤뜰 마당을 향해 되는 대로 고함을
치는 것 같다.) 장순! 장순! 린어멈! 린어멈!]

쩡 원칭 : (그를 대신해 불러주고 싶었는지 큰 거실 문 앞으로 가서) 장순, 장—
쩡 쓰이 : (입을 삐죽이며 눈을 째려보고 도발적인 모습으로) 뭘 불러요? (원칭이
침묵하고, 쓰이가 낮은 소리로) 그냥 내버려둬요, 종일 욕지거리예
요. (이를 갈며 웃는다.) 흥, 당신을 송별해주는 소린가 보죠!

[방안의 소리 : (씩씩거리며) 장순, 추석날인데, 너희들 모두 어디
간 거야! 모두 죽어버리기라도 한 거야!]

쩡 쓰이 : (화가 나지만 침착성을 보이며 독살스럽게 웃는다.) 들어 보세요!

[방안의 소리 : (길게) 장—순!]

쩡 원칭 : (참지 못하고 다시 앞으로 나가서) 장—
쩡 쓰이 : (그를 저지하며 단호하게) 부르지 마세요! 고모부가 얼마나 화를
내는지 두고 보자구요!

[쿵 소리와 함께 그릇과 접시가 깨지는 소리가 나고 곧이어
여인이 흐느껴 우는 소리가 들린다. 잠시 말을 멈춘다.]

쩡 원칭 : (낮은 소리로) 여동생 병이 막 낫는데 또 울지 않소.
쩡 쓰이 : (무시하며 차갑게) 능력도 없으면서 마누라만 못살게 하니. 무슨

유학생이야, 헛소리지!

[방안의 소리 : (그녀의 말이 끝나자마자) 개자식!]
[또 다시 쿵하고 도자기 깨지는 소리가 들린다.]
[방안의 소리 : (고함을 치며) 이 집안 사람은 모두 죽어 없어진
거야?]

쩡 쓰이 : (화가 치밀어 앞쪽으로 걸어가서) 정말 다른 사람은 눈에도 두지
        않네요! 우리 집안의 물건들은 돈주고 사지 않았으면 하늘에서
        떨어졌나요?
쩡 원칭 : (못하도록 막으며 낮은 소리로) 쓰이, 저 사람과 싸우지 말아요.

[장순이 황급하게 큰 객실로 통하는 문으로 등장한다.]

장   순 : (다급하게) 고모부님이 절 부르셨죠?
쩡 원칭 : 어서 들어가 봐!

[장순이 급하게 왼쪽 방으로 들어간다.]

쩡 쓰이 : (몹시 화가 나서) "먹을 것이 있으면 다 함께 먹는다", (원칭에게)
        저런 악당 같은 사람을 먹여준다고 당신한테 감사라도 할 것
        같아요? 무슨 대단한 사람이라고? 부정행위로 돈벌려다 사방에
        지명수배가 되어 장인 집에 숨어사는 주제에 저런 망나니 같은
        행동을 하다니! (문을 가리키며) 명절만 되면 물건을 집어 던져

깨트려서 무슨 기념이라도 하려는 건지. 난 정말 모르겠어요—

[쩡팅— 쓰이와 원칭 사이에서 난 아들— 땀을 줄줄 흘리며 큰 객실로 통하는 문을 통해 매우 흥분된 표정으로 급히 들어온다.]

[쩡팅(曾庭)은 열 일곱 살의 나이로 결혼을 한지 이미 2년이 넘게 되었다. 그의 아내는 자기보다 한 살이 더 많은데, 그들이 아직 유모 품에서 어린 시절을 보낼 때 양가의 할아버지는 서둘러 그들의 혼인을 기약하였다. 이후부터 손자, 손녀를 둔 양쪽 가문의 어른들은 눈이 빠지게 증손자를 고대하였고 드디어는 쩡팅이 중학교에 들어가기 2년 전인 시점에서 다른 아이들이 신나게 공을 차고, 썰매를 타며 머리가 터지도록 뛰어 놀면서 유년 시절을 향유할 시기에 길일을 택하여 일생의 대사를 치르게 한 것이다. 귀가 떨어질 정도의 종소리와 폭죽소리 속에서 이 어린 한 쌍은 거우 열 다섯 살과 열 여섯 살로— 마치 형벌을 받는 한 쌍의 순한 양처럼 혼미하고 두려움 속에서 싱글벙글 웃는 사람들에 밀려서 활활 타오르는 용과 봉황 형상을 한 촛불 앞에서 고개를 숙여 절을 올리고 이때부터 이들은 차가운 신혼 방에서 2년 7개월을 함께 살았던 것이다. 증손자가 아직 태어나기 전 할머니는 그들의 신혼생활을 시작한지 한 달만에 세상을 떠났는데, 쩡팅과 그의 아내는 줄곧 낯선 사람처럼 열흘이 지나고 반달이 지나도 벙어리처럼 말 한 마디 하지 않고 고통스러운 나날을 참고 지내왔다. 마치 학대받는 짐승의 삶처럼 말이다. 매일 저녁 서재로 불려와서 반드시 할아버지 앞에서 소명문

선(昭明文選)10)이나 용문편영(龍文鞭影)11) 따위의 문장을 암송해야 하고 간혹은 비문의 탁본을 본떠 쓰거나 난삽한 문장에 어울리는 대구를 짓기도 해야 한다. 11시를 알리는 종이 울려야 그는 비로소 힘없이 침실로 돌아와서 희미한 등 아래 여전히 침묵하고 앉아 있는 그의 아내를 바라보면서 그 또한 말없이 한쪽에서 깊은 잠에 빠져 버린다. 그는 원래 일찍 잠을 이루지만 요즘처럼 마음에 내키지 않는 성인 생활은 더욱 더 그를 우울케 하고 움츠리게 한다. 이렇게 어린 아이는 늘 넋을 잃고 얼이 빠져서 지난 날 몰래 읽었던 서상기(西廂記)12)나 홍루몽(紅樓夢)13) 같은 문장이 결국 일련의 아름다운 거짓말이지만 사실은 모두가 그렇지가 않다고 생각하고 있다.]

[학교에 들어간지 7개월이 되어서야 약간 다른 점이 나타났는데 또래들과 야생마처럼 뛰어 노는 생활이 그에게 마땅히 있어야 할 활기를 조금은 되찾게 해주었고 집안 사람들은 비로소 이 얌전한 꼬마 어른이 원래 어리석은 아이 같은 기질도 있었다는 것을 발견하게 되었다. 이 같은 그의 뜻밖의 천진함과 경솔하다고까지 할 수 있는 점은 집안 어른들의 불만을 토로했을

---

10) 소명문선 : 남조 때 梁나라 소통(蕭統)이 편찬한 시문선집. 소통은 무제(武帝)의 장자로 소명태자(昭明太子)를 말한다. 소명문선은 진한(秦漢)이래의 시문을 30권으로 엮어놓은 것으로 현존하는 중국의 가장 이른 시문총집이다.

11) 용문편영 : 중국 고대의 서당 교과서로 학습자가 신속하게 시문과 지식을 습득할 수 있도록 편찬한 책이다.

12) 서상기 : 唐代 소설 《鶯鶯傳》의 스토리를 바탕으로 元代 왕실보(王實甫)가 쓴 잡극극본. 봉건적 구속을 극복하고 사랑의 결실을 맺는 이야기이다.

13) 홍루몽: 清代 조설근(曹雪芹)이 쓴 장편소설. 한 명문 가문의 흥망성쇠와 주인공 가보옥(賈寶玉)과 두 여자 간의 삼각연애 이야기를 다룬 소설이다.

뿐만 아니라 멀리 사는 친척까지도 크게 놀라지 않을 수 없었다. 왜냐면 여태까지 쩡씨 집안의 아이들은 세상에 태어나서부터 곧 수염을 기르고 팔자 걸음을 해야 하는 것처럼 생각했기 때문이다. 집 밖의 생활은 점점 그에게 큰 유혹이었다. 그는 바람을 좋아하기 시작하였고 태양과 작은 동물 그리고 아이들이 나무에 올라가서 대추를 따는 모습을 보고 좋아하였다. 심지어는 혼자서 성밖을 따라 흐르는 호수에 나가서 연 날리기를 좋아하였다. 최근에는 집에 인류학과의 딸이 이사를 왔는데 그녀는 그를 데리고서 여러 개구쟁이 놀이를 한다. 영문도 모르고 그는 암암리에 이 명랑 쾌활하고 남자 같은 여자아이의 뒤를 마치 칠흑 같은 밤에 활활 타오르는 한 송이의 불꽃을 쫓듯 따라 다닌다. 그녀는 그와 노닐 때면 쉴새없이 재잘거리면서 그에게 잘 모르거나 대답하기 힘든 엉뚱한 문제들을 물어 본다. 쩡팅은 마음속으로 인생의 새로운 세계가 펼쳐지고 있음을 느꼈고 마치 첫사랑을 느끼는 남자처럼 갑자기 가슴이 설레고 용솟음을 느끼기 시작하였다. — 사실 그는 이러한 경험을 처음으로 느껴보는 것이다. — 그는 점점 규칙적으로 걷는 걸음걸이도 망각하였고 어떤 때에는 그녀의 쾌활함에 격동되어서 그녀와 함께 뛰기까지 한다. 심지어는 그녀가 억지를 부려도 수줍어하며 무예를 겨누고 씨름을 하기도 한다. 그야말로 그는 열 일곱 살이 되었다는 것을 완전히 망각하였고, 할아버지와 자신의 어머니가 늘 훈계하는 것처럼 부부간의 결함이 있는 성인인 것이다.]

[그의 용모는 그의 부친처럼 빼어나지만 문약하다. 창백하고

홀쭉한 얼굴에 깊이 패인 검은 눈은 깊고 맑은 연못처럼 보인
다. 현재 그는 엷은 긴 겹저고리에 편안한 신발과 표백한 천으
로 만든 홑바지를 입고 있으며 눈가에는 작은 땀방울이 약간
맺혀 있다.]

쩡   팅 : (갑자기 그의 어머니를 보고서는 걸음을 멈추고) 어머님!

쩡 원칭 : 학교에 갔다 오니?

쩡   팅 : 예, 아버님.

쩡 쓰이 : (그녀의 불만이 계속된다.) 팅아, 명심하거라. 아무리 가난해도 고
         모부를 따라 배우서는 안 된다. 능력이 있으면 굶어 죽더라도
         처갓집 신세는 지지 말아야지. 우리 집에 살고 있는 위앤 아저
         씨를 봐라, 월말이 되면 방세 꼬박 내고 밥을 먹으면 밥값을
         내니까 사람이 좀 괴팍해도 다른 사람들이 존경하잖니. 정말
         우리 고모부처럼 구린내 나고 고집 센 사람은 처음이다.

         [앞마당의 여자아이 소리 : (유쾌하게) 쩡팅! 쩡팅!]

쩡 원칭 : 들어보거라, 누가 널 부르지 않니?

         [앞마당의 여자아이 소리 : 쩡팅, 쩡팅!]

쩡   팅 : (할 수 없이 어머니 앞에서 대답한다.) 그래!

         [앞마당의 여자아이 소리 : (웃으며 소리지른다.) 쩡팅, 난 옷 다

벗었어, 빨리 와!]

쩡 쓰이 : (엄한 소리로) 누구냐?

쩡 팅 : 위앤 아저씨 딸이에요.

쩡 쓰이 : 그 애가 널 왜 불러?

쩡 팅 : (약간 부끄러워하며) 그 애가 물장난을 하자는 거예요.

쩡 쓰이 : (크게 놀라며) 뭐, 다 큰 계집아이가 옷을 다 벗고 물장난을 해!

쩡 팅 : (해명하듯이) 그, 그 애는 늘 그래요.

쩡 쓰이 : (질책 속에 비웃음을 담고서) 너도 그 애를 따라 한다는 거니?

쩡 팅 : (부끄러워하며) 그, 그 애가 먼저 말한 거예요.

쩡 쓰이 : (갑자기 엄하게) 안돼! 추석날에 찬물로 물장난을 하다니, 미쳤지! 난 바로 위앤씨네의 이런 점이 마음에 들지 않는다. 무법천지야, 딸애를 응석받이로 키워서 조금도 본받을 것이 없어.

[여자아이의 소리 : (소리를 높여서) 쩡—팅!]

쩡 팅 : (반쯤 소리를 내서) 어!

쩡 쓰이 : (즉시 차단하며) 대꾸하지 마라!

쩡 팅 : (가서 알리고 싶은 듯) 그럼 전. (막 한 걸음을 옮기려고 하는데)—

쩡 쓰이 : (다시 그를 막으며) 안돼! (쩡팅에게) 넌 아직 네가 어리다고 생각하니! 열일곱 살이야! 가정을 이룬 사람이란 말이다. 네 아버지는 너만할 때 가족을 부양하셨단 말야! (갑자기) 네 아내는 돌아왔느냐?

쩡 팅 : (줄곧 고통스럽게 그녀의 말을 듣고 있다가 낮은 소리로) 전화를 했어요.

쩡 쓰이 : 그 애가 뭐라 말하던?

쩡   팅 : (위축되어) 제가 전화를 한 것이 아니고 전, 전 쑤팡 이모께 부탁
을 했어요.

쩡 쓰이 : (화가 나서) 왜 네가 하지 않았니, 너더러 하라고 했는데 왜 그랬
느냐 말야?

[여자아이의 소리 : (거의 동시에) 쩡팅, 너 어디에 숨은 거야?]

쩡 쓰이 : (당황하여 어디에다 먼저 대답을 해야 할지 몰라하며) 쑤팡 이모께서
마침 아내더러 단향(檀香)목을 사오라고 부탁하려던 참이었대
요.

[여자아이의 소리 : (다급하게) 더 이상 대답하지 않으면 나 화낼
거야.]

쩡 쓰이 : (쩡팅의 마음이 흔들리고 있음을 알아차리고 쩡팅이 몇 걸음 가지 않았을
때 버럭 화를 내며) 거기 서, 쑤팡 이모가 단향목을 부탁한 것은
그 애더러 그렇게 하려고 하렴. (고집스럽게) 하지만 내가 너한테
뤠이전에게 전화를 하란 일은 왜 하지 않았어? 내가 좀 물어
보자, 넌 왜 내 말을 듣지 않는 거야, 왜?

쩡   팅 : (몰래 바라보다가 다시 고개를 숙이고 말이 없다.)

쩡 원칭 : (길게 한숨을 쉬고) 아이들 부부사이에 대화가 없는데 억지로 시
킨다고 되겠소? 모든 일이란 억지는 좋은 것이 아니요.

[여자아이의 소리 : (높고 큰 소리로) 쩡—팅!]

쩡 쓰이 : (갑자기 소리가 나는 쪽을 향해서) 정말 성가시네! (몸을 돌려 윈칭에
게) “억지는 좋은 것이 아니라구요”, 당신은 무슨 일이든지 이렇
게 쉽게 생각하니까 일을 그르치는 거예요. 제가 좀 물어 봅시
다, 추석날 아침부터 친정에 가 있는 것은 어느 집안의 법도인
가요? 게다가 지금 우리 집안 사정이 좋지 않다는 것도 모르는
바가 아닐텐데. 일손이 부족해서 저까지 부엌에 들어가서 장순
이를 도와야 하잖아요. (냉혹하게) 흥, 집안에 돈도 없으면서
딸애를 너무 애지중지하며 키웠어! (쩡팅에게 갑자기) 그 애한테
말하렴, 어딜 가서 뭐라 하든지 상관하지 않겠지만 우리 배운
가문에 시집을 온 이상 이 케케묵은 법도만은 지켜야 한다고
말이다!

[큰 거실로 통하는 문으로 위앤위앤(袁圓)이 씩씩하게 뛰어 들어
온다. 이 아이는 평생 인류학 연구에 전념해온 학자가 아주
아끼고 사랑하는 외동딸이다. 그녀는 손에 한 통의 찬물을 들고
남자아이들이 입는 짧은 반바지를 입고 있는데 그 아래로 송아
지처럼 건실한 둥근 다리를 드러내 보이며 의기양양하게 문턱
까지 들어와서 두리번거린다. 그녀의 얼굴은 장난기가 만연하
고 종일 집안에서 대소동을 피우며 조금도 가만히 있지 않는다.
항상 남자아이들과 함께 장난을 치고 놀면서 정말 자신이 여자
아이란 것을 잊어버린 듯 하다. 그녀는 올해 열여섯 살이지만
어떻게 보면 훨씬 더 많아 보이고 어떻게 보면 적어 보이기도

하다. 신체의 발달은 열일곱 여덟 살짜리도 이 아이처럼 풍만하지 않을 것이다. 그녀의 생각은 여름날의 비구름 같아서 도무지 감을 잡을 수 없이 변화한다. 마음이 아파서 우는 듯 하다가도 눈 깜짝할 사이에 크게 웃음을 터트리고, 기뻐서 웃다가도 갑자기 뺨에 우스운 눈물을 흘리는 모습이 도무지 영문을 알 수 없는 어린아이 같다. 하지만 그녀의 모든 것은 자연스럽고 솔직해서 어떠한 장난을 하더라도 전혀 인위적인 느낌이 들지 않는다.]

[그녀는 어릴 때 어머니를 여의고 가정교육은 일체 생각이 괴상한 아버지가 도맡아 해왔다. 인류학자의 가정교육과 대대로 선비 학풍을 지켜온 쩡씨 집안은 많은 차이가 있다. 어떤 때 위앤 박사가 정신을 집중하고 뻬이징 인의 유골을 연구하고 있을 때면 위앤위앤의 상상 속에는 작은 방이 마치 40만 년 전 빙하기 시대의 숲 속으로 변한 듯 활을 들고 화살을 겨드랑이에 끼고 맨발과 반 나신으로 바닥에 깔아놓은 호피를 뒤집어쓰고는 바닥에서 항상 아버지가 설명하는 생기발랄한 원시인 모습의 흉내를 낸다. 소리내며 내달리는 모습은 정말 무서운 야수처럼 보이고 최후에는 돌을 학자의 머리 정 중앙에 명중시키듯이 던지지만 학자는 단지 고개를 들어 빙그레 웃으며 즐겁게 받아준다. 이러한 부녀는 당연히 쩡씨 집안의 가정교육 중에서 소중하게 여기는 처세술을 알 리가 없다. 한번은 큰 마님이 위앤위앤이가 뜨거운 여름에 폭우가 쏟아지는 마당 한 가운데에서 비를 맞는 것을 보고는 얼른 그녀의 아버지에게 일러 주었더니 뜻밖에도 이 아버지는 웃으며 뛰어나와 웃옷을 벗고 수건

을 들고서는 그녀와 함께 비를 맞는 것을 본적이 있다. 이후로
큰 마님의 눈에는 이 두 사람은 일반적인 것을 먹지 않는 한
쌍의 괴상한 새처럼 여겨졌다.]
[그녀는 반 팔 셔츠에 고무신을 신고 반바지를 입었다. 머리칼
은 짧고 땀에 젖은 얼굴은 붉게 달아올라 있다.]

위앤위앤 : (쩡팅을 가리키며) 쩡팅, 안녕. 얼마나 찾았는데, 여기 있었구나!
　　　　　(말을 하고서 그 물통을 들고 웃으며 쫓아 들어간다. 쩡팅이 당황해서
　　　　　어머니 앞에서 어찌할 바를 모른다.)

쩡　　팅 : (큰 소리로) 물! 물! (자기도 모르게 아버지 뒤로 가서 숨는다.)

쩡　쓰이 : (놀라며) 찬물을 뿌리면 안돼요! (그녀를 붙잡고서) 위앤위앤 아가
　　　　　씨 내가 한 마디 물어 볼게요.

위앤위앤 : (몸을 돌려 웃으며) 무슨 말을 요?

쩡　쓰이 : (생각 없이) 아가씨 아버님은?

위앤위앤 : (물통을 놓고 일부러 침착한 척하며) 방안에 '뻬이징'인이 있네요.
　　　　　(갑자기 큰 소리를 지르며 마치 고양이가 쥐를 잡듯이 쩡팅을 붙잡고)
　　　　　도망을 가? 어디로 도망가는지 볼 테야?

쩡　　팅 : (웃으며 난감해 하며) 너, 이것 놔.

위앤위앤 : (흥분해서) 가자, 우리 나가서 결판을 내야지.

쩡　쓰이 : (기분이 언짢은 듯) 위앤 아가씨!

위앤위앤 : 나가자!

쩡　원칭 : (웃으며) 위앤위앤, 너 한가지 필요한 것이 있었지?

위앤위앤 : (갑자기 생각이 난 듯 쩡팅을 놓고서) 아, 쩡 아저씨, 저한테 큰 연
　　　　　하나를 빚지셨죠. 저에게 하나 주신다고 했잖아요.

쩡 원칭 : (웃으며) 가을에는 날릴 수 없단다.

위앤위앤 : (고집스럽게) 하지만 승낙했잖아요. 날리고 싶단 말이에요, 날리
고 싶어요!

쩡 원칭 : (미소를 지으며) 내가 큰 지네 연 하나를 찾아 놓았단다.

위앤위앤 : (기뻐서 뛰며) 어디에 있어요? (손을 내밀며) 주세요!

쩡 원칭 : (할 수 없는 듯이) 그런데 지네 연을 생쥐 놈이 갉아먹지 않았겠
니.

위앤위앤 : (영리하게) 거짓말쟁이예요.

쩡 원칭 : 방법이 없잖니. 생쥐가 배가 고파서 연에 풀칠한 곳을 다 갉아
먹었으니 말야.

위앤위앤 : (발을 구르며) 아! (눈에 작은 불이 일어날 듯하다.)

쩡 원칭 : (위로하며) 울지 마라, 또 하나가 있단다.

위앤위앤 : (눈물 속으로 희미한 미소를 내비치며) 음, 안 믿을 거예요.

쩡 원칭 : 쩡팅아, 너 서재에 가서 그 큰 금붕어를 가져오너라.

쩡   팅 : (거의 뛰어 가듯이) 네.

쩡 쓰이 : (불러 세워서) 쩡팅아, 왜 그리 뛰어다녀?

[쩡팅이 자신의 기쁨을 억누르고 어른처럼 서재로 걸어간다.]

위앤위앤 : (쫓아가서) 쩡팅! (그를 끌고서) 빨리, 어서! (그를 끌고 서재 안으로
들어가서 오색 찬란한 먼지 묻은 연을 보고서는 참지 못하고 기뻐서 큰
소리를 지르며) 와, 이렇게 커! (곧 바로 빼앗아 들려고 한다.)

쩡   팅 : (얼굴에 아주 흥분된 미소를 띠고, 떨리는 듯이) 넌 손대지 마, 내가
가져갈게! (그 연을 집어 든다.)

위앤위앤 : (다투면서) 아니야, 내가 가지고 갈 거야!

쩡   팅 : 이렇게 다루면 망가져.

위앤위앤 : (소리까지 지르며) 내가 할거야! 내가! 네 아빠가 내게 만들어
준거야.

　　　　[두 사람이 그 금붕어 연을 서로 갖겠다고 다툰다.]

쩡 쓰이 : (동시에) 쩡팅아!

쩡   팅 : (숨을 고르고 소리를 지른다.) 안돼! 안돼! (눈을 주시하고 그녀를 바라
보며 흥분되고 즐거운 표정으로 위앤위앤과 다툰다. 투명하리만큼 창백한
손가락으로 연의 대나무 틀을 잡고 있으나 위앤위앤의 튼튼한 손목으로
인해 이러 저리 흔들다가 더 이상 그 연을 붙잡고 있기가 힘들어진다.)

위앤위앤 : (동시에 계속해서 말을 하며) 내가 할거야, 내가!

쩡   팅 : (갑자기 크게 소리를 내고는 연을 내려놓으며 멍하니 자신의 손가락에
흐르는 피를 쳐다본다.)

위앤위앤 : (놀라며) 어떡하지?

쩡 쓰이 : (원망하듯이) 그것 봐! (그의 앞으로 가서 질책하듯) 피나는 것 좀
봐라!

쩡 원칭 : (쩡팅을 보고서) 베었느냐?

쩡   팅 : (손가락을 쥐고서) 네.

위앤위앤 : (관심 있게) 아프니?

쩡   팅 : (당황하며) 약간.

쩡 쓰이 : (쩡팅을 붙잡고서) 어서 가서 연고를 바르거라.

위앤위앤 : (자신만만하게) 필요 없어요! (돌연 고개를 숙이고 그의 상처 난 손가락

을 입으로 빤다.)

쩡   팅 : (놀라며) 아! (잠시 감격하여 흥분된 순간이 얼굴에 스쳐 지나가고 수줍어
하며 살며시 어머니의 손을 놓는다.) 어머니, 괜찮아요, 어머니—

위앤위앤 : (침을 한번 뱉고 즐거운 듯이 그의 손을 놓으며) 됐어, 아직도 아프니?

쩡   팅 : (부끄러운 듯 낮은 소리로) 이제 아프지 않아.

위앤위앤 : (그 상처 난 손가락을 가리키고 마치 손가락에다 말하듯이) 흥, 너 다시
아프게 하면 도끼로 찍어 버릴 거야.

쩡 원칭 : (농담조로) 무섭구나!

위앤위앤 : (갑자기 바닥에 놓아 둔 물통을 든다.)

쩡팅·쩡쓰이 : (동시에 긴장하며) 아!

위앤위앤 : (쩡팅을 보고 웃으며) 봐 줄게, 이 물은 너한테 끼얹지 않을 거야.
(그를 밀며) 우리 나가서 연을 날리자. (쩡팅이 기다렸다는 듯이 연을
든다.) 안녕히 계세요, 아주머니!

[위앤위앤이 쩡팅이를 밀고 문으로 뛰어나가면서 물을 바닥에
쏟는다.]

쩡 쓰이 : 쩡팅!

쩡 원칭 : (중재하듯이) 나가서 놀도록 놔둬요!

쩡 쓰이 : 당신은 상관 마세요! (밖을 향해서) 쩡팅!

[쩡팅은 할 수 없이 다시 들어오고 위앤위앤은 영문도 모르고
그의 뒤를 따라온다.]

쩡   팅 : (모친을 바라본다.)

쩡 쓰이 : (인삼탕을 받쳐들고서) 이 인삼탕을 마시거라, 네 아버지가 마시지
        않는단다.

위앤위앤 : (위앤위앤이 눈을 크게 뜨고 부러운 듯이) 인삼탕!

쩡   팅 : 안 마실래요.

쩡 쓰이 : (엄하게) 마셔!

쩡   팅 : (마지못해 한 모금 마시고는 곧바로 뱉으며) 정말로, 변했어요.

쩡 쓰이 : 허튼 소리! (스스로 맛을 보고는 정말로 맛이 이상한 듯) 흥!

[이때 위앤위앤이가 장난스럽게 쩡팅이를 향해 손짓을 하며 가
볍게 걸음을 옮기면서 쩡팅의 등을 밀며 걸어 나간다. 쩡팅이
문턱을 나서고 위앤위앤과 단지 한 걸음 차이가 날 때—]

쩡 쓰이 : (갑자기) 위앤 아가씨!

위앤위앤 : (놀라며) 네! (고개를 돌린다.)

쩡 쓰이 : 이리 좀 와 봐요!

쩡 쓰이 : (활짝 웃으며) 오늘 우리 집에서 아가씨와 아가씨 아버님을 모시
        고 명절을 함께 지내기로 했는데, 아버님께 말씀을 드렸나요?

위앤위앤 : (달갑지 않은 듯) 저희를 초대해서 점심 식사를 한다고요?

쩡 쓰이 : (아주 친절하게) 아, 특별히 이렇게 예쁜 위앤위앤 아가씨를 초대
        했어요.

위앤위앤 : (어리둥절해서) 거짓말이죠! 아빠와 쑤팡 아가씨를 초대하는 것
        이죠, 전 알아요.

쩡 쓰이 : 누가 그래요?

위앤위앤 : (자신 있게) 지앙타이 아저씨가 다 말해줬어요.

쩡 쓰이 : (기쁜 듯이) 그럼 아가씨는 새 엄마를 원하지 않아요?

쩡 쓰이 : 전 엄마 없어요, 원하지도 않고요.

쩡 쓰이 : (설득하듯이) 엄마가 있으면 좋아요. 아가씨는 쑤팡 아가씨가 엄마가 되는 것이 싫은 가요?

위앤위앤 : (영문을 모르고) 저요?

[마당에서 쩡팅의 목소리 : 위앤위앤, 어서 와, 바람이 불어!]

위앤위앤 : (갑자기 쓰이에게 돈 봉투 하나를 건네며) 이거요!

쩡 쓰이 : (놀라며) 뭐예요?

위앤위앤 : 아빠가 드리는 방세예요.

[위앤위앤이 큰 객실로 통하는 문으로 뛰어 나간다.]

쩡 쓰이 : (경멸하며) 이 아이는 정말 가정교육을 못 받았어.

쩡 원칭 : (불안한 듯이) 당신 지앙타이와 무슨 일을 꾸민 거야, 쑤팡이를 어쩌려고?

쩡 쓰이 : (눈을 크게 뜨고) 어쩌다니요? 아가씨도 시집을 가야죠, 평생 노처녀로 지내면서 노인네 수발이나 들게 할 수는 없잖아요.

쩡 원칭 : 쑤팡이는 가만히 있는데 당신이 어떻게 쑤팡이 마음을 알아?

쩡 쓰이 : (입을 삐죽이며) 모르는 거예요 아님 모른 체 하는 거예요! 전 전생에 좋은 일을 못했기 때문에 현세에서 많은 덕을 쌓으려고 해요. 전 정말 아가씨를 저렇게 평생 매장시키고 싶지 않아요.

쩡　원칭 :　시집보내는 것은 당연히 좋은 일이지, 하지만 하루 종일 죽은
　　　　　　사람 골상이나 연구하는 위앤 박사에게 시집보내는 것은—

쩡　쓰이 :　아가씨가 누구한테 시집가던 당신과 무슨 상관이에요? (악독하
　　　　　　게) 당신이 함께 따라 가서 종일 벼루를 갈아주고 종이를 받쳐
　　　　　　주는 하인 노릇이라도 해주고 싶으세요, 아니면 이부자리를 깔
　　　　　　아주고 밤이 되면 아가씨 서방이라도 되어줄건 가요?

쩡　원칭 :　(분노하며) 당신 사람이야 귀신이야? 이렇게 뒤에서 남을 능멸하
　　　　　　다니?

쩡　쓰이 :　(같이 분노해서) 웃기지 말아요! 당신이 사람인지 귀신인지는 내
　　　　　　가 묻고 싶어요. 이렇게 남을 두둔하는 걸 보니 말입니다.

쩡　원칭 :　쑤팡이는 나이가 들도록 우리 집에 머물면서 오랫동안 아버님
　　　　　　께 시중을 들었는데!—

쩡　쓰이 :　(솔직하게 말해버린다.) 난 바로 나이든 처녀를 억지로 우리 집에
　　　　　　붙잡아 놓는 것이 싫어요, 종일 그림이나 그리고 글씨나 쓰면서
　　　　　　노인네 시중이나 들게 하는 것 말이에요. 아마도 아가씨 스스로
　　　　　　는 현명하다고 생각하겠죠.

쩡　원칭 :　아, 아무튼 난 떠날 거요, 아버님만 허락하신다면, 당신들이—

쩡　쓰이 :　반대하셔도 해야 되요, 첫째는 집에 돈이 없어서 이젠 큰 객실
　　　　　　마저도 세를 주었고 더 이상은 공짜로 친척들을 부양시킬 수만
　　　　　　은 없어요. 또 하나는 (사시 눈을 하고 쳐다보며, 냉혹하게) 아가씨가
　　　　　　시집가기를 원하는데, 당신은 원치 않나 봐요…….

쩡　원칭 :　(참을 수 없어서 조급하게) 누가 시집가지 않기를 바란다는 거요?
　　　　　　누가? 누가 말이요?

쩡　쓰이 :　(쑤팡이 양심재의 작은 문으로 걸어 나오는 것을 힐끗 보고는 마치 고양이

가 쥐를 대하듯이 교활하게 웃으며) 싸우지 말자고요, 여보. 쑤팡 아가씨가 왔어요!

[쑤팡(素方)이란 이 이름으로써 이 창백한 여인의 성격을 표현하기에는 역부족이다. 그녀는 서른 살쯤 되어 보이고 강남 명문 가문 출신으로 부친 또한 명성 있는 사람이다. 명성을 뒤로하고 신세는 아주 쓸쓸했는데, 그녀는 홀어머니를 여위고 자신의 이모 집으로 옮겨와서 이때부터 어머니의 유언에 따라 뻬이징의 쩡씨 집안에 기거하면서 다시는 강남으로 돌아가지 않았다. 쩡씨 노마님이 살아 있을 때는 유순하고 착한 쑤팡은 그녀의 총애를 받았고 강직했던 노마님이 죽고 나서는 그의 이모부 쩡 나리의 지팡이 역할을 하였다. 노 나리가 어딜 가면 쑤팡은 늘 그를 따라 나서야 했고 노 나리가 나날이 쇠약해지면서 쑤팡은 그에게 없어서는 안될 위안이 되었다. 하지만 쑤팡의 장래는 하늘에 떠 있는 구름처럼 아득하게 흘러버렸고 누구도 그녀를 위해 진심으로 걱정해주는 사람이 없다.]

[그녀를 처음 보는 사람은 그녀의 인상이 애잔하게 느껴질 것이다. 창백한 얼굴은 마치 가을 호수의 맑은 물처럼 투명해서 내면에 비치는 티 없이 맑고 화려한 모습을 들여다 볼 수 있다. 그녀는 마음속 깊이 풍부한 보석이 숨겨져 있다. 마음이 통하는 사람 앞에서는 그 풍부한 보석을 숨김없이 드러내어 보여주고 여태까지 조금의 겉치레도 하지 않았다. 그녀는 늘 우울하게 하늘을 바라보면서 시와 그림에 심취해 있고, 종일 흐릿한 안개 속에 휩싸여 있는 듯 해서 누구도 그녀의 마음속에 얼마나 많은

고통과 슬픔을 억제하고 있는지를 헤아릴 수가 없다. 그녀는 굳게 입을 다물고 침묵하고 있을 뿐이다.]

[그녀는 의지할 곳 없는 외로운 처지인지라 다년간 친척집의 더부살이 생활 속에서 놀라운 인내심을 길렀는데 눈을 아래로 깔고 수없이 귀에 거슬리는 말들을 들어야만 했다. 단지 가끔 원칭과 시와 그림 얘기를 주고받을 때만은 자신도 모르게 담담히 억눌렀던 감정을 조금 드러내곤 한다. 그녀는 종일 무력한 생활을 하고 있는 이 중년의 사람을 충분히 이해하고 있어서 그를 불쌍히 여기고 심지어는 자신도 불쌍히 여긴다. 그녀의 온화함과 너그러움은 늘 자신의 행복과 건강마저 잊어버리고 그녀와 같은 불행한 사람들을 위로해준다. 하지만 그녀가 결코 약하지만은 않다. 그녀의 고집은 끝없는 참을성 속에서도 항상 강하게 표출이 되어 드러난다.]

[그녀의 복장은 아주 말쑥하고 우아하다. 짙은 남색 바탕에 옅은 회색 반점이 섞인 전통 치파오를 입었는데 크기가 몸에 딱 맞아 보인다. 체구는 작고 말랐으며 둥근 얼굴에 큰 눈을 지녔다. 언뜻 보면 겁에 질린 듯한 모습이 사람들에게 연민의 정을 느끼게 한다. 그녀는 서른 살이 넘었지만 여전히 예전의 우아함을 지니고 있고 목소리도 온화하고 감동적이다. 그러나 대부분은 말없이 미소를 짓고 다른 사람의 말을 조용히 경청한다.]

쩡 쓰이 : (쑤팡을 향해 환한 미소로) 쑤팡 아가씨 이것 좀 보세요, 이 사람이 얼마나 무서운지! 떠나면서 내게 흉악하게 성깔을 부리고 가려 하네요. (다시 마음에도 없는 거짓말을 늘어놓는다.) 모르는 사람은

모두 내가 집안에서 얼마나 악독하게 했으면 그럴까 하고 여기
겠죠! 하지만 알만한 사람은 내가 어떤 학대를 받는지 분명히
알아요. 전 매일 저 사람(원칭을 가리키며)의 모욕과 그리고 아버
님, 고모와 고모부의 학대를 받고 살아요. (가련한 모습으로) 아들
며느리마저 날 괄시해요! (친근하게) 정말 이 집안에서 쑤팡 아가
씨만이 제 편이에요, 마음이 깊고 저한테도 잘 하시고—

쑤　　팡 : (영문을 모르고 쉼 없이 푸념하는 쓰이의 말을 듣고서 조용히 미소를 짓는
　　　　 다.)

쩡　원칭 : (참지 못하고 그녀의 말을 가로채서) 아버님은 일어나셨어?

　　　　[쓰이가 말을 멈추자 비로소 방안이 잠시 조용해진다.]

쑤　　팡 : (점잖게) 이모부님은 벌써 일어나셨어요. (바닥에 버려진 산수화
　　　　 그림을 허리를 굽혀 주우며) 이건 오빠가 그린 그림이 아니세요?

쩡　쓰이 : (다시 말을 늘어놓는다.) 맞아요, 이 그림을 쥐가 갉아먹어서 저와
　　　　 오전 내내 다투었어요.

쑤　　팡 : (진심으로 기뻐하며) 괜찮아요, 제가 가져가서 한번 고쳐볼게요.

쩡　원칭 : (겸손하게 웃으며) 괜찮다, 그렇게까지 할 필요는 없어.

쩡　쓰이 : (비웃듯이 원칭을 한번 흘겨보고) 그러지 말고 쑤팡 아가씨더러 고
　　　　 쳐보라고 하세요. (쑤팡이에게) 두 분의 호흡이 착착 맞으니 떠나
　　　　 시기 전에 기념이라도 남기세요.

쑤　　팡 : (그녀의 말투를 알아차리고 그림을 내려놓아야 할지 집어들어야 할지 머뭇
　　　　 거린다.) 그럼, 전, 전—

쩡　원칭 : (다가와서 곤경을 벗어나게 해준다.) 그럼 쑤팡 동생이 한번 고쳐봐,

　　　　　아주 아깝거든.

쩡　쓰이 : (눈을 번뜩이며) 정말 아깝지요. (스스로 감탄하며) 전 줄곧 쑤팡
　　　　　아가씨의 재간 있는 손을 생각했어요, 수 잘 놓지요, 그림 솜씨
　　　　　글 솜씨도 좋지요. 제가 우스개 소리 한 마디 하죠. (부자연스럽
　　　　　게 웃으며) 어떤 때는 정말 생각다 못해 칼로, (미소짓던 눈에서
　　　　　갑자기 악독한 빛이 무섭게 번쩍인다.) 쑤팡 아가씨의 손을 (아주 강한
　　　　　어투로) 잘라서 내 손에 붙이고 싶단 말이에요.

쑤　　팡 : (놀라며) 아! (자신도 모르게 창백한 손목을 움켜쥔다.)

쩡　원칭 : 당신 농담이라고 하는 거요?

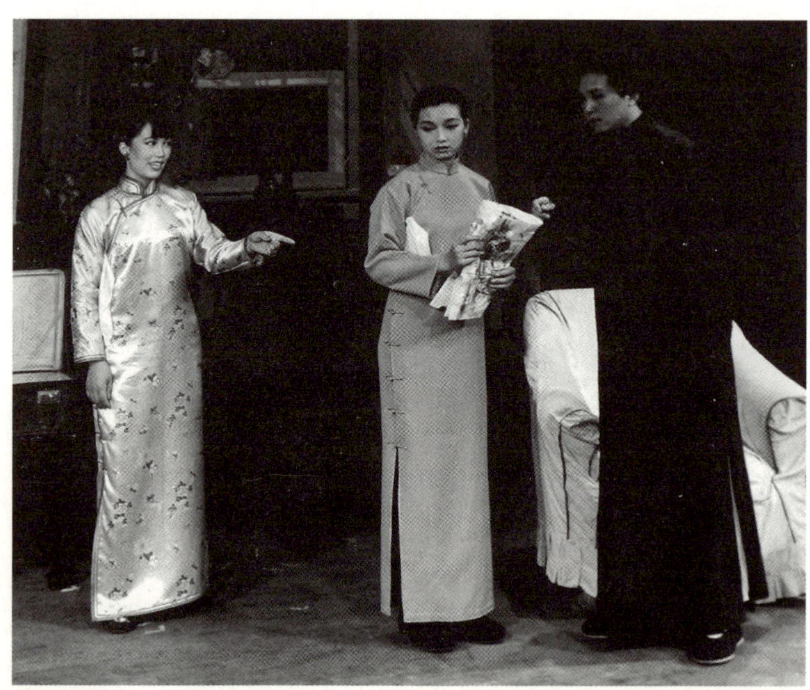

▶좌로부터 쩡쓰이, 쑤팡, 쩡원칭

쩡 쓰이 : (득의양양해서 큰소리로 웃으며) 내 입은 거칠어도 절대 악의가 없
어요. (쑤팡의 손을 쥐고 살짝 어루만지며) 쑤팡 아가씨, 개의치 말아
요, 난 입빠른 소릴 잘해서 점잖고 우아하게 말할 줄 모르거든
요. 늘 저이한테 말하지만 (원칭을 흘겨보고서) 내가 남자라면 절
대 나 같은 여자를 아내로 삼지 않겠다고 말이에요. (더욱 친근하
게) 쑤팡 아가씨, 내 말이 맞지요? 한번 말해보세요—

[쑤팡이 얼떨떨해서 어찌할지 몰라할 때 쩡뤠이전(曾瑞貞)—쩡
쓰이의 며느리가 단향목과 향을 담은 보따리를 들고 큰 객실로
통하는 문으로 황급히 들어온다.]
[쩡뤠이전은 열 여덟 살에 불과하나 얼굴은 좀 나이가 들어
보여서 스무 살이 안된 젊은 여자라는 것이 믿어지지 않을 정도
이다. 그녀는 늘 극도의 위압감 속에서 생활하지 않으면 안되었
다. 강한 심성을 갖고 있지만 반항적인 뿌리는 가슴 깊숙이
박아놓고 낯선 사람 앞에서는 절대 드러내지 않는다. 눈빛에서
는 우울함과 불만, 원망으로 가득 차 있는 것을 볼 수 있다.
입은 항상 꽉 다물고 있어서 조금도 여인의 부드러움과 매력을
찾아볼 수가 없다. 그녀는 화장하기를 싫어하고 화려한 옷 입기
를 싫어한다. 시어머니가 여러 번 타일렀지만 소용이 없었고,
이러한 일로 인해 시어머니는 그녀를 꾸짖기도 하였다.]
[까닭 없이 시어머니가 상스러운 욕설을 할 때면 그녀는 단지
차갑게 시어머니를 쳐다볼 뿐 겁은 내지 않는다. 그녀는 속으
로 고통스러워 하지만 절대 자기가 혐오하는 사람 앞에서 눈물
을 흘리는 나약함을 보이려 하지 않는다. 쓸쓸한 빈방에서 앞

으로 그녀가 가야할 기나긴 세월을 생각할 때면 고통스럽다
못해 자살을 하고 싶은 충동이 일어나고 또 한편으로는 분노가
치밀어서 이 유령 같은 집을 반드시 뛰쳐나가야만 하고, 여자
는 스스로 자신의 출로를 찾아야 한다는 생각을 더욱 굳게 하
고 있다.]

[그녀가 열 여섯 살일 때를 돌이켜 생각해보면 지금은 수 십
년을 지내온 듯하다. ─그녀가 중학교를 들어간지 겨우 2년
만에 얼떨떨하게 이 정신적 고통을 주는 우리 속에 갇히게 된
것이다. 그녀는 이 선비 가문에서 아주 짧은 하룻밤을 지낸
사이에 소녀의 천진 무궁한 꿈은 깨져버리고 갑자기 근심 가득
한 젊은 아낙네가 되어버린 것 같았다. 그녀가 이처럼 빨리
인생의 고통을 경험하고 우울한 침묵 속에 빠져버린 것을 보고
그녀의 옛 친구들은 한 소녀가 어쩌면 저렇게 급변할 수 있을까
하고 경탄을 금치 못했다. 그녀는 어린 남편과 할 말이 없다.
또한 헐뜯고 아첨하는 따위의 방식으로 시어머니의 환심을 사
고 싶지 않았다. 그저 쩡씨 집안 손자며느리가 지켜야할 번잡한
예절을 마지못해 지킬 따름이다. 그녀는 마음속으로 이런 환경
에서 오랫동안 생활해 나갈 수 없다는 것을 알고 있다.]

[온통 근심으로 휩싸인 이 집에서 단지 쑤팡 이모만이 그녀의
친구가 될 수 있었고 간혹 쑤팡이 그녀 앞에서 눈물을 흘릴
때면 그녀 또한 쑤팡 이모의 흐느끼는 깊은 내심의 고통을 동정
하며 애석해하였다. 그러나 그녀는 쑤팡 이모와는 두 세대의
차이가 나는 여자이다. 그녀는 마음 속에 희망을 갖고 자신의
앞날이 이 조그만 세계에 있지 않다는 것을 점차 깨닫고 있지만

쑤팡 이모의 생각은 오히려 쩡씨 집 울타리를 벗어나지 못하고 있다. 그녀는 책 읽기를 좋아한다. 책은 그녀로 하여금 지금의 세계를 인식하게 하였고 또한 열정적으로 책을 소개시켜 주며 그녀에게 또 다른 세계를 알게 해주는 성실한 친구들도 알게 해주었다. 그녀의 이러한 생활을 가끔 쑤팡 이모에게 들려준 적이 있을 뿐 쩡씨 집안 다른 사람은 전혀 모르고 있다.]

[요즘 그녀의 안색이 좋지 않다. 갑자기 신체의 변화가 오자 그녀의 마음은 무서운 모순으로 흔들이고 있다. 침식을 잃고 미래에 태어날 작은 생명체를 위해 자신이 어리석게 이 집에 있는 것이 얼마나 불행한가를 뼈저리게 느꼈고, 왜 자신이 이 어린 사람에게 시집을 와야 했으며 이제는 또 어리석게 어린 생명까지 보태주어야 하는 지를 이해할 수가 없었다. 이 풀지 못할 의문 때문에 그녀는 외출이 잦고 밤낮으로 해결책을 찾아 고민한다.]

[그녀는 문을 들어설 때 조금 망설인다. 어두운 색깔의 옷이 시어머니의 불쾌감을 자아낼 수 있다는 것을 알기 때문이다.]

쩡뤠이전 : 어머님, 아버님!

쩡 쓰이 : (비웃는 어조로) 전화를 해야지 모서 올 수 있구나. 내 마침 쑤팡 이모한테 차를 불러서 데려 오려던 참이었다.

쩡뤠이전 : 전, 전 몸이 좀 불편해서요.

쩡 쓰이 : (야박하고 날카롭게) 그래 여긴 집이 아닌가, 내가 뤠이전 아씨를 못 모실까봐?

쑤 팡 : (뤠이전을 두둔하며) 언니, 뤠이전은 정말 몸이 불편해요.

쩡 쓰이 : 다 나왔니?

쩡뤠이전 : (낮은 소리로) 네.

쩡 쓰이 : (그녀를 쏘아보고는) 어서 가 봐라, 난 네가 무섭다! 어서 가서
조상님께 절을 올려라.

쩡뤠이전 : 네. (곧 바로 몸을 돌려 양심재로 향한다.)

쩡 쓰이 : (웃음이 가득한 얼굴로 쑤팡을 보고서) 난 이렇게 마음이 약하다니
까, 시어미 짓도 할 줄 모르니 말이에요, 보기만 해도— (갑자기
뤠이전 쪽으로 몸을 돌리며) 뤠이전, 왜 아버님께는 한마디도 없이
가는 거냐.

쩡뤠이전 : 여쭈었어요.

쩡 쓰이 : (대꾸하는 것이 괘씸하다 여기고는 금방 얼굴색을 바꿔서 원칭에게) 들으
셨나요? (원칭이 대답할 틈도 주지 않고 뤠이전에게) 난 못 들었다.

쩡뤠이전 : (차갑게 쓰이를 바라보고는 몸을 돌려 원칭를 향해) 아버님!

쩡 원칭 : (보기 안돼서) 어서 가봐라, 어서 가봐!

쩡 쓰이 : (뤠이전에게) 쑤팡 이모한테는?

쩡뤠이전 : (기계적으로) 쑤팡 이모.

쩡 쓰이 : (쑤팡이를 향해 겸허한 척 또한 따지듯이 음험하게 웃으며) 뤠이전은
아무 예의범절도 모른다니 까요. (뤠이전을 향해 아주 자상한 모습으
로) 어서 쑤팡 이모한테 고맙다고 말씀드려라. 방금도 네가 걱
정되어서 쑤팡 이모가 전화를 한 거야.

쩡뤠이전 : 쑤팡 이모, 고맙습니다.

쩡 쓰이 : 쩡팅이가 학교에서 돌아온 것을 아니?

쩡뤠이전 : 알고 있어요.

쩡 쓰이 : 위앤 아가씨와 연을 날리고 있는 것도 보았겠구나?

쩡뤠이전 : (낮은 소리로) 봤어요.

쩡 쓰이 : (손은 뤠이전을 가리키며 쑤팡을 향해) 보세요, 이렇게 얼빠진 사람
　　　　이 있나요? 알고도 보고만 있었다니. (갑자기 뤠이전에게) 그런데
　　　　왜 빨리 돌아와서 남편을 간수하지 않아. (총명한 듯이 훈계한다.)
　　　　흐리멍덩해선 안돼, 그 애는 네 남자야, 네 남편이고, 네가 평생
　　　　의지해야 할 사람인 거야.

쩡 원칭 : (따분한 듯) 아직 어린애들인데 같이 노는 것이 무슨 큰일이라고
　　　　그런 말을 하는 거요.

쩡 쓰이 : (고의로) 누가 큰일이래요, 당신은 그런 여자들 편을 들어서 말
　　　　할 줄 밖에 모르는 군요. (자신도 모르게 쑤팡을 힐끗 보고서) 그런
　　　　여자들은 욕심이 많아서 척 보면 남자 꾀여내기 좋아한다는
　　　　걸 알 수 있거든요. 뤠이전, 어서 제사상을 봐 놓고 쩡팅이더러
　　　　그 미친 아가씨하고는 그만 놀고 마고자 차려입고 절을 올리라
　　　　고 하거라.

　　　　[뤠이전이 단향목과 향 꾸러미를 집어든다.]

쩡 쓰이 : 이리 와 보거라, 누가 너더러 이런 단향목을 사오라고 하더냐?

쩡뤠이전 : (말이 없다.)

쑤 팡 : (낮은 소리로) 언니—

쩡 쓰이 : (못들은 척 하고 여전히 뤠이전을 향해) 부자가 됐냐? 누가 너더러
　　　　이렇게 많이 쓸모 없는 것들을 사들이라던? 누가 그렇게 쓸데없
　　　　는 짓을 시키더냐 말이야?

쑤 팡 : (침착하게) 제가 그랬어요, 언니.

[침묵]

[뤠이전이 양심재의 작은 문으로 나간다.]

쩡 쓰이 : (침묵을 깨트리며) 아이, 참, 나 좀 보게나 , 내 또 입빠른 소릴
했네요. 하지만 장비(張飛)처럼 속에는 한가지도 새겨두지 못
하지요. (미안한 듯) 참, 쑤팡 아가씨가 시킨 일인 줄 미리 알았다
면—

쑤 팡 : (차분하게) 이모부께서 밤에 경을 읽으실 때 쓰시겠다고 사오라
고 하셨어요.

쩡 원칭 : 아버님께서 몇 일전부터 사오라고 하시더군.

쩡 쓰이 : (부드럽고 인정 있게) 우리 아버님은 성미가 괴팍하셔서서 시중들기
가 힘들어요. 일찍이 저한테 분부하셨으면 금방 사다드렸을
텐데. (다시 친절하게) 참, 아가씨는 모를 거예요, 오빠와 내가
아가씨게 얼마나 고마워하는데요. 이 집에 아가씨가 없으면
아버님께서 이 며느리에게 어떻게 화를 낼지 모르거든요. (아주
관심 있는 듯한 어조로, 목소리를 낮추고) 어제 저녁에 아버님이 또
편찮으셨지요?

쑤 팡 : (고개를 약간 끄덕이며) 네.

쩡 쓰이 : (원칭에게 득의에 찬 얼굴로) 보세요, 맞죠! (쑤팡에게) 아버님 방안
에서 ‘콜록콜록’ 기침소리가 들리더라고요. 전 저이에게 말했지
요, 가엾게도 노인네가 천식 때문에 고생하시는구나! 하고 말이
에요. (얼굴에 근심이 가득 찬 듯한 표정을 지으며) 기침소리만 들으
면 이리 저리 뒤척이며 잠을 이루지 못하겠어요. 어제 밤에도
저이를 흔들어 깨워서 말했어요. 한밤중인데 쑤팡 아가씨가

　　　　주방에서 더운물을 가져다가 아버님께 물주머니를 넣어 드리는
　　　　것 같다고요. 정성도, 참—

쩡　원칭 : 아버님이 어디가 편찮으시길래?

쩡　쓰이 : (힘없이) 다리가 아프시다며 주무르라고 하시더군요. 속도 답답
　　　　하다고 하셨어요.

쩡　원칭 : (진지하게) 그래서 아버님이 동생더러 밤새 다리를 주무르라고
　　　　하셨나?

쑤　팡 : (비애에 찬 미소를 띠며) 주물러 드리면 이모부께서 조금이라도
　　　　편히 주무실 수 있어요.

쩡　쓰이 : (놀라며) 아이고, 그래서 아침까지 아가씨가 주물러 드리고 있었
　　　　군요.

쩡　원칭 : (동정하며) 그럼 동생은 아직 잠을 자지 못했겠구나?

쩡　쓰이 : (혀를 내밀며) 밤새 한잠도 자기 못해서 어쩌죠! (가슴 아픈 표정을
　　　　지으며) 아니 그럼 왜 나더러 대신해 달라고 하지 않았어요.
　　　　아가씨도 참, 어서 들어가 눈 좀 붙여요. (쑤팡을 떠밀며) 원래
　　　　몸도 약한데 밤까지 새웠으니. (몹시 아껴주듯이) 아이고, 어서
　　　　들어가요, 우리 마음씨 고은 아가씨, 들어가 주무세요. 이러다
　　　　정말 병이라도 나면 난 정말 미안해서 죽을 거예요.

쑤　팡 : (연약하고 부드러운 어조로) 괜찮아요, 잠이 오지 않아요.

쩡　쓰이 : 여보, 쑤팡 아가씨보다 더 효성스러운 사람은 없을 거예요. 전
　　　　아가씨 같은 성격을 좋아해요. (쑤팡을 칭찬하며) 말수 적고, 사람
　　　　잘 대해 주고, 인정 많고, 언제나 따듯하고 묵묵한 성격 말이에
　　　　요. (갑자기 원칭에게) 이 봐요, 제가 남자라면 정말 쑤팡 아가씨
　　　　같은 여자를 얻겠어요, 평생 복이지요.

쩡 원칭 : (쑤팡을 궁지에서 구해주고 싶은 듯) 쑤팡아, 아버님께 인삼탕을 드
　　　　　　린다고 하지 않았니?

쑤 　팡 : 아, 네, 그래요.

쩡 쓰이 : 일찍 말하시죠, 진작 준비해뒀는데. (인삼탕을 받쳐든다.)

쩡 원칭 : 방금 쩡팅이가 그 인삼탕은—

쩡 쓰이 : 저이의 쓸데없는 소리는 듣지 마세요. 아, 내가 좀 데워서 주는
　　　　　　것이 좋겠네! (웃으며) 이렇기 때문에 며느리가 미워도 안볼 수
　　　　　　는 없다는 말을 하나봅니다. 밉고 싫더라도 방법이 없지요. (몇
　　　　　　걸음 걷다가 고개를 돌려서) 아참, 주방의 음식은 아가씨가 오빠
　　　　　　길떠날 때 가져가라고 준비하신 것 아닌가요?

쑤 　팡 : 아—, 네!

쩡 쓰이 : (날카롭게) 당신은 복도 많아요, 동생이 오빠를 끔찍이도 생각해
　　　　　　주니 말이에요! 떠난다 떠난다하시니 쑤팡 동생이 밤새 잠도
　　　　　　못 자면서 부랴부랴 당신 드시라고 요리를 두 접시나 만들어
　　　　　　놓았어요. 고맙다 하지 않고서요?

　　　　　[쓰이가 웃으면서 양심재 작은 문으로 나간다.]
　　　　　[침묵, 창 밖의 하늘에서 가끔씩 비둘기에 맨 호루라기 소리가
　　　　　경쾌하게 들려온다.]

쩡 원칭 : (감격하여 눈물을 흘리며, 낮은 소리로) 쑤팡아, 난, 난—

쑤 　팡 : (고개를 숙이고 말이 없다.)

쩡 원칭 : (그녀를 바라보다가 자신도 고개를 숙이고 말문이 막혀서) 천어멈이 우
　　　　　　릴 보려고 왔어.

쑤   팡 : (자신의 슬픔을 참으며) 그분은, 그분은 앞뜰에 계세요.

[쓰이가 불쑥 양심재 작은 문으로 나타나서 들여다본다.]

쩡 쓰이 : (만연의 희색을 하고 손을 흔들며) 여보, 천어멈이 밖에서 당신을 찾아요. 당신은 곧 떠나실 텐데, 그분께 한 두 마디 안부인사라도 해야 하지 않겠어요? 어서 요, 당신!

[쑤팡이 원칭이가 힘없이 쩡쓰이를 따라 서재 작은 문으로 나가는 것을 바라본다.]
[요란한 비둘기 호루라기 소리.]
[돌로 포장된 울퉁불퉁한 길에서 외바퀴 물 수레가 굴러가는 단조로운 소리.]
[멀리서 길게 들려오는 소경 점쟁이가 치는 징 소리.]
[멀리 시가지에서 두어 번 "쑤안메이탕이 왔어요……"라고 외치는 소리.]

쑤   팡 : (선 채로 멍하니 있다가 쓸쓸하게 놓여 있는 낮은 걸상에 덥석 앉아서 흐느낀다.)

[미풍이 불어와서 벽에 걸린 그림이 펄럭인다.]
[밖에서 들리는 위앤위앤의 소리: (연을 날리며 손뼉을 치며 소리친다.) 날아라, 날아라, 높게 날아라!]
[천어멈이 샤우주얼을 데리고 큰 거실에서 앞뜰로 통하는 문으

로 들어온다. 샤우주얼이 눈 한번 깜박이지 않고 공중에 뜬
연을 쳐다보는데 햇빛이 그의 둥근 얼굴을 붉게 비춘다.]

천 어멈 : 쑤팡 아씨!
샤우주얼 : (저도 모르게 절로 손뼉을 치며) 할머니, 금붕어가 하늘로 올라갔어
요, 금붕어가 하늘로 올라갔어요! (바깥 하늘을 가리키며 애석해서
소리친다.) 어이구, 금붕어가 하늘에서 떨어졌어요. 금붕어—
천 어멈 : (쑤팡이 혼자 울고 있는 것을 보고 고개를 돌려 나지막한 소리로) 조용히
좀 하거라, 너 나가서 보려무나!

[샤우주얼이 기뻐하며 성큼성큼 뛰어 나가고 천어멈이 쑤팡 앞
으로 조용히 걸어간다.]

천 어멈 : (천천히) 쑤팡 아씨, 무슨 일 있으세요?
쑤   팡 : (고개를 숙이고) 전, 전— (다시 낮은 소리로 흐느낀다.)

[잠시동안]

천 어멈 : (탄식하며, 애석해서 손을 살며시 쑤팡의 어깨에 올려놓으며) 쑤팡 아씨,
울지 말아요. 내 오랜만에 왔는데 이번에도 아가씨 우는 모습을
보게 되네요.
쑤   팡 : (고개를 들고) 전 정말 한바탕 울고 싶어요, 어멈 이렇게 살아서
뭘 해요! (탁자에 엎드려서 운다.)
천 어멈 : (고개를 숙이고 금방이라도 눈물이 쏟아질 듯이) 울지 말아요, 쑤팡

아씨. 작년에도 제가 몇 번이나 말씀드렸죠. (침통하게) 시집가
세요, 시집을 가는 것이 더 좋아요. 후처라도 괜찮아요. (자신의
눈물을 닦으며 억지로 웃음을 지으며) 내 말이 경솔할지 몰라도 다
큰 처녀가 이모부 댁에서 평생을 보낸다는 것이 어찌 말이나
되나요. (쑤팡이 다시 흐느낀다.) 싫더라도 시집을 가요, 쑤팡 아
씨. 남의 집은 역시 남의 집인 거예요. (쑤팡이 소리를 내어 운다.
천어멈이 목소리를 낮추고 비밀을 말하듯이) 그 위앤 선생을 방금
앞뜰에 가서 몰래 훔쳐봤는데요, 사람이 오히려—

쑤　　팡 : (흐느껴 울며) 어멈, 그 말은 하지 마세요.

천　어멈 : (자상하게) 그래, 궁합은 다 맞춰봤나요?

쑤　　팡 : (더 이상 말하지 않기를 간절히 바라며) 어멈.

천　어멈 : (고개를 저으며) 우리 큰 마님은 사람을 꼼짝달싹 못하게 한다니
　　　　　까요. 칭 도련님도 매일 큰 마님의 성질을 받아주어야 하니
　　　　　불쌍하기도 하지. 생각만 해도 마음이 정말 아파요. (슬퍼하며)
　　　　　후유, 세상은 정말 마음 대로만은 안 되는가 봐요. 생각하면
　　　　　아가씨하고 칭 도련님, 이 두 분이 한 쌍이 되어서—

[뤠이전이 양심재 작은 문으로 급하게 들어온다.]

쩡뤠이전 : 쑤팡 이모, 할아버지께서 부르세요.

쑤　　팡 : 그래! (급히 일어나 눈물을 닦고 머리를 숙이고서 서재 쪽으로 걸어간다.)

쩡뤠이전 : 할아버지께서 앞 사랑채에 계세요! (쑤팡이 머리를 숙인 채 다시
　　　　　몸을 돌려 큰 객실로 통하는 문으로 걸어간다. 뤠이전이 그녀가 울고 있는
　　　　　것을 알아차리고 뒤따르며 낮은 소리로) 쑤팡 이모, 이모 왜, —

　　　　　[쑤팡이 여전히 머리를 숙인 채 앞으로 걸어간다.]
　　　　　[뒤뜰에서 큰 마님이 소리친다.]
　　　　　[뒤뜰에서 큰 마님의 목소리 : 뤠이전!]

쩡뤠이전 : (걸음을 멈추고서 대답을 한다.) 네!

　　　　　[뒤뜰에서 큰 마님의 목소리 : (날카롭게) 이 애가 또 어딜 간 거야, 뤠이전?]

쩡뤠이전 : 여기 있어요! (계속해서 쑤팡의 뒤를 따른다.)
쑤　　팡 : (큰 객실의 문턱에서 걸음을 멈추고) 어서 가보거라!
쩡뤠이전 : 싫어요. (쑤팡이 또 걷기 시작한다. 두 사람은 큰 객실로 들어서고 쑤팡이 먼저 앞뜰로 통하는 문으로 나간다.)

　　　　　[큰 마님이 양심재 작은 문으로 들어선다.]

쩡　쓰이 : 뤠이전, 너— (천어멈을 힐끗 보고서) 아, 천어멈, (만연의 희색을 하고 뒤뜰을 가리키며) 빨리 가보세요, 당신의 칭 도련님이 어멈을 찾고 있어요!
천　어멈 : (기쁨을 감추지 못하고) 칭 도련님이, 어디서요?
쩡　쓰이 : 뜰에서요.

　　　　　[천어멈이 몹시 기뻐하며 후들거리는 걸음으로 서재를 통해 나간다.]

[뤠이전이 큰 객실로 통하는 문으로 살그머니 들어선다.]

쩡뤠이전 : 어머님.

쩡 쓰이 : (째려보며) 귀가 먹었냐! (두리번거리며) 내가 불러오라던 사람은?

쩡뤠이전 : 전, 전—

쩡 쓰이 : (엄한 소리로) 물러가! 망할 것! (고개를 숙이고 있는 뤠이전 앞을 지나면서 이를 갈며) 꼴 좀 봐라, (발을 구르며) 왜 죽어 없어지지도 않니!

[뤠이전이 묵묵히 서재 작은 문으로 걸어간다.]

쩡 쓰이 : (동시에 큰 객실 쪽으로 가서 소리친다.) 쩡팅아, 쩡팅아!

[쩡팅이가 앞뜰로 통하는 큰 객실 문으로 들어선다.]

쩡 팅 : (온통 땀에 젖어서) 어머니.

쩡 쓰이 : (질책하듯 냉정하게) 엄마가 불렀는데 알고 있었느냐?

쩡 팅 : (겸연쩍게 웃으며) 알았어요.

쩡 쓰이 : (화가 좀 누그러지고) 어서 두루마기 차려입고 조상님께 절 올려야지. (쩡팅이 곧바로 몸을 돌려서 서재 쪽으로 가려는데 쓰이가 그를 멈춰 세우고 아주 자상한 어조로) 애야, 다음부터는 위앤위앤 아가씨하고는 놀지 마라, 막 자란 계집아이라서 예의가 없단 말이다. (한편으로 격려하듯 한편으로는 분풀이라도 하듯) 네가 만일 뤠이전이 싫다면 중학교 졸업하고 엄마가 또 하나 얻어줄 테니, 공부

잘해서 네 엄마 체면 좀 세워주고, 앞으로는—

[쩡팅이가 듣기 귀찮아 할 쯤이 되어서 장순이 왼쪽 지앙타이 침실로부터 걸어나온다. 쩡팅이 그 틈을 타서 서재 작은 문으로 빠져나간다.]

[왼쪽 침실 안에서 들려오는 소리 : (문이 열릴 때) 망할 자식! 물러가! 물러가란 말야! (곧이어 문이 탕하고 닫힌다.)]

쩡 쓰이 : 무슨 일이냐, 장순아?

장 순 : (화가 나서 씩씩거리며) 큰 마님, 저 장기간 휴가를 좀 주세요.

쩡 쓰이 : 또 어째서?

장 순 : (손짓과 발짓을 하며) 전 이 나리의 시중을 못 들겠어요. 하루 종일 아무 일도 안 하시면서 괜히 우리 하인들만 조상들까지 들먹이며 트집을 잡으시니.

쩡 쓰이 : (격분해서) 미친개라니까, 그 사람과 상대해서 뭘 해?

장 순 : (분을 삭이지 못하고) 아니요, 다른 사람을 찾아보세요! 매일 빚쟁이들 상대하느라 진저리도 나고—

[갑자기 옆방에서 “개자식—” 하고 욕하는 소리가 흘러나온다. 한 여인의 목소리 : “당신 가지 말세요!” “가지 말아요!” 남자의 폭언 소리 : “이 손 놔, 난 만나야겠어!”]

쩡 쓰이 : (뭔가를 느낀 듯이 낮은 소리로) 장순아, 저리로 가서 얘기하자, 저 인간 실컷 소리 지르라고 내버려두고.

[장순이 큰 마님을 따라서 서재의 작은 문으로 나간다.]

[거의 동시에 지앙타이(江泰)가 쩡원차이(曾文彩)의 손에 잡혀서 뛰쳐나온다. 지앙타이가 손을 확 뿌리치자 쩡원차이가 아연실색하고 쳐다본다. 지앙타이는 손에 돈 한 묶음을 쥐고 화가 나서 씩씩거리며 마구 손을 내흔든다.]

[지앙타이는 화학을 전공했으며 일찍이 해외 유학을 다녀왔다. 그는 뻬이징으로 들아와서 마음껏 향락을 즐겼으며 이러한 편안한 향락생활은 어느 사대부 집안의 자제와 비교해도 차이가 없을 정도였다. 서른 일곱 살이 된 그는 조금은 초라한 모습이고 총명해 보이기는 하지만 사회생활에 뛰어들어 활동하는 다른 총명한 친구들과는 비교가 될 수 없을 것이다. 그래서 인지 그는 항상 사소한 이득을 얻기 위해 궁리를 해보지만 언제나 손해를 보곤 한다. 그는 결코 교활하거나 악하지는 않으며 귀국 후에 뭔가를 해보려고 나름대로 노력을 해보았다. 하지만 무슨 이유에서인지 본업을 버리고 득의양양해서 관료가 되었다. 몇 번이나 관리직을 하였지만 그다지 신통치 못하였고 결국에는 큰 손실을 내게 되었다. 뿐만 아니라 공금횡령이라는 혐의로 아주 불명예스럽게 그 자리를 물러났다고 한다. 그는 돈이 얼마 남지 않게 되자 처가살이를 하면서 매일 불평을 늘어놓고 술만 마시면 기세를 높이려 한다. 궁핍해질수록 그 불평의 기세는 더해지면서 탁자를 치고 사람에게 욕설을 하며 접시나 사발들을 내던지며 깨트리는 짓을 밥먹듯이 한다.]

[하지만 그에게도 사랑스런 점이 없는 것은 아니다. 그는 아주 직선적이고 솔직하게 말하기를 좋아하고 어떤 때에는 매우 공

정하기까지 하다. 그는 병을 앓고 있는 아내를 항상 업신여기는
데, 간혹 아내가 기분이 좋아서 한 두 마디 그와 다른 의견이라
도 말할 때면 언제나 "당신이 뭘 알아?"라고 무시해 버린다.
그에게는 또 하나의 장점이 있는데 뻬이징의 식당, 극장 각종
오락장소를 거의 모르는 곳이 없다. 뿐만 아니라 먹는 것에
신경을 많이 쓰는 사람이고 소문난 미식가로 음식 맛을 귀신같
이 안다. 모든 요리 비법을 아주 조리 있고 생동감 있게 설명할
때면 마치 원자재(袁子才)14)의 짧은 산문 한편을 감상하듯이
유창하고 자연스럽다. 그는 또 과시하기를 좋아해서 늘 자기가
예전에 얼마나 호화롭게 살았고 호방했으며 또 어떻게 친구들
로부터 숭배와 칭찬을 받았는지를 과장하여 자랑하는데 어떤
때에는 그 말을 정말 믿기가 힘들다.]

[평소에 그는 돈 버는 방법을 부단히 궁리한다. 하지만 대부분
탁상공론에 그치고 단지 말하는 그 자체에서 쾌감을 느끼는
듯 전혀 실천할 생각이 없다. 한번은 예외였는데 그가 사업을
할 생각으로 자본이 적게 들고 이윤이 많이 나는 비누공장을
꾸리고자 쩡씨 집 낡은 온실에 가마를 앉히고 불을 지피고 날을
정해서 일을 벌렸다. 커다란 솥에 누렇고 걸쭉하게 재료를 끓였
지만 비누를 만들려고 보니 응고된 소기름처럼 흐물흐물하기만
했다. 원래 그의 화학 교과서에는 비누 만드는 방법이 상세하게
설명되지 않았던 것이다. 그 후로부터 가마솥을 낡은 온실에

---

14) 원자재(袁子才): 본명은 원매(袁枚). 淸代 시인. 그는 시란 성정(性情)에서 우러나오
   는 대로 꾸밈없고 자연스럽게 써야 한다는 성령설(性靈說)을 주장한 시인으로 유명하
   다.

처박아 놓은 채 다시는 이 일을 거론하는 사람이 없다.]

[한번의 실패를 경험한 후 그는 한동안 돈을 벌겠다는 말을 입밖에 꺼내지 않았다. 그러나 방안에 틀어박혀 지낸지 얼마 되지 않아 아내에게 탄식하면서 언젠가는 만금유(萬金油)15)같은 약을 발명할 수 있을 거란 미련을 버리지 못했다. 그러면서 그는 또 돈을 벌겠다는 꿈을 갖게 되는데 시종 망상에 불과했다. 관상을 보고 운수를 점쳐보기도 했지만 그다지 신통치 못하고 재운이 있다는 해에도 매번 그렇지 못했다. 최근 그는 갑자기 거대한 계획이 떠올라서 장인더러 돈을 가지고 상하이(上海)로 가서 무역을 하자고 권하였다. 뿐만 아니라 일시적으로 큰 자본을 만들기 힘들다면 우선 집을 팔아서 사업자본으로 하자고 한 것이다. 그의 장인은 당연히 그럴 수 없다고 했고 단지 사위의 성질이 폭발할까 염려되어 어물어물 머뭇거리는 태도여서 지앙타이는 사뭇 불쾌하였다.]

[그는 크지 않은 키에 넓은 이마와 풍성한 코를 갖고 있고 두터운 입술위로 콧수염을 살짝 길렀는데 아주 멋져 보인다. 눈빛은 좀 들떠 있으며 거동과 말투도 눈빛과 같이 들떠 있어 보인다.]

[그는 질감이 좋고 바느질이 잘된 갈색 양복을 입고 있으나 넥타이는 늘어트려 메고 있다. 머리카락은 여러 가닥이 뻗쳐져 있고 전체적으로 단정하지 못하다.]

[그의 아내 쩡원차이는 서른 네 살로 십 년 전에는 애교가 철철 넘치는 소문난 미인이었다. 온순하고 얌전해서 결혼 후 수년간

---

15) 만금유(萬金油): 머리가 아프거나 삔 곳에 바르는 일종의 청량제. 우리가 흔히 말하는 호랑이 기름이란 것과 유사하다.

은 남편의 사랑을 받았다. 그러나 병을 자주 앓으면서 얼굴색이 점점 변해갔다. 핼쑥해지고 약해진 그녀의 얼굴색은 쩡씨 집안 그 누구보다도 창백하여 예전의 매력은 거의 찾아볼 수가 없다. 그녀는 몹시 나약해져서 무슨 일을 하던 자신의 의견이 없다. 옛 서당에서 몇 년 공부를 한 그녀는 남편을 대단히 숭배하고 늘 남편의 분부에 순종하며 최근 몇 년간 그녀에게 퍼붓는 경멸과 트집도 기꺼이 달갑게 받아들인다. 오랫동안 병에 시달리다 보니 문을 들어설 때 약간 후들거린다. 입술은 창백하며 윤기가 없으며 머리칼은 조금 헝클어져 있다. 그녀는 좀 오래된 혼방 치파오를 입었고 역시 좀 해진 푸른 비단신을 신고 있다.]

쩡원차이 : (애걸하며) 당신 이렇게 가시면 무슨 꼴이 되겠어요?

지앙타이 : (눈을 둥그렇게 뜨고) 돈을 달라고! 무슨 꼴? 집세든 밥값이든 내면 되지.

쩡원차이 : (두려워하며) 그렇게 소리치지 마세요. 하인들이 들으면 웃겠어요.

지앙타이 : (분개하며) 뭐가 웃긴다는 거야? 돈을 다 주고 이사하면 되지. (손에 쥐고 있는 돈을 마구 뿌리며 분노하며 소리친다.) 돈을 빨리 줘버리라고 했는데 왜 아직 안준 거야? (마구 걸어가며) 내가 당신 아버지한테 주겠어!

쩡원차이 : (힘을 다해 그를 잡는다. 마치 금방이라도 죽을 듯한 나비처럼 떨면서) 여보, 제 친정 체면 좀 세워주세요. 여긴 저의 친정이에요!

[쓰이가 슬그머니 서재의 작은 문을 통해서 그들의 말을 엿듣

는다.]

지앙타이 : (침을 뱉으며) 친정 집, 홍 내보기엔 여관만도 못하단 말이야.
(뒤뜰을 가리키며) 노인네가 죽어서 당신이 정말 돈이나 좀 쥔다
면 난 즉시 이혼하겠어.

쩡원차이 : (하소연하듯) 당신 어디서 그런 얼토당토않은 말을 들으셨어요?
쓰이 언니가 우리들이 여기 사는걸 싫어한다고 누가 그래요?
또 당신이 장인 돈을 탐낸다는 말은 누가 하던가요?

지앙타이 : (오만하게) 이상하지, 내가 돈 몇 푼을 탐낸다고? (분노하며) 당신
집안사람들은 모두 머저리들이고 소인배들이야, 돈 구경도 못
해본 사람들, 특히 그 큰아주머닌가 뭔가 말야.

쩡원차이 : (낮은 소리로 두려워하며) 왜 이렇게 큰소리를 쳐요? 옆방에 있을
지도 모르는데.

지앙타이 : (통쾌한 듯이) 내 쩡팅 엄마더러 들으라고 하는 소리야, 어찌하는
지 보려고 말이야! 감히 어떻게 나오는지 말야! 내 총으로 쏴
죽여버릴 거야!

[큰 마님이 몸을 펴고 나가려다 이 무서운 소리를 듣고서는
살그머니 뒤로 물러난다.]

쩡원차이 : (탄식하며) 아무리 뭐라던 친척은 친척이잖아요.

지앙타이 : 친척이라고? (불만으로 가득 차서) 친척이기는커녕 개똥이 더 낫
겠다! 내가 돈이 있고 관직에 있을 때는 아는 체하고 관직에서
물러나니 그 여우같은 낯짝 좀 봐, (점점 더 증오에 차서) 개새끼

들! 당신 좀 물어 보라고? 내 돈 빌려다가 논밭 살 때를 기억하
는지 말야. 그것들 때문에 관직도 잃고 물러났는데, 아는지 좀
물어 보라고? 어제 노인네한테 삼천 원만 좀 융통해 달래니까
노인네가 글쎄—

쩡원차이 : (급히 머리를 돌리며) 제가 아버지한테 말해볼게요!

지앙타이 : (노발대발하며) 하지마! 자꾸 내 체면을 깍지 말란 말야! 당신
아버지가 소식(素食)하고 염불을 외운다고 해서 인정이나 있는
줄 알아. 못할 짓이란 못할 짓은 다하고, 자기 관은 집까지
옮겨와서 칠을 하면서 남의 집 노처녀는 왜 붙잡아 놓고 시집도
못 가게 하는 거야!

쩡원차이 : (나지막한 소리로) 그렇게 아무렇게나 말하지 마세요!

지앙타이 : 흥! (흉악하게) 내 당신한테 한번 묻지, 노인네가 죽음을 무서워
하는지 안 하는지 말야?

쩡원차이 : (메마른 웃음을 지으며) 죽음을 무서워하지 않는 사람이 어디 있어
요?

지앙타이 : 그럼 당신도 죽는다는 것을 알면서 왜 쑤팡 아가씨에게 여러
차례 결혼상대를 소개시켜주는데도 이 핑계 저 핑계로 반대를
하난 말야?

쩡원차이 : (너그럽게) 그것도 쑤팡 아가씨를 생각해서 그런 거예요.

지앙타이 : (눈을 등그렇게 뜨고) 그건 헛소리야— 이기적이야, 완전히 이기
적이야! 내 한마디만 하지, 내 눈에 보이지 않는 것이 제일이야!
난 당장 떠나겠어! 당장 떠난다고, 내 이놈의 집구석을 떠나고
말지!

[쩡팅이 작은 서재 문으로 등장한다.]

쩡   팅 : 고모, 고모부, 할아버지께서 두 분더러 조상님께 절을 올리시래
         요.
지앙타이 : 난 안가.
쩡원차이 : 쩡팅, 고모부 말은 듣지 마라. 우리 금방 가마.
쩡   팅 : 어머니가 고모와 고모부가 오셔서 촛불에 불을 붙이시길 기다
         릴 거라고 하셨어요.
지앙타이 : 난 안가, 우리 지앙(姜)씨 조상님 제사도 아직 안 올렸는데.
쩡원차이 : (애원하며) 갑시다, 빨리 옷 갈아입으세요, 마고자와 두루마기를
         입으세요—

         [쑤팡이 서재 작은 문으로 등장한다. 손에는 아기 옷 한 보따리
         를 들고 있다.]

쑤   팡 : (두리번거리며) 뤠이전은 요?
쩡원차이 : 여긴 없는데.
쑤   팡 : 형부, 아직 안 가셨네요? 이모부께서 조상님 사당에서 기다리
         고 계세요!
쩡원차이 : (거의 빌다시피) 제 얼굴을 봐서라도 한번 가줘요!
지앙타이 : (외면하며) 노인네한테 전하라고, 난 조상님 모실 시간이 없다고
         말야.

         [지앙타이가 뒤도 돌아보지도 않고 앞뜰로 통하는 문으로 퇴장

한다.]

쩡원차이 : (뒤쫓아가며) 여보, 가지 마세요, 제 말 좀 들어 봐요.

[쩡원차이가 뒤를 쫓아가며 퇴장한다. 쩡팅이 큰 객실을 통해
나가려 한다.]

쑤   팡 : (슬픈 어조로 천천히) 쩡팅, 가지 마라.
쩡   팅 : 쑤팡 이모.
쑤   팡 : 너— (하려던 말을 다시 멈추고)
쩡   팅 : 왜요?
쑤   팡 : (마침내) 너 왜 뤠이전과 잘 지내지 않니?
쩡   팅 : (말이 없다.)
쑤   팡 : (무겁게) 너희는 부부간이야.
쩡   팅 : (고통스럽게) 그런 말은 하지 마세요.
쑤   팡 : 만약, 만약에 그 애가 네 여동생이라면 넌 매일 그렇게 무관심
         하게—
쩡   팅 : (애걸하며) 쑤팡 이모!

[두 사람이 인기척을 듣고 몸을 돌려보니 뤠이전이 큰 고통을
참고있는 듯한 표정으로 고개를 숙인 채 총총히 서재 작은 문을
통해서 들어온다.]

쩡뤠이전 : (고개를 들고 쩡팅을 보고서) 아, 당, 당신이 여기에 있었군요.

쑤　　팡 : (곧바로) 둘이서 얘기 나누거라. (급히 큰 객실 쪽으로 걸어나간다.)

[앞뜰에서 위앤위앤이 부르는 소리—]
[위앤위앤이 부르는 소리 : 빨리 와, 쩡팅!]
[쩡팅은 원래 뤠이전과 할 말이 없는지라 부르는 소리를 듣고
곧장 쑤팡을 앞서서 빠른 걸음으로 큰 객실로 들어가 버린다.]

쑤　　팡 : 쩡팅, 너—

[쩡팅이 뒤돌아보지 않고 급히 앞뜰로 통하는 큰 객실 문으로
나간다. 쑤팡이 고개를 돌려 슬픔에 찬 표정으로 천천히 뤠이전
에게 걸어온다.]

쩡뤠이전 : 쑤팡 이모! (쑤팡의 품에 안겨서 흐느껴 운다.)
쑤　　팡 : (나지막한 소리로 위로하며) 울지 마라, 뤠이전.
쩡뤠이전 : (참지 못하고 목멘 소리로) 전, 전 싫어요.
쑤　　팡 : (그녀를 잡고서) 들어가 좀 눕는 것이 좋겠다.
쩡뤠이전 : (고개를 저으며) 아뇨, 어머님께서 밥상 차리는 것을 거들라고
　　　　　 하셨어요.
쑤　　팡 : (불안해하며 묻는다.) 이른 아침부터 어딜 갔다 온 거야?
쩡뤠이전 : 일이 좀 있었어요.
쑤　　팡 : (그녀의 얼굴을 어루만지며 가엾다는 듯이) 잠을 좀 자는 것이 좋겠
　　　　　 어, 눈이 온통 빨갛잖아.
쩡뤠이전 : (처량하게) 아뇨, 그럼 어머님은 제가 꾀병하는 걸로 생각하실

거예요.

쑤   팡 : (동정하며) 아직도 토하니?

쩡뤠이전 : 좀 나아졌어요.

쑤   팡 : (무의식적으로) 뤠이전, 아무래도 내가 말을 하는 것이 낫겠어.

쩡뤠이전 : (단호하게) 아뇨, 싫어요.

쑤   팡 : 그럼 먼저 쩡팅에게라도 말을 하렴.

쩡뤠이전 : (우울하게) 그 사람이 뭘 알아요? 아직 어린애인걸요.

쑤   팡 : (권고하며) 그런데 왜 말씀을 드리지 않는 거야?

쩡뤠이전 : (고개를 저으며) 이모, 이모는 몰라요.

쑤   팡 : (이해할 수 없는 듯) 무엇 때문에? (기뻐하는 얼굴로) 이런 일은 남
        보기 부끄러운 일도 아니잖아.

쩡뤠이전 : (고통스럽게 쑤팡을 바라보며) 이모, 저도 이모처럼 평생 결혼하지
        않았더라면 좋을 뻔했어요.

쑤   팡 : (애잔하게 응시하며) 왜 어린애 같은 말만 하는 거야?

쩡뤠이전 : 이모, 저흰 어린애예요, 올해가 지나야 전 열여덟이 되고 쩡팅
        은 겨우 열일곱이 되요. 저와 그 사람은 정말 아무것도 모른
        채 다른 사람들에 의해 한집에 살게 된거예요. 우리는 서로를
        모르고 감정이 없어서 방안에서 할말조차 없이 2년이나 지냈어
        요. (고통스럽게) 그런데 지금, 지금 또 글쎄—

쑤   팡 : (다정하게) 그래서 할아버지는 기뻐하시잖아.

쩡뤠이전 : 그래요, 쑤팡 이모! 제가 바로 왜 그러시는지 묻고 싶은 거예요.
        왜 할아버지가 증손자를 안고 싶다고 우리 두 가련한 사람을
        묶어놓고 또 불쌍한 아이까지 낳게 하느냐 말이에요.

쑤   팡 : (위로하며) 사람들이 그러는데 아이가 있으면 좋아진데, 부부사

이도 좋아지고 말야.

쩡뤠이전 : (무겁게 고개를 저으며) 아뇨, 이모, 전 믿지 않아요, 우린 안될
거예요. (긍정적으로) 설사 쩡팅이 저한테 잘한다 하더라도 전
이런 가정에서는 살아 갈 수가 없어요. (증오하며) 전 정말 어른
들 얼굴 보기가 겁나요! (쑤팡의 손을 잡으며) 쑤팡 이모, 이 집에
이모가 안 계셨다면 전 벌써 죽었을 거예요.

쑤   팡 : (감동적으로) 그렇게 말하지 마. 뤠이전은 아직 어려서 아이를
낳으면 모두가 다 기뻐할 거야.

쩡뤠이전 : (슬픔에 잠기며) 쑤팡 이모, 뭐가 기쁘겠어요? 뚜(杜)씨 집 빚도
갚을 길이 없어서 할아버님은 집을 팔 생각까지 하시는데—

쑤   팡 : (머리를 숙이며) 그래.

쩡뤠이전 : 입 하나가 늘어나면 그만큼 부담이 되고 쩡팅은 아직 중학교도
졸업하지 못했잖아요.

쑤   팡 : (자상하게 웃으며) 너무 어른처럼 생각하지 말거라. 고생하며 사
는 것이 모두 다 아이들을 위한 것이지 또 다른 것이 있겠니?
아이가 태어나면 내가 키워줄게. 내가 도와줄 테니 두려워하지
마. 정말로 방법이 없다며 내 어머니께서 남겨준 돈이 좀 있으
니 우리 아이에게 그 돈을 쓰자꾸나.

쩡뤠이전 : (몹시 감동해서) 쑤팡 이모, 이모는 마음이 너무—

쑤   팡 : (기뻐 눈물을 흘리며) 그렇다면 뤠이전, 있다가 내가 대신 말을
하마. 먼저 쓰이 언니한테 알리자. 그분도 손자를 몹시 바라고
있으니까 앞으로는 뤠이전을 지금처럼은 대하지 않을 거야.

쩡뤠이전 : (다급하게) 싫어요, 싫어. 이모는 몰라요. 전 시어머님한테는 정
말 말하고 싶지 않아요, 싫어요, 싫어. 제발 누구한테도 말하지

마세요. (흥분해서) 쑤팡 이모만, 이모만— 아, 이모, 전 지금
마음이 정말 혼란스러워요. 어제 밤 꿈에도 친정 어머니가 나타
나셨는데, 제가 어린아이로 돌아가서 엄마 품에 안겨 있었어요.
(고통스럽게) 아, 쑤팡 이모, 제가 평생 시집을 가지 않고 영원히
어린아이로만 있다면 얼마나 좋겠어요! (다시 흐느낀다.)

쑤   팡 : (위로하며) 울지 마라, 다시는 눈물을 흘리지 마. 내가 좀 보여줄
게 있어. (보자기를 풀어헤치니 예쁜 아기 옷이 나타난다.) 뤠이전,
입힐 수 있겠지?

쩡뤠이전 : (깜찍한 옷을 바라보며 말을 잇지 못한다.) 아!

쑤   팡 : 마음에 드니?

쩡뤠이전 : (떨리는 목소리로) 언제 옷까지 다 준비하셨어요? (좀 부끄러운 듯이
참지 못하고 웃음을 터트린다.) 아직, 아직은 이른데요.

쑤   팡 : 재미 삼아 해본 거야, 배우면서 말야.

쩡뤠이전 : (하나 하나 펼쳐보며 기뻐한다.) 예뻐요, 너무 예뻐요. (갑자기 옷을
내려놓으며) 이모는 돈도 없을 텐데 왜 이렇게 많이 쓰셨어요,
왜요—

쑤   팡 : (가엾게 여기며) 다 너를 좋아하기 때문이야. 뤠이전, 화내지 않는
거지, 우린 모두 부모도 없이 남의 집 눈칫밥을 먹고살지 않니.

쩡뤠이전 : (고개를 숙이고 쑤팡의 손을 잡으며) 쑤팡 이모. (눈물을 왈칵 흘린다.)

쑤   팡 : (부드럽게) 뤠이전은 머지않아 엄마가 돼, 어른이 되는 것인데
왜 아이를 싫어하는 거야? 아이가 있으면 쩡팅도 차츰 널 잘
대해줄 거야. (손수건으로 뤠이전의 눈 아래로 흐르는 눈물을 닦아주며)
쩡팅이의 마음에 들도록 해 봐, 그 아이는 아직 어리잖니! (고개
를 저으며, 슬퍼하며) 하긴 둘 다 어린애지, 열일곱 여덟 살이 뭘

안다고. (천천히 뤠이전의 손을 잡고서 진지하게) 뤠이전, 어제 밤에 내게 말한 것처럼 해선 절대로 안돼.

쩡뤠이전 : (낮은 소리로) 무엇 때문에 이 어린것을 낳아야 하나요? (응시하며) 그 사람은 절 좋아하지 않아요?

쑤　팡 : (간절하게) 뤠이전, 쩡팅이 널 좋아하지 않아도 아이에게는 죄가 없잖니. 나이가 들면 마음도 달라지고 아이가 있으면 집이 싫더라도 마음은 든든해지는 거야. (그녀를 응시하며) 너 정말 그 여자친구 말대로 어디로 떠나려는 거야? (슬픈 어조로) 아, 거기라고 해서 정말 우리들의 편안한 집이 있을까?

쩡뤠이전 : (분개하며) 전 집을 원치 않아요, 이런 집은 원치 않아요.

쑤　팡 : (곧 바로 그녀의 손을 쥐고서 고개를 저으며) 아니야, 넌 어려, 넌 집이 없는 여자가 어떻게 사는지 몰라, (눈물을 뚝뚝 떨구며) 마음이 항상 외롭거든. (자신을 억제하지 못하고) 난 어려서부터— (돌연 자신의 고통을 억누르고, 애통해하며) 뤠이전, 내말 들어, 절대 그렇게 하지 마, 아이를 떼서는 안돼.

쩡뤠이전 : 네.

쑤　팡 : 방금 또 그 나쁜 의사를 찾아갔던 거지?

쩡뤠이전 : (말이 없다.)

[뒤뜰에서 원칭이가 부르는 소리—]
[원칭의 목소리 : 뤠이전!]

쑤　팡 : 내게 확실히 말해야 해.

쩡뤠이전 : (그녀를 바라보고) 네.

　　　　　[원칭의 목소리 : 뤠이전!]

쑤　　팡 : 이후에 다시는 거기에 가지마.
쩡뤠이전 : (애통해하며) 네.
쑤　　팡 : (진지하게) 나와 약속한 거지?

　　　　　[뤠이전이 고개를 약간 끄덕이는 순간에 원칭이 머리를 숙이고
　　　　　서재의 작은 문으로 등장한다.]

쩡　원칭 : (머리를 들고 갑자기 쑤팡을 보며) 오, 여기 있었구나! (뤠이전에게)
　　　　　뤠이전, 내게 마고자 좀 갖다 주렴.
쩡뤠이전 : 네, 아버님!

　　　　　[뤠이전이 원칭의 침실로 들어간다. 한참동안 두 사람은 서로
　　　　　말이 없다.]

쩡　원칭 : (길게 한숨을 쉬고) 쑤팡아, 난 곧 떠날텐데, 이후에 넌, 너 혼자서
　　　　　—

　　　　　[갑자기 앞뜰로 통하는 객실 문으로 위앤위앤이 기뻐하며 뛰어
　　　　　들어온다.]

위앤위앤 : (계속해서 부른다.) 쩡 아저씨, 쩡 아저씨!
쩡　원칭 : (몸을 돌려 웃으며) 왜 그러니?

위앤위앤 : 샤우주얼이 그러는데 그 애 할머니가 쩡 아저씨게 귀여운 비둘
기 한 쌍을 선물하셨다면서요.

쩡 원칭 : (우리 속의 비둘기를 가리키며) 저 안에 있단다.

위앤위앤 : (우리를 들고서) 어, 왜 한 마리만 있어요?

쩡 원칭 : (아쉬워하며) 하나는 오는 길에 날아가 버렸단다.

위앤위앤 : (부러운 듯이 우리 속의 비둘기를 가리키며, 천진스럽게) 이름이 있나
요?

쩡 원칭 : (천천히 고개를 끄덕인다.) 있지.

위앤위앤 : (애원하듯) 이름이 뭐예요?

쩡 원칭 : (침울하게) 음, 그 놈은 꾸뚜16)라 부른단다.

위앤위앤 : 정말 예뻐요! (응석부리며 애걸하듯) 쩡 아저씨, 저에게 줄 수 있어요?

쩡 원칭 : 그렇게 하려무나.

위앤위앤 : (몹시 기뻐하며) 고마워요! 아저씬 정말 좋은 분이세요! (비둘기
우리를 들고 신이 나서 뛰어나간다.) 샤우주얼! 샤우주얼!

[위앤위앤이 앞뜰로 통하는 큰 객실 문으로 소리치며 나간다.]
[침묵, 하늘에서 비둘기에 맨 호루라기 소리가 들려온다.]

쩡 원칭 : (힘들게 입을 열고) 쑤팡이가 그림을 줘서 고마워.

쑤   팡 : (고개를 숙이고 말이 없다.)

쩡 원칭 : (천천히 품속에서 깔끔한 쪽지 하나를 꺼내서) 어제 저녁에 내가 몇
수 지은 것이야. (약간 부끄러워하며 그녀 앞으로 다가가서) 이, 이

---

16) 꾸뚜: 孤獨(고독하다)의 중국어 음이다.

　　　　　속에 있어.

쑤　　팡 : (손에 받아든다.)

쩡 원칭 : (온화하게) 나중에 봐.

쑤　　팡 : (그를 바라보며) 이따가 전 오빠를 배웅하지 못할 것 같아요.

　　　　　[쓰이가 불쑥 서재 문으로 들어온다.]

쩡 쓰이 : (놀라며) 아, 여기들 있었네요. (쑤팡에게) 아버님께서 불러요.

쑤　　팡 : (여전히 대범하게 그 쪽지를 쥐고 있다.) 네. (곧장 서재 쪽으로 간다.)

쩡 쓰이 : (그녀가 쥐고 있는 쪽지를 보고서 갑자기 눈동자를 바꾸며) 오, 땅에도

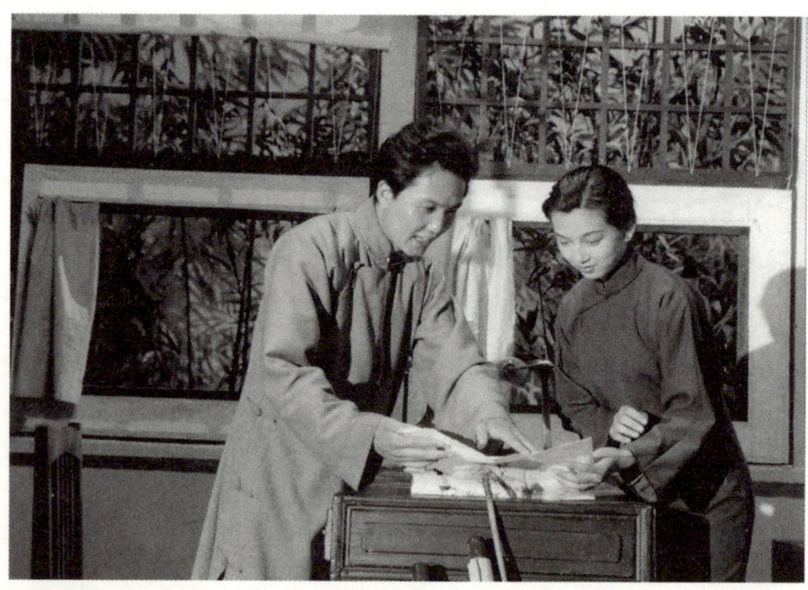

▶쩡원칭과 쑤팡

한 장이 있네!

쑤　　팡 : (자기도 모르게 머리를 숙여 돌아보며) 네?

쩡 원칭 : (불안해하며) 어디에? (급히 바닥을 살펴본다.)

쩡 쓰이 : (날카롭게 웃으며) 오, 한 장뿐이었군요! (쑤팡을 보고서) 아가씨 손에 쥐고 있는 걸요!

[밖에서 쩡하우가 부르는 소리 : (힘없는 소리로) 쑤팡아!]

쑤　　팡 : 네!

[쑤팡이 서재 작은 문으로 퇴장.]

쩡 쓰이 : (얼굴빛이 달라지며) 나 없을 때 두 사람이 또 무슨 짓을 했어요?

쩡 원칭 : (당황해서) 무슨— 아무 일도 없었는데.

쩡 쓰이 : 방금 그녀에게 뭘 준거예요?

쩡 원칭 : (회피하듯) 아무것도 아냐.

쩡 쓰이 : (위엄 있게) 웃기지 말아요, 날 속이진 못해요! 말해요, 그녀 손에 쥔 것이 뭐예요? 말해봐요—

쩡 원칭 : 난—

[뤠이전이 오른쪽 침실에서 마고자를 들고 나온다.]

쩡뤠이전 : 아버님, 마고자! (원칭이 받아든다.)

쩡 쓰이 : (뤠이전을 혐오하듯) 어서 가봐, 네 이모가 기다릴 테니까.

[뤠이전이 서재의 작은 문으로 나간다. 원칭이 묵묵히 마고자를
입는다.]

쩡 쓰이 : (잔소리를 늘어놓으며) 난 평생 대범하게 살아왔는데 오늘은 내가
당하는군요. 난 당신들이 나 몰래 무슨 짓을 해도 상관하지
않겠어요, (참을 때까지 참았다는 듯이) 어쨌든 이 집은 일찍부터
꼴이 아니었으니까. '나무가 쓰러지면 원숭이들도 뿔뿔이 흩어
지는 법', 이 집이 팔리면 당신이 아들과 며느리를 데리고 살아
요. 그렇지 않으면 당신의 보배 쑤팡 동생을 데리고 살던지
말예요. 내가 혼자 성밖의 비구니 암자로 수행하러 들어가면
세상이 텅텅 비겠죠. (믿지 못할까봐) 내가 당신한테 헛소리하는
줄 아세요, 난 벌써 암자를 봐뒀어요, 늙은 여승한테 말도 다
해 놓았고요.

쩡 원칭 : (위협하는 거짓인줄 알면서도 화를 참지 못하고 떨리는 소리로) 당신
왜 그래? 왜 이러냔 말야?

쩡 쓰이 : (하소연하듯) 나도 쩡씨 집안에 시집와서 자식도 낳아주고 고생
도 할 만큼 했으니, 당신 집안 누구에게도 미안할 것이 없어요!
이제 팔월 추석도 지냈으니 이 집안은 시누이에게 맡기고 내일
난 절로 들어갈 거예요. (침실 쪽으로 들어간다.)

[장순이 앞뜰로 통하는 큰 객실로 급히 들어온다.]

장   순 : (다급하게) 큰 마님, 관에 칠을 한 사람이 돈을 받으러—

쩡 쓰이 : 그 사람들더러 노 나리한테 말하라고 해!

장   순 : (난처해하며) 그 사람들이 기어코 큰 마님을—

쩡 쓰이 : (눈을 부라리며) 그 사람들한테 큰 마님은 죽었다고 해, 금방 숨이
끊어졌다고 말이야!

[쓰이가 침실로 들어간다.]

쩡 원칭 : (침실의 문을 바라본다.)

[장순이 탄식하며 앞뜰로 통하는 큰 객실 문으로 나간다.]

쩡 원칭 : 쓰이! (문을 밀면서) 문 좀 열어봐! 열어보라고! 당신 지금 뭘
하자는 거야?

쩡 쓰이 : (화난 어투로) 목을 매고 있어요!

쩡 원칭 : (문을 두드리며) 문 열어! 문 열라고! 도대체 무슨 궁리를 하는
거야? 말해봐, 도대체 어쩌려고— (잠깐 뒤돌아보고서는 낮은 소리
로) 아버님이 오셨어!

[정말로 서재의 작은 문으로 뤠이전, 쑤팡, 천어멈이 함께 쩡하
우를 부축하고 들어온다.]
[쩡하우는 많아도 예순 다섯은 안 넘어 보인다. 머리칼이 희끗
희끗 세었고 몸은 쇠약하며 누런 얼굴에 잿빛 수염이 드문드문
짧게 나 있다. 눈은 이미 혈기가 없이 가물가물해져서 늘 눈물
을 흘리며 단지 가끔 정신이 맑아서 말을 할 때면 쩡씨 집안
식구들에게서 볼 수 있는 수려한 모습을 찾아볼 수는 있다.

그는 인색하고 이기적이며 죽음을 몹시 두려워한다. 항상 보약을 달고 살며 오래 살 수 있다는 비책은 다 믿는다. 지난날은 줄곧 조상이 물려준 유산으로 수십 년을 편안하게 지내왔다. 그는 잠시 집을 떠나 벼슬을 지내기도 했지만 남의 빈자리나 채우다가 결국 얼마 안가서는 사직하고 뻬이징으로 돌아와서 외부와 단절하고 복을 누렸다. 노년기에 접어들면서 비로소 점차 곤란함을 느끼는데, 자식들이 그를 실망시키고 더군다나 가산도 얼마 남지 않은데다 자신이 나서 재산을 늘릴 재간이 없는 까닭에 여러모로 골머리를 썩고 있다. 그는 겉치레의 번잡한 예의범절을 중시하고 사대부 집안에서 없어서는 안될 가법이라고 여기며 늘 자신의 위엄을 억지 과장해서 보이지만 속으로는 맏며느리를 몹시 두려워한다. 며느리가 겉으로는 그에게 잘한다는 것을 알지만 속으로 무슨 꿍꿍이가 있는지는 모른다. 그도 제멋대로 날뛰는 사위를 싫어하지만 일년 내내 끊임없이 다투고 장광설을 늘어놓으며 온갖 이익을 챙기려는 사위를 두고 볼 수밖에 없다. 쩡 나리는 자신에게 돈이 있다는 말을 절대 하지 않지만 돈이 없다는 말도 감히 하려고 하지 않는다. 그의 집안은 며느리가 거의 살림을 쥐고 있어서 사위에게는 돈이 없다는 말로 대처할 수 있지만, 정말 빈털터리라는 것이 드러나면 며느리의 얼굴색이 흉악하게 변하리라는 것을 잘 알고 있다. 다행히도 아직까지는 며느리가 자기 앞에서 감히 깔보는 행동을 하지 않는다. 하지만 언젠가는 자식들이 자신에게 재산이 얼마 남지 않았다고 무서운 얼굴을 하고 따질까봐 몹시 두려워하고 있다.]

[물론 이런 것들이 그의 신경과민일 수도 있겠지만 그는 확실히 빈곤이 사대부 집안의 가장의 위치를 위협하고 있다는 사실을 느낀다. 그는 가끔 경서(經書) 속의 예의범절이 자녀들에게 얼마만큼의 교양이나 영향을 주는지를 의심해보기도 한다. 그는 가장 적합한 처세방법은 '인내와 용서'라고 생각하지만, 오랜 시간동안 인내와 용서하는 생활은 한계에 다다라서 마침내는 이따금 불평과 잔소리를 하며 자신을 억제하지 못한다. 그래도 대부분은 모른 척하고 참고 지낸다. 그가 바라는 것은 오히려 단순해서 관에 칠을 하는 것과 보약을 먹는 두 가지를 제외하고는 가능하면 자식들의 부담을 주지 않으려 한다. 그는 집안에 들어앉아 서예를 하고 염불을 외는데, 보는 것이 없으니 욕심도 없어서 돈도 절약하고 기력 또한 남아돈다. 하지만 어떤 때에는 일이 기필코 생기는데, 그럴 때면 오랫동안 참아왔던 울화를 한꺼번에 폭발시킨다. 그러나 왕성했던 젊은 시절과는 달리 성질을 부릴만한 기운마저도 꺾여버렸다. 그는 숱한 설움을 지니고 있는 듯 일체를 원망하는데, 자식들이 불효하고 무능하다고 욕설을 하고, 집안이 흥성하지 못함을 애석해하고, 이웃들이 거칠고 무례하다고 비웃는다. 간혹 몰락한 사대부 집안의 교양이나 취미 따위를 누려도 보지만, 유일하게 남은 그의 이 작은 자랑마저도 머지않아 누릴 수 없게 될 것이다.]

[그의 이기심은 늘 자기도 모르는 사이에 나타나곤 한다. 예를 들어 쑤팡을 대할 때면 언제나 의지할 곳 없는 여자 하나를 돌봐준다고 생각한다. 사실 쑤팡은 그를 동정해서 아무런 불만 없이 시중을 들어왔고, 온갖 고통과 근심을 아랑곳하지 않고

수없이 많은 크고 작은 풍파 속에서도 그를 감싸주고 변호해
주었다. 그는 어떤 때 쑤팡의 마음이 흔들리고 있음을 알고는
매우 당황해서 자신을 주체할 줄 모르며, 일부러 산란하고 뒤숭
숭한 자신의 모습을 내비치거나 의지할 곳을 잃은 노인의 온갖
쇠약함과 고통을 보여줌으로써 쑤팡의 마음을 더욱 깊게 감동
시키려고 하고 그녀를 영원한 자신의 노예로 만들려고 한다.
그는 시시각각 자신만을 생각하고 자신을 동정한다. 그래서
인지 자신의 불행 이외에는 주위의 다른 사람들의 고통을 전혀
생각하지 못한다.]

[그는 고동색 두루마기를 풍성하면서도 알맞게 입었다. 위에는
쑤팡이 만들어 준 가볍고 부드러운 마고자를 입었다. 그는 유난
히 추위를 잘 타서— 옷깃 단추는 모두 채우지 않고 서양식
털신을 신고 다리는 회색 비단 끈으로 감쌌으며 손에는 정교하
게 꿴 염주를 쥐고 있다.]

[쑤팡과 뤠이전이 그를 부축하고 옆에서는 천어멈이 찻잔을 받
쳐들고 있다.]

쩡 하우 : (눈을 감고 무엇을 듣는지 계속해서 머리를 끄덕이며) 오냐, 오냐.

쩡 원칭 : (불안해하며) 아버님.

쩡 하우 : (깊은 생각에 잠긴 듯 듣지 못한 것 같다.)

천 어멈 : (말을 하며 웃는다. 모두 발걸음을 잠시 멈추고 그녀의 말에 귀를 기울인
다. 매우 흥분해서 쑤팡에게) 내가 헤아려보니 15년이나 되지 않았
겠어요? (쩡하우에게) 이 관에 15년이나 칠을 했어요! (놀라움과
부러움에 찬 소리로) 아, 그러니 얼마나 반질거리겠어요?

쩡 하우 : (유쾌해지며) 이미 백 번은 넘게 칠을 했을 걸세. (그들의 부축을 받으며 긴 탁자 쪽으로 간다.)

천 어멈 : (찬탄하며) 어쩐지 칠이 (손을 펴고 비교하며) 두세 치는 되어 보여요! (찻잔을 내려 놓는다.)

[쓰이가 침실에서 나온다. 온통 얼굴에 부드러운 미소를 띠고 마치 금방 있었던 일을 잊은 듯하다.]

쩡 쓰이 : 아버님이 나오셨군요. (재빨리 걸어와서 쩡하우를 부축하며) 여기 앉으세요, 아버님, 편히 앉으세요! (쩡하우를 소파 쪽으로 부축을 하며 얼른 뤠이전에게) 애야, 긴 의자를 바르게 놓으렴! (쩡하우를 부축하여 앉히고, 원칭에게) 당신은 등받이를 가져오지 않고요.

쩡 원칭 : 그러지! (서재로 등받이를 가지러 가고 뤠이전도 따라 나선다.)

쩡 하우 : (눈을 감고 염주를 만지작거리며) 천천히 칠을 하라지! 이제 네 다섯 번만 더 칠을 하면 들어 누울 수는 있겠구나.

[뤠이전이 서재에서 등받이를 가져온다.]

쩡 쓰이 : (손짓하며 부드럽게) 등에 받쳐드려야지, 애야. (마치 뤠이전이 잘하지 못하는 듯이, 허리를 구부리고) 아이, 내가 하마. (뤠이전에게) 담요를 가져다가 할아버지께 덮어 드리렴.

쩡 하우 : (눈을 뜨고) 그럴 필요 없다. (다시 눈을 감고 정양한다.)

쩡 쓰이 : (더욱 겸손하게) 아버님, 이젠 더 편안하시죠?

쩡 하우 : 좀 낫구나.

쩡 원칭 : (앞으로 다가가서) 아버님.

쩡 하우 : (고개를 약간 끄덕이며) 음, (마치 고의로 놀라는 듯이) 어, 너 아직
안 떠났느냐?

쩡 쓰이 : (원칭을 흘끗 쳐다보고는 쩡하우에게) 저인 조금 있다 곧 차에 오를
거예요.

쩡 하우 : (원칭에게) 조상님께 절은 올렸느냐?

쩡 원칭 : 아직 못했어요.

쩡 하우 : (얼굴색이 변하며) 어서 가서 올려라, 어서 가, 가서 조상님께 절
을 올리고 나서 보자구나. (기침을 한다.)

쩡 원칭 : 네, 아버님. (서재 작은 문으로 간다.)

천 어멈 : (원칭과 말할 기회를 잡았다고 생각하고) 도련님, 제가 동무해 드리
지요.

[원칭과 천어멈이 함께 서재 작은 문으로 퇴장한다.]

쩡 하우 : 수팡아, 너 가서 내 타구(唾具)를 좀 가져오너라.

[쑤팡이 막 몸을 돌려 서재 쪽으로 가려는데—]

쩡 쓰이 : (곧 바로 웃으면서) 쑤팡 아가씨는 이제 그만 피곤하게 하세요!
제 침실에 있어요. 뤠이전, 할아버지께 갖다 드리렴. (찻잔을
쩡하우에게 받쳐들며) 아버님, 차 드세요!

[뤠이전이 쓰이의 침실로 들어간다.]

쩡　하우 : (찻물로 입을 헹구고서 쑤팡이 가져온 통에 내뱉으며) 입이 쓰군! (다시

눈을 감는다.)

쑤　　팡 : 아직도 어지러우세요?

쩡　하우 : (그녀를 바라보다가 다시 눈을 감고 혼잣말로) 머리가 어지럽고 입이

써, 이건 간장의 음기가 모자라는 거지! 그래서 가래가 많고

속이 답답한 거야! (마른 손으로 자신의 가슴을 천천히 문지른다.)

쩡　쓰이 : (잘 보이려는 듯이) 제 생각엔 양의를 모셔와서 진찰을 한번 받아

보시는 것이 좋겠어요.

쩡　하우 : (눈을 뜨고 시끄럽다는 듯이) 누가 하는 소리냐?

쩡　쓰이 : 그렇지 않으면 장순을 시켜서 루오(羅) 어의를 모셔오라고 하지

요!

쩡　하우 : (눈을 뜨고 머리를 젓는다.) 싫다, 루오 어의는 옛날 당(唐)나라 처

방을 좋아하는데, 그런 금석호랑지약(金石虎狼之藥)[17]은 내 나이

나 체질에― (더 이상 말하기 싫은 듯 탄식을 하고는 눈을 감고 가볍게

기침을 한다.)

[뤠이전이 쓰이의 침실에서 타구를 가지고 나와서 쩡하우에게

넘겨준다. 쩡하우는 건 가래 한 모금을 뱉어내고는 타구를 손에

들고 있다.]

쩡　쓰이 : 이웃 뚜씨 집에서 또 사람을 보내 그 오만 원을 달라고 하더군요.

쩡　하우 : 알았다!

---

17) 금석호랑지약(金石虎狼之藥): 귀하고 효과가 뛰어나지만 성분이 강한 처방.

쩡 쓰이 : 또 금년에 관에 칠을 한 칠 값도—

쩡 하우 : (귀찮은 듯) 돈, 돈! 평생 소처럼 일만 했는데, 병들어서까지 걱정
을 해야하다니, 내가 소나 말의 신세나 다름없지.

[쓰이도 얼굴색이 변한다. 잠시동안.]

쑤   팡 : (위로하듯) 금년에는 관에 칠을 정말 잘했던데요.

쩡 하우 : (큰며느리를 난처하게 하고 싶지 않은 듯 머리를 끄덕이고 약간 희색을
띠고) 그래 그래, 기다려 봐라, 내년 봄에 두어 번 더 칠을 한
다음에 방법을 생각해서 빚을 깨끗이 갚으면 내가 할 몫은 끝이
날게다. (자기도 모르게 탄식하며 뤠이전을 바라보고) 또 운이 좋으면
내년에는 증손자도 볼 수 있고—

쩡 쓰이 : (즐거운 듯 웃음을 띠며) 그래요, 방금 조상님께 절을 올릴 때 뤠이
전더러 마음 속으로 조상님이 어서 증손자를 희사하셔서 할아
버지 품에 안기게 해달라고 빌라고 했어요.

쩡 하우 : (부어오른 얼굴이 기쁨으로 주름이 진다.) 뤠이전, 마음 속으로 빌었
느냐?

쩡뤠이전 : (고개를 숙인다.)

쩡 쓰이 : (뤠이전을 밀며 날카롭게) 할아버지께서 빌었느냐고 묻잖아?

쩡뤠이전 : (등을 돌린다.)

쑤   팡 : (권고하며) 뤠이전!

쩡뤠이전 : (고개를 돌리고) 빌었어요, 할아버지!

쩡 하우 : (만족스러운 듯 웃으며) 빌었으면 됐다.

[밖에서 쩡원차이의 목소리: 지앙타이, 지앙타이!]

쩡 쓰이 : (투덜거리며) 애 좀 보게나, 울긴 왜 울어?

[앞뜰로 통하는 큰 객실 문으로 서로 밀고 당기면서 쩡원차이와 지앙타이가 들어선다.]

쩡원차이 : (애걸하며) 지앙타이! 지앙타이! (그를 끌고 들어온다.)
지앙타이 : (말하며 걸으면서, 화가 난 듯) 그래, 내가 혼자 갈게! 혼가 갈 테니까 끌지 말란 말야!

[모두들 두 사람 쪽을 처다본다. 두 사람이 가까이 다가온다.]

쩡 쓰이 : 왜들 그러세요?
쩡원차이 : 아버지! (머리를 돌려 낮은 소리로, 지앙타이에게) 그냥 꿇고서 절만 하세요, 옷은 바꿔 입지 않아도 되요.
쩡 쓰이 : (일부러 웃으면서) 사위가 아버님께 명절 문안을 올린답니다.
쩡 하우 : (몸을 일으키며 부축하라고 손짓한다. 지앙타이가 머리를 조아릴 줄 알고서) 아니, 관두게, 관둬, 절은 무슨 절이야?

[지앙타이가 쓰이를 무섭게 째려보고는 쩡하우가 몸을 반쯤 일으켰을 때 하는 둥 마는 둥 절반쯤 몸을 구부리고는 자신이 먼저 앉아버린다.]

지앙타이 : (쩡하우가 앉기를 기다렸다가 사방을 둘러보고 곧바로) 좋아요, 제가
            한마디만 하죠. (가리키며) 저희 방 옆의 흙벽이 무너지려하는데
            수리해 줄 건가요 말 건가요? —

쩡원차이 : (낮은 소리로 다급하게) 당신 또 왜 그러세요?

지앙타이 : (쩡원차이에게) 당신은 상관 마! (몸을 돌려 쓰이와 쩡하우에게) 수리
            해 주시겠어요? 수리를 안 해주신다면 전 오늘이라도 이불 짐
            싸서 나갈게요.

쩡 하우 : (영문을 모르고) 뭐라고?

쩡 쓰이 : (수그러지는 척 하다가 오히려 거세게) 그게 아녜요, 고모부, 내 어찌
            수리를 못해준단 말을 하겠어요, 하지만 아버님께서 집을 팔아
            서 장사를 하신다고 하시니—

쩡 하우 : (몸을 펴고 좋지 않은 기색으로) 집을 팔다니?

쩡 쓰이 : 이웃 뚜씨네한테 파신다면 서요.

쩡 하우 : (약간 노기를 띠고) 누가 그러더냐? 어떤 사람이 그래?

쩡 쓰이 : (지앙타이를 슬쩍 쳐다보고 냉소하며) 글쎄요, 누가 말했겠어요?

지앙타이 : (생각 없이) 내가 한말입니다! (쩡하우를 바라보며 경멸하는 눈빛으로)
            나도 어떤 사람이 말도 안 되는 말을 내게 했는지 모르겠어요.

쩡 하우 : (며느리 앞에서 이런 말대꾸를 당하자 참을 수가 없는 듯) 지앙타이,
            이건 웃어른께 하는 말투가 아냐.

지앙타이 : 좋아요, 그럼 전 가겠어요. (당장 가려고 한다.)

쩡원차이 : (낮은 소리로 거의 울먹이듯이) 지앙타이, 좀 앉으세요.

쑤 팡 : (애걸하듯) 형부!

　　　　[지앙타이가 그들의 성화에 못 이겨 달갑지 않게 다시 제자리에

앉는다.]

[잠시동안. 침묵이 흐르고 원칭이 작은 서재 문으로 살그머니
들어와서 한쪽 구석에 서 있다.]

쩡 하우 : (원칭을 쳐다보고 떨리는 소리로) 그래, 내가 말했다, 내가 말한 게
야. 내가 이 못난 자식들 때문에 그렇게 말한 거야. 지금 집안
형편이 안 좋은데 돈 버는 사람은 하나도 없고, (원칭을 바라보며
화나 나서) 첫째로 큰아들이 못난 거야! 이웃 졸부 뚜씨네가 매일
우리 집에 빚 독촉을 하면서 기필코 우리 집을 사려고 하는데,
그렇다고 그것들에게 일 이만 원 더 준다는 사탕발림에 집을
넘겨준단 말이냐? (말할수록 화가 치밀어) 방직공장이나 하는 졸부
주제에 재물을 믿고 사람을 업신여기며 뭐든지 돈으로 살려고
해! 그놈들은 내가 15년이나 칠을 한 관까지 돈으로 가져가려고
해, (치를 떨며) 저놈들은 글 한 자도 제대로 배우지 못한 놈들이
야. 그런데 내가 누울 관까지 저놈들에게 넘겨줘야 되겠어?
(원차이를 바라보고) 원차이, 너 말해봐라, (원칭에게) 원칭아, 장자
인 네가 말을 좀 해봐라. (원칭이 고개를 떨군다.) 너희 자식놈들이
란 것이—

[서재 작은 문으로 천어멈이 들어온다.]

천 어멈 : (기뻐하며) 칭 도련님! (쓰이가 쩡하우 쪽을 가리키며 손을 내젓자 놀라
서 부르다 말고 살그머니 큰 객실로 통한 문으로 나간다.)

쩡 하우 : 이 집은 선조들이 물려준 유산이다. 하찮은 초목 하나라도 모두

선조 경덕공께서 고생스럽게 일구어 남겨준 피땀이야. 우리들
은 이 조상님이 물려준 복으로 생계 걱정 없이 살았던 거야.
(소파의 손 받침대를 내리치며) 헌데 너희들은 전혀 소중하게 생각
지 않으니, 내가 무자비하게 저런 졸부들에게 집을 팔아 넘길
수 있단 말이냐. 저런 졸부들에게—

지앙타이 : (손을 들며) 제가 한 마디 하죠, 저를 같은 부류로 생각하지 마세
요, 난 이 집 파는 것에 대해 전혀 생각해 본적이 없으니까요.

쩡 하우 : (멍해졌다가 계속 분노하며) 방직공장이나 하는 졸부들! 남의 관까
지 사겠다는 이런, 이런—

[갑자기 옆집 마당에서 귀를 멍멍하게 하는 폭죽소리가 들려온
다.]

쩡 하우 : (놀라서) 이건 뭐냐? 무슨 소리야? 무슨?

쑤 팡 : (폭죽소리를 가로질러 힘껏 소리친다.) 괜찮아요, 이건 폭죽소리예
요!

쩡 하우 : (자신의 귀를 막으며 긴장해서) 문을 닫아, 어서!

[원칭과 뤠이전이 급히 달려가 객실로 통한 문들을 닫자 폭죽소
리가 조금 멀어진다. 그러나 소리는 여전히 계속되다가 한참
지나서야 멈춘다.]

쩡원차이 : (폭죽소리 속에서 길게 한숨을 쉬며) 어느 집에서 이렇게 오래 폭죽
을 터트릴까?

지앙타이 : (냉소하며) 흥! 그 졸부 뚜씨네 집이지.

쩡 하우 : (머리를 들고) 졸부들이란! 팔월 추석 한번 쇠는데 딸 시집보내는
것처럼 야단법석이라니—

[천어멈이 큰 객실로 통한 문으로 들어온다.]

천 어멈 : (손뼉을 치고 웃으며) 쑤팡 아씨, 저 집은 정말 재미있는 집이에요!
딸은 아버지를 늙은 원숭이라고 하고, 아버지는 딸을 새끼 원숭
이라고 하니. 집안엔 또 고릴라처럼 생긴 사람이 앉아 있고
늙은 원숭이는 그림을 그리고 새끼 원숭이는 늙은 원숭이 머리
까지 올라타서 이리저리 곤두박질을 해요, (배를 거머쥐고 웃으며)
집이 야단법석이에요—

쩡 하우 : (괴상한 듯) 누구네?

천 어멈 : 위앤 선생하고 위앤 아가씨지 누구겠어요. 위앤 선생은 성격이
좋은 분 같아요, 허-허 웃기만 하는데—

쩡 쓰이 : 천어멈, 주방에 좀 가 보세요. 어서 상을 차리고 식사를 하도록
해야지요. 오늘 아버님께서 쑤팡 아가씨 때문에 위앤 선생을
초대하셨는데.

천 어멈 : 네, 네, 그렇게 하지요, 암 그럼요!

[천어멈이 몹시 기뻐하며 큰 객실로 통하는 문으로 나간다.]

쩡 쓰이 : (정색하고 화제를 꺼낸다.) 며느리 말로는 위앤 선생께서 며칠 있으
면 곧 떠난다는데, 아버님은 쑤팡 아가씨의 혼사를 어떻게—

쩡 하우 : (머리를 저으며 무시하듯이) 저 사람은 내가 보기엔— (지앙타이가
　　　　 이미 속마음을 알아차리고 몹시 불만스러운 듯 콧소리를 '홍' 하고 낸다.
　　　　 쩡하우가 고개를 돌려 그를 한번 쳐다보고는 격분해서 막 자리를 회피하려
　　　　 던 쑤팡이에게) 쑤팡아, 너 거기 좀 있어봐라. 네가 있을 때, 우리
　　　　 다 같이 상의해 보자구나.

쑤　　팡 : 이모부 약을 달여야 해요.

지앙타이 : (악의 없이 비웃으며) 참, 우리 쑤팡 아가씨는 약 달이는 것이
　　　　 싫지도 않아요? (계속해서) 앉아요, 앉아, 앉으라니까요.

　　　　 [쑤팡이 억지로 다시 자리에 앉는다.]

쩡 하우 : 쑤팡아, 네 생각은 어떠냐?

쑤　　팡 : (머리를 숙이고 말이 없다.)

쩡 하우 : 쑤팡아, 네 본인 생각은 어떠냐? 난 개의치 말고 네 입장을
　　　　 생각해 보거라, 네 이모부로서 널 돌봐줄 수 있는 날이 아마도
　　　　 이제 얼마 남지 않은 것 같구나. 하지만 내가 보기에 위앤 선생
　　　　 그 사람은—

쩡 쓰이 : (급하게) 그래요, 쑤팡 아가씨, 잘 생각하셔야 해요, 자꾸 이모부
　　　　 의 호의를 거절하지 말아요, 추후 정말 대사를 미룬다면—

쩡 하우 : (말을 가로채며) 쓰이, 본인 스스로 생각해 보도록 해라. 이 일은
　　　　 저 애의 평생의 일인데 좋든 싫던 모두 본인이 결정해야지,
　　　　 (억지로 웃으며) 가장 좋기로는 우린 단지 조언만 하면 되는 거야.
　　　　 쑤팡, 말해봐라, 네 생각은 어떠하냐?

지앙타이 : (참지 못하고) 이 일에 무슨 문제가 될게 있어요? 위앤 선생은

무슨 괴물도 아닌데! 그는 인류학을 연구하는 학자예요. 사람 좋고, 학문 높고, 일정한 수입도 있으니 이 일은 당연히—

쩡 하우 :   (참을 성 있게 기다리는 태도로) 아니, 아니다, 본인 스스로 결정하도록 내버려둬라. (쑤팡을 향해 초조해서) 쑤팡아, 내게는 처조카가 네 하나뿐이란 것을 알아야 한다. 난 너를 줄곧 친딸처럼 생각해 왔어. 시집가기 싫어도 그냥 같이 살아야지 어쩌겠니?—

쩡 쓰이 :   (말을 가로채며) 그렇지 않고서요! 시집 못 가는 딸도—

쩡 원칭 :   (더 이상 참고들을 수 없다는 듯이 서재 쪽으로 걸음을 옮긴다—)

쩡 쓰이 :   (원칭을 째려보고) 아니, 어딜 가요?

[원칭이 개의치 않고 서재의 작은 문으로 나간다.]

쩡 하우 :   원칭이가 왜?

쩡 쓰이 :   (냉소하며) 아마 저이도 아버님께 약을 달여드리고 싶은가 봅니다! (고개를 돌려 쑤팡에게, 각별하게 친절을 베풀며) 쑤팡 아가씨, 마음놓으세요, 이 일을 꺼낸 것은 모두 쑤팡 아가씨를 걱정해서 그러는 거예요. 쑤팡 아가씨가 평생 쩡씨 집안에 산다고 해도 누가 한마디 할 사람 없어요. (음험하게) 시집 못 가는 딸도 먹고는 살아야지 않겠어요? 게다가 쑤팡 아가씨는 부모도 없고 원래 친가 쪽에 아는 사람도 없는데—

쩡 하우 :   (그녀의 말뜻을 알아차리고 쓰이의 말이 채 끝나기 전에) 됐다, 됐어, 며느리는 그런 호의적인 말은 그만 해라. (쓰이의 얼굴이 갑자기 서리가 내린 듯 차가워진다. 쩡하우가 쑤팡에게) 쑤팡아, 네 자신은

어떤 결정이라도 했느냐?

쩡 쓰이 : (조급해하며 쑤팡에게) 어서 말하세요!

쩡원차이 : (그냥 듣기만 하고 머리를 끄덕이다가, 갑자기 부드럽게) 말해요, 쑤팡
동생, 내 보기엔—

지앙타이 : (갑자기 자신의 아내에게) 당신은 나서지마!

[쩡원차이가 침묵한다. 쑤팡이 말없이 일어나서 고개를 숙이고
큰 객실로 통하는 문으로 간다.]

쩡 하우 : 쑤팡아, 말을 해야지. 너도 네 생각을 말해야지.

쑤   팡 : (고개를 저으며) 전, 전 할말이 없어요.

[쑤팡이 큰 객실로 통하는 문으로 나간다.]

쩡 하우 : 내 참, 이런 일에 어떻게 본인 생각이 없을 수가 있어?

지앙타이 : (참지 못하고) 제가 대신 말해볼까요?

쩡 하우 : 뭐라고?

지앙타이 : 저더러 말하라면 하고 그렇지 않으면 전 나가볼게요.

쩡 하우 : 좋네, 말해보게, 자네 의견을 좀 말해봐.

지앙타이 : (아주 시원하게) 제가 부탁하는데 더 이상은 쑤팡을 난처하게 하
지 마세요, 쑤팡이 속으로 무슨 생각을 하고 있는지 정말 모른
단 말인가요? 왜들 나 한마디 너 한마디 하면서 외로운 노처녀
를 괴롭히는 겁니까? 왜들—

쩡 쓰이 : 괴롭히다니요?

쩡원차이 : 여보.

지앙타이 : (몹시 화를 내며) 당신들이 쑤팡을 괴롭히는 거예요, 그녀가 지난 몇 년간 늙은 사람, 어린 사람, 산사람, 죽은 사람, 또 노 나리, 큰 마님, 작은 마님 할 것 없이 모두 혼자서 챙겼잖아요. 지금 그녀 나이가 벌써 서른 살이나 되었는데, 왜들 붙잡고 놔주지 않는 거냔 말예요?

쩡 하우 : 자네—

쩡원차이 : 여보!

지앙타이 : 설마 그녀를 재로 만들어 무덤까지 데리고 가서 조상께 제물로 바칠 생각은 아니겠죠? 양심들이 좀 있으란 말입니다! 사람이라면 양심이 있어야지! 난 가겠어요, 여기 편지 한 통이 있는데, (편지를 쩡하우의 무릎에 억지로 쑤셔 넣고) 읽어보세요!

쩡원차이 : 여보!

[지앙타이가 화가 나서 씩씩거리며 큰 객실로 통하는 문으로 나간다.]

쩡 하우 : (아주 불쾌한 듯) 이, 이건 무슨 말이냐? 내, 내 생전에 저렇게 버릇없는 말은 들어 보지도 못했다! (동시에 떨리는 손으로 편지를 뜯는다. 돈과 함께 짤막한 쪽지가 보인다.)

[쩡하우가 편지를 볼 때 장순이 사발과 젓가락을 들고서 조용히 등장한다. 뤠이전도 들어와서 장순을 거들며 조용히 식탁을 펼치고 사발과 젓가락, 걸상을 배열한다.]

쩡 하우 : (급히 편지를 읽고는 분에 차서 얼굴색이 퍼렇게 질린다.) 이건 또 무슨
뜻이냐? (돈을 쳐들고) 지앙타이가 몇 푼도 안 되는 방세를 나한
테 주는 거야! (쓰이에게) 쓰이, 이게 어떻게 된 거냐?

쩡 쓰이 : (씁쓸하게) 저도 모르겠네요, 그 어르신이 또 어떤 정신병이 재발
했는지요?

쩡원차이 : (일어나서 그 편지를 보고서 황당하고 불안해하며 애원한다.) 아버지,
제발 저의 일은 마음속에 두지 마세요, 저의는 기분이 좋지
못해요. 저인 지난 몇 년간—

쩡 하우 : (분에 차서) 지앙타이 얘기는 꺼내지 않겠다, 사위 놈은 어차피
성이 다른 절반 자식이야! (원차이에게) 넌 내 딸이니 당연 우리
쩡씨 집안사람들은 글공부를 첫째로 생각하고 돈에 대해서는
이러쿵저러쿵 거론하지 않는 성미라는 것을 알게야. 좋다, 너희
들이 원한다면 여기서 계속 살고 싶다면 마음대로 해라. 그렇다
고 무슨 집세니 밥값이니 아버지께 준단 말은 말고—

쩡원차이 : (흐느끼며) 아버지, 이 딸을 잘못 낳았다고 생각하세요, 딸을—

쩡 하우 : (분에 차 떨면서) 허, 허, 우리 쩡씨 집안에서 그런 배은망덕한
놈은 쫓아내야 해!

쩡원차이 : (참지 못하고 울음을 터뜨리며) 아, 엄마, 왜 절 버리고 먼저 돌아가
셨어요, 엄마!

쩡 쓰이 : 아가씨!

[원차이가 울면서 자신의 침실로 뛰어 들어간다.]

쩡 하우 : (길게 탄식하며) 전생의 원수지! 말도 못하는 구나! 밥이나 먹자,

장순아, 위앤 선생을 모셔오너라.

[장순이 큰 객실로 통하는 문으로 나간다. 원칭이 서재 작은 문으로 들어온다.]

쩡 원칭 : 아버님!

쩡 하우 : 떠나려 하느냐?

쩡 원칭 : 1시에 차를 탑니다.

쩡 하우 : 담배는 끊은 거야?

쩡 원칭 : (머리를 숙이고) 끊었어요.

쩡 하우 : 확실히 끊은 거지?

쩡 원칭 : (쑥스러운 듯) 확실히 끊었어요.

쩡 하우 : 종이 담배는?

쩡 원칭 : (머리를 숙이고) 그것도 안 피웁니다.

쩡 하우 : (그의 누런 손가락을 보고) 또 거짓말을 하는구나! (훈계하듯) 네 손 좀 봐라, 손가락이 종이 담배에 그을려서 그게 무슨 꼴이냐? (고개를 저으며 탄식한다.) 너, 너 이 꼴로 어찌 사람들을 대하며 일을 한단 말이냐!

쩡 원칭 : (자신도 모르게 손을 펼쳐보며) 좀, 좀 있다가 씻겠습니다.

쩡 하우 : 쩡팅이는?

쩡 쓰이 : (얼른 큰 객실로 통하는 문으로 가서 소리친다.) 쩡팅! 할아버지가 부르신다.

쩡 하우 : 뭘 하고 있는 게야?

쩡 원칭 : 아마 위앤이하고 연을 날리고 있는 모양입니다.

쩡 하우 : 연을 날리다니? 왜 고문관지(古文觀止)[18]는 읽지 않고 무슨 연을
       날린다는 거냐?

쩡 원칭 : 쩡팅아!

[쩡팅이 황급히 큰 객실로 통하는 문으로 달려 들어온다.]

쩡 하우 : (엄한 소리로) 뛰기는 왜 뛰어! 어디서 이런 거친 행동을 배웠느
       냐?

쩡 팅 : (발걸음을 멈추고) 할아버지, 위앤 아저씨께서 지금 '뻬이징'인을
       그리고 계시는데 금방 오시겠데요.

쩡 하우 : 오냐, (뤠이전에게) 술을 좀 데워라.

쩡 팅 : 위앤 아저씨께서 손님 한 분을 더 모시고 오셨으면 하던데요.

쩡 하우 : 물론 좋지, 평소에 먹는 음식들이니 괜찮다면 모시고 오라 전해
       라.

쩡 팅 : 네! (재빨리 말을 전하러 가다가 얼마 걷지 않고 몸을 돌려 머뭇거리며)
       그런데, 할아버지, 그 분은 '뻬이징'인이예요.

쩡 하우 : 뻬이징 사람이면 더 좋지. (원칭을 꾸짖으며) 봐라, 네가 키운
       아들이 어떤지 말야, 저 애는 아직까지도 사리판단이 분명치가
       않아.

쩡 팅 : (망설이며) 위앤 아저씨께서 그 분더러 옷을 좀 바꿔 입게 할까
       하던데요?

쩡 하우 : (귀찮은 듯이) 무슨 옷을 바꿔 입어, 어서 모셔 오너라. 네 아버지

---

18) 고문관지(古文觀止): 청(淸)대에 오초재(吳楚材)란 서생이 제자들을 가리키기 위해
   주(周)대부터 명(明)대까지의 고문을 총 222편으로 편찬한 산문 총집.

가 1시에 차를 타고 떠나야 한다.

[쩡팅이 큰 객실로 통하는 문으로 나간다.]

쩡 하우 : 이상하지, 쑤팡이 어딜 간 거야?

쩡 쓰이 : 아마 위앤 선생이 드실 요리를 볶는 모양입니다.

쩡 하우 : 알았다.

[쩡팅이 문 밖의 큰 객실에서 큰 소리로 외친다.]
[쩡팅의 목소리 : 우리 할아버지가 집안에 계셔! 할아버지가
집안에 계신다고!]
[위앤위앤의 목소리 : 도망가 봐, 어디 한번 도망가 봐!]
[꽝하고 큰 객실로 통하는 문이 활짝 열린다. 쩡팅이 소리를
지르며 달려오고 위앤위앤이 물에 흠뻑 젖어서 한 손에 빈 물통
을 들고 다른 손으로는 폭죽을 들고 쫓아온다. 샤오주얼도 그
뒤를 따르는데, 한 손에는 불붙인 향을 들고 또 한 손으로는
비둘기를 안고 있다.]

쩡   팅 : (뛰면서) 할아버지, 제, 제가―

위앤위앤 : (웃으며 소리친다.) 도망가 봐! 도망가 보래도! 어디로 도망가는지
보자…….

[쩡팅이 쩡하우가 앉아 있는 소파 뒤에 숨으려던 순간 기다렸다
는 듯이 위앤위앤이 폭죽 하나를 그들 발밑으로 던진다. 폭죽은

콩 볶는 듯한 소리를 내고 쩡팅과 쩡하우는 놀라서 소리를 지른다. 위앤위앤은 통쾌한 듯 소리 내어 웃고 샤오주얼도 문 앞에 서서 하하 쉴 새 없이 웃음을 터트린다.]

쩡 하우 : 이, 이런, 여자아이가 이게 무슨 짓이냐?

쩡 하우 : 쩡 할아버지!

쩡 하우 : 너 어째서 이런 장난을 하는 게야?

위앤위앤 : (응석을 부리며) 보세요, 쩡 할아버지, (젖은 머리칼을 쩡하우에게 보이고 쩡팅을 가리키며) 쩡팅이가 먼저 저한테 물을 끼얹었었어요!

[밖에서 남자의 목소리 : (웃음을 띠고) 새끼 원숭이야, 너 어디로 갔느냐?]

위앤위앤 : (장난스럽게) 늙은 원숭이님, 저 여기 있어요!

[위앤위앤이 웃으며 뛰어서 큰 객실로 통하는 문으로 나간다. 샤오주얼도 바삐 뒤따라 나간다.]

쩡 하우 : (쓰이에게) 저것 봐라, 저런 집안의 가정교육이 어떻게 쑤팡하고 어울린다는 거냐? (쩡팅 쪽으로 몸을 돌리며) 방금 네가 먼저 물을 끼얹었느냐?

쩡 팅 : (두려워하며) 저 애, 저 애가 끼얹으라고 했어요.

쩡 하우 : 꿇어라!

쩡 쓰이 : 제가 보기에, 아버님—

쩡 하우 : 꿇어 앉으래도! (쩡팅이 할 수 없이 꿇어 앉는다.) 위앤씨 집안사람
들더러 우리 쩡씨 집안의 가정교육을 보라는 게다.

[위앤위앤이 그녀의 '늙은 원숭이' 인류학자 위앤런칸을 끌고서
기쁘게 들어온다.]

['늙은 원숭이'는 실제는 늙지 않았고 이제 마흔 살쯤 되어 보인
다. 하지만 머리는 이미 벗겨져서 단지 몇 가닥 남은 머리칼을
가로로 빗었는데, 원래는 머리칼이 있었음을 나타내 준다. 키는
크지 않으나 혈기가 있어 보이고 몸매도 다부져 보인다. 그는
낡고 누런 승마 바지에 검은 가죽장화를 신고 옷깃이 넓은 엷은
청색 셔츠를 입었는데, 마치 자동차 수리공처럼 보인다. 하지만
그는 유모와 재치가 넘쳐 보이는 눈을 가지고 있고, 그 눈은
수시로 일종의 풍자적이고 비웃는 듯한 빛을 분출하고 있다.
가끔은 학자들 특유의 무엇인가 깊은 생각에 빠져서 정신을
몰두하기도 한다. 입가에는 늘 웃음을 담고 있는데 인류를 연구
하는 학자로서 뿐만 아니라 마치 인류가 이렇게 타락되었는가
를 비웃고 있는 듯이 보인다. 그는 커다란 귀를 가졌는데 넓은
이마에 큰 귀, 납작한 사자코가 어우러져 어떤 때에는 어릿광대
처럼 보이기도 한다.]

[그의 과거에 대해서는 여러 추측들이 있는데, 어떤 이는 그가
결혼한 적이 있다 하고 어떤 이는 그가 전혀 결혼한 적이 없고
위앤위앤은 단지 그의 사생아라고 말하는데, 정녕 그에게 물으
면 그는 언제나 신비하게 미소만을 지을 뿐이다. 그는 일생을
'뻬이징'인의 두 개 골을 연구하고 학술탐사대를 구성하여 시짱

(티베트·西藏)이나 멍꾸(몽고·蒙古)에 가서 화석을 발굴하며 시간을 보내는데, 시간적 여유가 있을 때에는 딸애와 같이 즐겁게 놀아주는 것이 그의 생활이다. 그의 딸도 화석 속에서 튀어 나온 듯하고 그의 모습을 보면 남녀 간의 감정 따위는 정말 이해하지 못하는 것 같다.]

위앤위앤 : (걸으며 말을 계속한다.) 아빠, 샤오주얼이 나한테는 향을 하나밖에 가져오지 않았어요. 그래서 내가 폭죽에 불을 붙여서, 아빠, 그를 쫓아가서 그 애 다리에다—

위앤런깐 : (고개를 끄덕이고 웃으면서) 오냐, 그래, 오— (그를 맞이하기 위해 서 있는 쩡하우를 보고) 쩡 할아버지, 정말 감사합니다. 오늘 저희들이 또 신세를 지러 왔습니다.

쩡 하우 : 명절인데 편하게 드십시다. (앉기를 권하며) 위앤 선생 앉으시죠, 어서 앉으세요.

위앤위앤 : (쩡팅을 보고 갑자기 키를 낮추고서 큰 소리로) 아빠, 보세요, 쩡팅이 무릎을 꿇고 있어요!

쩡 하우 : 그 애는 상관 말고 앉으세요.

위앤런깐 : (정팅을 바라보고 크게 놀라며) 아니, 왜?

쩡 하우 : 우리 손자 놈이 어리고 철이 없어서 듣자니 댁 따님 머리에 물을 끼얹었다는데—

위앤런깐 : (겸연쩍게 웃으며) 아, 일어나거라, 일어나. 그 물통은 제가 끼얹으라고 건네준 거예요.

쩡 하우 : (놀라며) 선생이? —

쩡 쓰이 : (참지 못하고) 일어나거라, 쩡팅아, 위앤 아저씨께 고맙다고 말씀

드리고!

쩡   팅 : (곧 일어나서) 위앤 아저씨, 고맙습니다.

위앤런깐 : (쩡팅에게) 미안하구나, 미안해, 다음엔 내게 물을 끼얹으렴!

쩡 하우 : 위앤 선생의 손님은 어디 계십니까?

위앤위앤 : (놀라며 소리친다.) 아빠, 뻬이징 인은 아직 방안에 있는데요!

위앤런깐 : (중요하지 않다는 듯이) 난 벌써 와 있는 줄 알았다.

[위앤위앤이 말을 마치고 쏜살같이 뛰어나간다.]

쩡 하우 : (매우 공손한 태도로) 오, 어서 들어오시오. (일어나서 큰 객실로 통하
는 문으로 걸어간다.)

위앤런깐 : 쩡 할아버지께서 저희를 부르실 때 전 마침 그림을 그리고 있던
참이라서, — 아, 원래는 그더러 옷을 좀 바꿔 입게 하려고
했는데, (쩡팅을 가리키며) 쩡팅이가 할아버지께서 괜찮다고 하셨
다면서—

쩡 하우 : (여전히 공손하게) 평소 먹는 대로 한 끼 먹는 것인데 뭐 옷까지
바꿔 입고 예의를 차릴 필요가 있겠느냐고 했죠.

위앤런깐 : 그러고 말고요. 그래서 저도 그더러 그러지 말라고—

[위앤위앤이 큰 객실로 통하는 문으로 뛰어서 들어온다.]

위앤위앤 : (귀빈의 도착을 알리듯이 큰 소리로) '뻬이징'인이 납십니다!

[모두 영문을 모르고 일어나서 쳐다본다.]

쩡 하우 : 오. (문을 바라보고 환한 미소를 띠고) 어서, 어서, (말이 아직 끝나기도
전에—)

[갑자기 문이 열리고 거대한 영물이 하늘에서 떨어진 듯 오랑우
탄처럼 생긴 사람이 등장한다.]
[그의 키는 2미터가 넘어 보이고 곰처럼 튼튼한 허리에 호랑이
같이 우람한 등판을 가졌다. 몸은 거의 나신으로 짐승 가죽을
반쯤 걸쳤으며 온몸에는 털이 북슬북슬하다. 두 눈은 번쩍번쩍
빛이 나고 움푹 들어간 눈언저리, 꺼진 코, 커다란 입, 그리고
길게 뻗은 아래턱은 마치 유인원처럼 보인다. 머리칼도 유인원
처럼 검고 굵은 어깨 위까지 길게 늘어트렸다. 짙은 갈색 피부
위로 발달된 근육은 잘 익은 대추나 밤처럼 구리 빛을 내며
울퉁불퉁 튀어나와 있다. 그의 큼직한 손은 약간의 힘만 주더라
도 어떠한 적의 목덜미도 잡아서 비틀어버릴 것 같다. 그는
온몸이 야성적이고 무서운 힘으로 뭉쳐있고 충만한 생명과 인
류의 무궁한 희망이 모두 이 사람 몸에 잠재되어 있는 듯 하다.]
[쩡씨 집안사람— 뤠이전을 제외하고— 모두 겁에 질려 있다.]

쩡 하우 : (너무 뜻밖인지라 하마터면 놀래 기절할 뻔한다.) 아! (뒷걸음친다.)
위앤런깐 : (얼른 앞으로 가서 소개한다.) 이 분이 쩡 할아버님이시네.

['뻬이징'인이 고개를 끄덕인다.]

쩡 하우 : 이분은—

위앤런깐 : (웃으며) 이 사람은 제 동료입니다, 곧 저와 함께 멍꾸(蒙古)에
갈 사람이죠.

['뻬이징'인이 무대 복판으로 걸어와서 무섭게 쩡하우와 그의
자손들을 바라본다.]

위앤위앤 : (동시에 가리키며) 쩡 할아버지, 이 사람은 인류의 선조예요. 쩡
할아버지, 할아버지의 선조가 바로 이렇게 생겼어요.

위앤런깐 : (웃으며) 그만 해라, 위앤위앤! (쩡하우에게) 쩡 할아버지 화내지
마세요! 40만 년 전의 뻬이징 사람은 그랬어요. 죽이고 싶으면
죽이고, 때리고 싶으면 때리고, 날짐승 피를 마시고 날고기를
먹었기 때문에 현재의 뻬이징 사람처럼 문명스럽지 못했지요.

쩡　하우 : (놀라며) 아니, 이 사람이 뻬이징 사람이라고?

위앤런깐 : (힘있게) 진짜 뻬이징 사람이죠! (갑자기 웃으며) 쩡 할아버지, 놀
라지 마세요. 이 사람은 가장한 겁니다. 우리 연구팀에서 그림
을 그려주고 있죠. 원래는 연구팀의 재간 있는 기계공인데 체격
이나 두개골이 옛 뻬이징 인과 아주 흡사해서—

쩡　하우 : (좀 이해가 되는 듯) 오, 오, 그럼 어서 앉으시오. (억지로 '뻬이징'인
에게) 어서 앉으시오.

위앤런깐 : 미안합니다. 저 사람은 벙어리라서 말을 못합니다. (이때 순서에
따라 자리에 앉고서 낮은 소리로) 이 사람은 성격이 좀 난폭해서
누굴 때리고 싶으면 때리니까 모두들 건드리지 않는 것이 좋을
겁니다.

쩡　하우 : (소름이 오싹 끼치며) 그래요, 그래, (얼른 뤠이전과 쩡팅을 향해) 뤠이

전, 너희들은 이쪽에 앉거라, 이쪽으로!

['뻬이징'인은 전혀 웃는 기색 없이 상좌에 바르게 앉아서 관중 쪽을 향하고 있다. 장순이 요리 한 접시를 상에 놓고 나간다.]

쩡 하우 : (잔을 들며) 오늘 식사초대는 첫째로 명절이기 때문이고, 둘째는 내 맏이가 집을 떠나기 때문에 여태까지 위앤 선생의 가르침을 받지 못한 것을 이 기회에 좀 받고자 해서 모셨습니다, 자, 듭시다, 드세요. ('뻬이징'인을 바라보고) 저, 이웃분도—

위앤런깐 : 감사합니다!

['뻬이징'인이 술잔을 쳐다보다가 단번에 잔을 비우자 모두가 놀란다.]

위앤런깐 : 듣자니 쩡 어르신께서는 다도(茶道)에 아주 조예가 깊다고—

[밖에서 다투는 소리.]

쩡 하우 : 뤠이전, 나가서 좀 보거라, 누구냐? 왜 이렇게 야단법석이야?
위앤위앤 : (뤠이전에게) 제가 나가 볼게요!

[쓰이가 원칭에게 귓속말을 하자 원칭이 일어나서 술병을 들고 쩡하우 옆으로 가고 쓰이가 뒤를 따른다. 위앤위앤은 벌써 젓가락을 놓고 큰 객실로 통하는 문으로 뛰어 나갔다.]

쩡 쓰이 : (술잔을 들고) 며느리가 아버님께 한잔 올리겠습니다.

쩡 하우 : (여전히 앉은 채로) 관두거라.

쩡 쓰이 : (공손하게) 아범이 아버님께 작별인사를 드립니다.

쩡 원칭 : (낮은 소리로) 아버님, 작별인사를 올립니다.

[원칭이 꿇어앉아서 세 번 머리를 조아리고 뤠이전과 쩡팅은 자리에서 일어난다. '뻬이징'인과 위앤런간은 눈을 크게 뜨고 서로를 바라본다. 이들 부자가 작별 인사를 나눌 때 밖에서는 또 한번 요란스럽게 다투기 시작한다.]

[밖의 서너 사람이 다투는 소리 : (서로 한마디씩 주고받으며) 돈을 줄 거요 말 거요. 팔월 추석이라 아침 일찍부터 기다렸단 말이요. 이렇게 큰 대문도 겉치레는 아닐 텐데. 돈이 있으면 몰라도 돈도 없으면서 왜 빚을 진 거요, 창피하지도 않소!……]

쩡 하우 : 이게 무슨 소리냐?

쩡 쓰이 : 옆집에서 다투는 소리겠지요?

쩡 하우 : (한시름 놓인 듯 손님들에게) 어서, 어서 드시오. ('뻬이징'인이 또 혼자서 한잔을 마신다. 쩡하우가 쩡팅과 뤠이전에게, 다정하게) 너희들 도 네 아버지께 인사를 드려야지! (그래서―)

[뤠이전과 쩡팅이 일어나서 술잔을 들고 원칭 앞으로 가서 술을 따른다.]

쩡 쓰이 : (아주 총명하고 예절에는 숙련된 듯 그들에게 가르쳐준다.) "아버님, 편

히 다녀오세요"라고 해라.

쩡뤠이전·쩡   팅 : (동시에 무표정하게) 아버님 편히 다녀오세요.

쩡   쓰이 : "집에 편지도 자주 하세요"라고도 말씀드려.

쩡뤠이전·쩡   팅 : (동시에 기계적으로) 아버님 집에 편지를 자주 해주세요.

쩡   쓰이 : (다시 그들을 가르치며) "아들 며느리는 아버님을 자주 돌봐 드릴

　　　수가 없게 되었습니다"라고 말씀드려라.

쩡뤠이전 : (또 생각에 없는 말을 한다.) 아들 며느리는 아버님을 자주 돌봐

　　　드릴 수 없게 되었습니다.

쩡   팅 : (말을 마치고 자리로 돌아가려 한다.)

쩡   쓰이 : (급히) 절을 올려야지, 멍청이들 ! (득의양양해서 위앤런깐을 바라본

　　　다.)

[쩡팅과 뤠이전이 무릎을 꿇고 세 번 머리를 조아린다. 원칭이

일어서고, '뻬이징'인과 위앤런깐은 서로 마주보다가 훌쩍 또

한잔을 마신다. 위앤런깐이 그에게 또 한잔을 따라주자 또 단숨

에 잔을 비운다. 조용히 머리를 조아리는 사이에 밖에서는 다시

욕설을 퍼붓기 시작한다.]

[바깥의 욕 소리 : (여전히 서로 주고받으며 다투는데 점점 더 험악해진

다.) 당신들 무슨 명절을 쇤다는 거요? 돈 있으면 명절을 쇠고

돈 없으면 우리 같은 장사꾼들과 말장난이나 한단 말이요. 단오

때 진 빚을 아직까지 한 푼도 갚지 않았단 말이요. 천원도 안

되는 돈이 뭐가 그렇게 어려워서?]

[장순의 목소리: (권고하며) 여기서 소리치지 말아요! ─ 가요!

가! 나리께서 여기 계시는데…….]

[바깥의 욕 소리 : (비웃으며) 나리라면 무서워할 것 같소, 체면 차리기는! 돈이 없으면 우리와 같은 거지, 망할 집이! (욕 소리가 끊임없이 계속 들리며—)]

[위앤런깐도 고개를 돌려 엿듣는다.]

쩡 쓰이 : 아마도 옆집에서—

[바깥에서 다투는 사이에 쑤팡이 황급히 큰 객실로 통하는 문으로 걸어 들어온다.]

쩡 하우 : 누구냐?

쑤 팡 : (숨을 가쁘게 몰아쉬며 어물어물 대답을 회피한다.) 아무것도 아녜요.

쩡 쓰이 : (간사하게 웃으며) 위앤 선생님, 제가 소개해 드리죠, 이분이 쑤팡 아가씨예요! (위앤런깐이 일어선다. 쓰이가 다시 쑤팡 쪽을 향해) 이분은 위앤 선생이세요!

[큰 객실로 통하는 문으로 천어멈이 앞치마를 두르고 큰 요리 한 접시를 들고서 황급히 걸어 들어온다. 샤오주얼은 한 손에 비둘기를 들고 또 한 손으로는 할머니의 옷을 거머쥔 채 뒤를 따른다.]

천 어멈 : (말하면서 걸으며 귀찮은 듯이) 옷을 잡지 마라, 샤오주얼, 힘드니까 잡지 말란 말야! (요리를 상에 놓고 하마터면 손을 델 뻔한 듯, 계속해

서) 정말 뜨겁네!

[천어멈이 샤오주얼과 함께 큰 객실로 나간다.]

쑤　　팡 : (낮은 소리로) 언니!

쩡　쓰이 : (젓가락을 들고서) 위앤 선생님, 이 요리는 쑤팡 아가씨가— (쑤팡이 쓰이의 옷자락을 잡아당긴다. 쓰이가 고개를 돌려 쑤팡에게) 뭐라고요?

쩡　하우 : (젓가락을 들고) 드시오! 들어요!

쑤　　팡 : (동시에 불안한 목소리로) 관, 관에 칠을 한 사람들이— 그, 그 사람들이—

[갑자기 문이 활짝 열리며 뚱뚱하고 흉악하게 생긴 장사꾼 갑, 을, 병, 정이 밀치고 들어온다. 장순이 막으며 버티고 있고 위앤 위앤도 뒤쪽 사이에 끼어있다.]

장　　순 : 안돼요, 안돼, 안에 손님이 있단 말예요!

갑을병정 : (동시에 밀치고 들어와서 흉악한 들개처럼 마구 지껄인다.) 상관없어, 우린 돈을 받으러 온 것이지 사람 목숨을 가지러 온 것이 아니니까!— 나리— 큰 마님!— 나리, 어서 돈을 내놓으시죠.— 돈이 없다면—

쩡　하우 : 나가! 무례한 놈!

쩡　쓰이 : (동시에 엄한 소리로) 나중에 보자, 물러가!

[원차이도 침실에서 달려나와 놀래서 바라본다.]

갑을병정 : (바짝 다가와 뒤섞여서) 우리가 왜 나갑니까? — 빚을 졌으면 당연
히 갚고 돈이 없으면 이런 일을 시키지 말아야 지요, — 우린
소규모 장사 치기올시다! — 단오 때 진 빚도 아직 갚지 않으셨
소. — 쓸데없는 체면 차리지 마시고, — 돈이나 내 놓으시오.
(쩡하우가 화가 치밀어 멍해 있고 쓰이는 냉소한다. 쩡씨 집안 사람들은
모두 멍청이가 된 듯하고 갑, 을이 소리를 지르며 더욱 압박해 온다.)
모두 벙어리가 됐습니까! (갑의 소리) 관에 칠을 할 돈이 있잖소!
(을의 소리) 돈이 없으며 관에 칠을 했겠소! (병의 소리) 우리 집에
도 부모가 있지만 죽은 다음에는 거적에 말아서 묻어달랍디다!
(갑의 소리, 쩡씨 집안 사람들에게 손가락질을 하며) 이렇게 앉아서
목석같이 있을 거요!

[위앤런깐과 '뻬이징'인이 줄곧 보고만 있다가 이때—]

위앤런깐 : (큰소리로) 나가시오!
갑을병정 : (놀라며) 뭐라고요?
위앤런깐 : (웃으며) 내가 돈을 주겠소!
갑을병정 : (고집스럽게) 우린, 우린 (쩡하우를 가리킨다.)—

['뻬이징'인이 천천히 일어선다. 누구도 당해낼 수 없을 것 같은
유인원이 화가 나서 노려보며 손을 바깥쪽으로 천천히 내두른
다.]

갑을병정 : (숨을 한번 들이쉬며) 좋아요, 돈만 주면 되죠! 돈만 주면 되요!

[갑, 을, 병, 정이 황급히 퇴장한다. '뻬이징'인이 육중하게 발걸음을 옮기며 뒤따라 나간다. 위앤위앤도 따라나가고 위앤런깐이 뒤를 따른다.]

쩡   팅 : (초조하여) 위앤 아저씨!

위앤런깐 : (머리를 끄덕이며 미소를 지으며 아주 자신이 있는 듯 손을 내젓는다.)

[위앤런깐이 나간다.]

쩡 하우 : 이게, 어찌된 영문이냐?

[갑자기 밖에서 고기 덩어리를 내려치는 듯한 주먹소리가 나고 잇달아 놀래서 부르짖는 소리가 들려온다. "왜 사람을 때려요!" 계속해서 물건이 깨져 부서지는 소리, 외치는 소리, 욕하는 소리, 아프다고 신음하는 소리가 어지럽게 들려온다. 집안의 사람들은 놀래서 굳어있다.]

쩡 하우 : 문을 닫아라, 문을 닫아!

[쓰이가 황급히 가서 문을 닫는다.]
[위앤위앤의 소리 : (싸움을 구경하는 듯 소리치며 응원한다.) "좋아요, 또 한 대, 또 한번! 잘 때렸어요! 뒤쪽을 때려요! 발, 발로

차요! 그래요, 내려쳐요! 한번 더 쳐요! 그래요, 그렇게, 물어요,
힘있게, 다시 한번!" (최후의 승리를 한 듯 소리친다.) "잘했어요!"
(그리고 나서 조용해진다.)]

쩡   팅 : (참지 못하고 문 앞으로 가서 문을 열고 내다보려고 한다.)

쩡 쓰이 : (낮은 소리로 긴장해서) 나가지 마, 죽고 싶으냐?

[모두들 숨을 죽이고 듣는다. 위앤런깐이 머리를 좀 흐트러트리
고 옷소매를 걷고서 만연의 웃음을 띠고 들어온다.]

위앤런깐 : (천천히 옷소매를 내린다.)

['뻬이징'인이 더욱 야만스럽고 무섭게 보인다. 얼굴에 피가 약
간 흐르고 있는데 아무 일 없는 듯이 육중하게 걸음을 옮긴다.
뒤에는 위앤위앤이 몹시 숭배하는 듯한 얼굴을 하고서 이 무서
운 영웅을 따라 들어온다.]

쩡 하우 : (낮은 소리로) 모두, 다 갔소?

위앤런깐 : 때려서 쫓아버렸습니다!

위앤위앤 : (갑자기 의자 위로 올라가서 '뻬이징'인의 팔을 추겨들며) 우리 '뻬이징'
          인이 쫓아버렸어요!

['뻬이징'인이 고개를 돌려 처음으로 온화하게 어설픈 웃음을
짓는다. 모두들 두려워하며 그를 쳐다본다. 쩡하우는 마비가

온 듯 굳어져 있다.]

쩡 쓰이 : (돌연 침묵을 깨트리며 유쾌하게 웃으며) 어서 드세요. (위앤런깐에게)
이 요리 두 접시는 (손으로 가리키며) 쑤팡 아가씨가 위앤 선생님
드시라고 특별히 만든 거예요! (자기도 모르게 원칭을 보며 웃는다.)

[모두들 다시 자기 자리를 찾아 앉는다.]

— 막이 내린다.

北京人

제2막

[그 날밤 11시쯤, 여전히 쩡씨 저택의 작은 거실이다.]

[쩡씨 저택 주위는 쥐죽은듯이 조용하다. 멀리 쓸쓸한 골목길에서 운수를 점치는 소경이 이따금 적막을 깨트리는 징을 치는데, 아마도 천천히 걸음을 옮기며 귀가를 하고 있는 듯 하다. 간혹 여인과 아이의 목소리도 들려오는데, 이는 저 멀리 적막한 거리에서 처량하게 외쳐대며 물건을 팔고자 하는 소리이다.]

[방안에는 갓을 씌운 전등이 어슴푸레하게 비춰서 작은 원을 하나 그리고 있으며, 벽면의 그림과 글씨 그리고 골동품들은 모두 보일 듯 말 듯 어둠 속에 잠겨있고, 벽에 걸어놓은 대나무 묵화는 더욱 희미하게 보인다. 지금은 커튼이 있는 곳은 모두 꼭 닫쳐 있다. 갓 등의 넓은 틈새로 세어 나오는 불빛은 마침 큰 객실로 통하는 문을 비춰고 있다. 하얀 종이를 발라 만든 칸막이는 모두 닫쳐있는데, 지금은 하반부에 조각을 한 부분만을 제외하고는 위로부터 아래까지 거대한 흰 종이 막이 되어버

렸다. 칸막이와 칸막이 사이 틈으로 한 가닥의 희미한 불빛이 세어 나오고 그 종이 막 위로는 어슴푸레하게 사람 그림자가 움직이는 것 같다. 간혹 안(큰 객실)에서 가벼운 기침소리와 발걸음 소리가 들려온다.]

[벽 왼쪽 긴 탁자 위에는 촛대 몇 개가 놓여있는데, 그 중 하나에 반쯤 탄 초 하나가 꽂혀있다. 방 중앙에는 탁자를 하나 더 배열하였으며 그 위로는 작고 말끔한 황토화로를 놓고 아담한 양철 주전자를 올려놓았다. 이글거리는 화롯불이 벌건 빛을 내고, 주전자 속에선 물 끓는 소리가 마치 굴레를 쓴 작은 사람이 그 안에서 흐느끼며 우는 것처럼 들린다. 옆에는 깜찍한 홍목 탁자가 놓여있는데 그 위에는 작고 정교하게 만든 찻잔들이 놓여있다. 화로를 마주하고 원칭이 창백한 얼굴을 하고 낮은 걸상에 멍하니 앉아있다. 맞은 편에서 옮겨다 놓은 소파에는 천어멈이 앉아서 가위를 들고 낮은 걸상에 앉아서 졸고 있는 샤오주얼의 손톱을 깎아주고 있다.]

[서재에는 희미한 등이 하나 켜 있고 그 등불아래서 쩡팅이 혼자 지친 모습을 하고 추성부(秋聲賦)19)를 낮게 읊고 있는 것이 보인다. 멀리 골목 끝에서 야경을 도는 목탁소리가 들려온다.]

천 어멈 : (손톱을 깎으면서 중얼거리듯) 칭 도련님, 내일 정말 떠나시려고요?

─────────────────

19) 추성부(秋聲賦)는 구양수(歐陽修)의 작품이다. 구양수(1007-1072)의 자는 영숙(永叔), 호는 취옹(醉翁). 육일(六一) 거사이며, 吉水(지금의 江西省) 사람이다. 북송 때의 문학가, 사학가이며 저서로는 구양수문충집(歐陽修文忠集)이 있다.

쩡 원칭 : (고개를 끄덕인다.)

천 어멈 : 그만 포기하는 것이 좋겠어요, 차를 놓친 바에야 아예 며칠
         집에서 기다렸다가 위앤 선생하고 쑤팡 아가씨 일이 결정되는
         것을 보고 가세요.

쩡 원칭 : (고개를 젓는다.)

천 어멈 : 오늘 위앤 선생이 눈치를 챈 것 같았나요?

쩡 원칭 : (머리를 숙인 채 마지못해 대답한다.) 난 눈여겨보지 않았어요.

천 어멈 : (웃으며) 제가 보기엔 눈치를 챈 것 같아요, 식사할 때 자꾸 쑤팡
         아가씨 쪽을 보던데요.

쩡 원칭 : (아마도 그녀의 말을 이해하지 못한 듯이 천어멈을 바라본다.)

천 어멈 : 칭 도련님, 이일은―

쩡 원칭 : (자기도 모르게 길게 한숨을 쉰다.)

[샤오주얼이 머리를 툭 떨구더니 졸다 깨어난다. 길게 하품을
하고 뭐라 중얼거리고는 다시 졸기 시작한다.]

천 어멈 : (샤오주얼의 손톱을 깎으면서) 참, 저도 집에 돌아가야 해요. (샤오주
         얼을 가리키며) 이애 어미는 우리들이 오늘밤 돌아올 줄로 알고
         있어요. (샤오주얼이 다시 머리를 떨어트리자 붙들며) 움직이지 마라,
         내 새끼야, 할미가 네 손 베겠다! (귀여워서) 아이, 이 놈도 정말
         피곤도 할거예요, 아침 내내 걸은 데다가 위앤 아가씨와 종일
         놀았으니 말예요. 시골 애들이야 도시 아이들과 비교할 수가
         없어요, 배고프면 먹고, 피곤하면 자고, 어디― (서재 안의 쩡팅을
         보고 가여운 듯, 낮은 소리로) 작은 도련님, 작은 도련님!

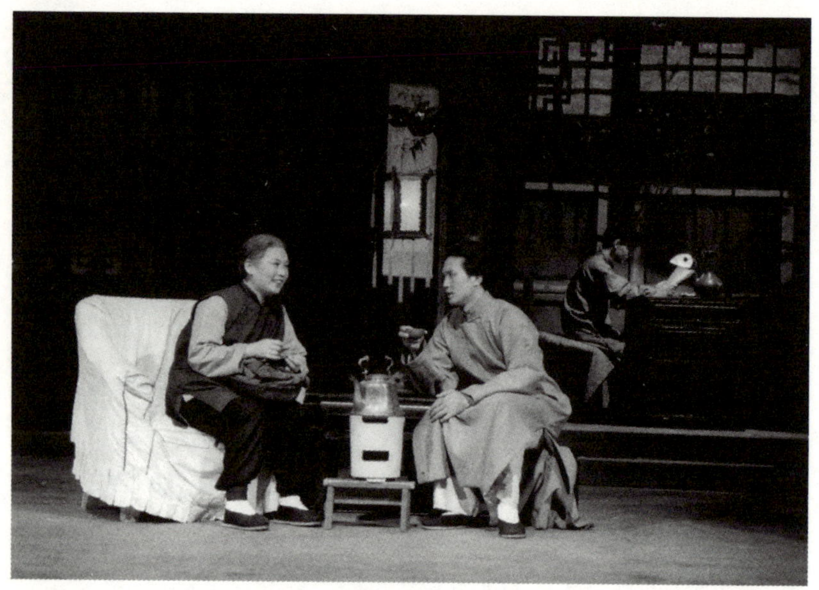

▶천어멈과 쩡원칭. 뒤에는 쩡팅이 책을 읽고 있는 장면

쩡   팅 : (계속해서 낮은 소리로 책을 읊고 있다.) "……오호, 초목은 무정하고
        때가 되면 떨어지다. 움직이는 동물로 태어난 사람, 만물중의
        영물이 아니더냐. 온갖 번뇌로 이 마음 시달리고 만사의 번거로
        운 일로 몸이 지치거늘, 마음이 어지러우니 뜻 또한 동요되는구
        나. 하물며 힘과 지혜가 미치지 못하거늘……."

쩡 원칭 : 그냥 놔두세요, 조금 있다가 할아버지가 물을텐데.

        [골목에서 야경을 도는 소리.]

천 어멈 : 이렇게 늦었는데 아직도 글을 읽다니! 추석날인데, 아이, 삼경

을 알리네요.

쩡 원칭 : 그러네요, 삼경이 되었어요.

천 어멈 : 시골 애들은 이맘때 한참 단잠을 잘 겁니다. (마지막 손톱까지
깎고서) 됐다, 여기서 시달리지 말고 가서 자거라.

샤우주얼 : (눈을 비비며) 싫어요, 자고 싶지 않아요.

쩡 원칭 : (미소를 지으며) 늦었다, 11시가 다 됐어!

샤우주얼 : (정신을 차리고) 졸리지 않아요.

천 어멈 : (화도 나고 귀엽기도 하여) 그래, 너 밤새 자지 말거라. (원칭에게)
촌놈이 도시에 와보니 모든 것이 다 신기해 보이는 게죠. 잠자
는 것까지 아까워하는 것 보세요.

[샤우주얼이 주머니에서 땅콩과자를 꺼내어 입안에 넣고 자기
도 모르게 옆에 있는 저팔계 인형을 안고서 쳐다본다.]

천 어멈 : 아이, 이번 추석에도 달이 없구먼. — 어찌된 건지? 큰 마님이
또 나오려하지 않으니. (부른다.) 큰 마님! (원칭에게) 이 시각에
방안에서 뭘 하세요? (일어나서) 큰 마님!

쩡 원칭 : 아니, 부르지 말아요.

천 어멈 : 칭 도련님, 그럼 도련님이 들어가세요.

쩡 원칭 : (고개를 흔들고 홀로 슬피 육유(陸遊)20)의 《차두봉·釵頭鳳》을 읊는다.)

---

20) 육유(1125-1210): 자는 무관(務觀), 호는 방옹(放翁, 山陽(지금의 紹興) 사람으로
南宋시대의 대시인이다. 저서로 《검남시고·劍南詩稿》, 《위남문선·渭南文選》, 《남
당서·南唐書》, 《방옹사·放翁詞》 등이 있다. 그의 첫 아내는 당(唐)씨였는데 모친의
핍박에 의해 헤어지게 되었다. 《차두봉》은 아내와 헤어진 후 시인의 고통스런 심정을
반영하고 있다.

“……동풍은 살기에 차 있고, 즐거웠던 사랑 꿈만 같구나. 가슴에 엉킨 수심, 헤어진지 몇해가 되었던가. 아니다, 아니다, 모든 것이 아니다! ……”

천 어멈 : (한숨을 내쉬고) 아이, 이것도 다 전생의 업보지요. 칭 도련님, 도련님은 전생에 큰 마님의 빚을 진 거예요, 그래서 이생에서 마님이 도련님을 괴롭히는 거죠. 그, 그런데 도대체 어찌 된 일 이예요, 마님이 밤새 한마디도 없으시니, — 뭘 어쩌자는 건지?

쩡 원칭 : 누가 알겠어요? 말로는 속이 안 좋아서 토할 것 같다 하던데.

천 어멈 : (샤우주얼이 가만히 있지 못하고 탁자 위에 차주전자를 만지작거리는 것을 보고는 질책하듯이) 샤우주얼, 내려 놔, 네 엉덩이가 또 가려운 거지! (샤우주얼이 고분고분 차주전자를 제자리에 놓는다. 천어멈이 다시 원칭에게) 이상해요, 사위어른이 오늘 이사를 한다고 떠들지 않던가요? 하필 지금—

쩡 원칭 : 참, 그저 말해보는 게지요. (갑자기 슬픈 어조로) 그 사람도 나하고 같아요. 난 말은 안 했지만 평생 해 놓은 일이 없고, 그 사람은 말로만 떠들고 역시 평생 무엇 하나 해 놓은 것이 없으니 말예요.

[서재의 작은 문으로 원차이가 들어온다. 손에는 불을 켜지 않은 초와 젓가락, 그리고 음식점에서 사온 고기 졸임, 콩자반, 각양각색의 요리를 담은 접시를 들고 있다.]

쩡원차이 : (지친 표정으로) 어멈, 아직 자지 않았어요?

천 어멈 : 아니, 사위어른께서 또 술을 드신답니까?

쩡원차이 : (얼버무리며) 아니, 그이가 아니라 제가요.

쩡 원칭 : 네가? 아이, 그 사람더러 술 좀 작작 마시라 해라.

쩡원차이 : (한숨을 내쉬고 요리 접시와 젓가락을 내려놓으며) 오빠, 오늘 저녁 그이가 또 제 앞에서 울었어요.

천 어멈 : 사위어른이?

쩡원차이 : (참지 못하고 손수건을 꺼내고, 글썽글썽 눈물을 흘리며) 그인 저한테 미안하다고 했어요, 그이도 마음이 아픈 거죠, 인생이 모두 끝 났다고 생각하니 말예요. 전 그이의 가련한 모습을 볼 때마다 제가 그이를 너무 힘들게 했다는 죄책감이 들어요. 아, 다 운이 안 좋아서 빚을 지게 되었고 일자리를 잃게 된 것인데요. (눈물을 흘린다.) 어멈, 성냥이?

천 어멈 : 제가 찾아보지요, ─

쩡 원칭 : (홍목 탁자에서 성냥을 짚어들고서) 여기!

[천어멈이 받아들고서 원차이에게 걸어가 초에 불을 붙인다.]

쩡원차이 : (탁자 위에서 놋쇠 촛대 하나를 짚어들고서) 그이가 너무 답답하다면 서 밤에 한잔하고 싶대요. 생각해 보세요, 오빠, 그이가 이렇게 기분이 안 좋은데, 제가─

쩡 원칭 : (길게 한숨을 내쉬고) 마시라고 하렴, 술을 잘 마실 수 있는 것도 좋은 거지.

천 어멈 : (불을 붙인 초를 원차이에게 건네주며) 나리께서 지금도 11시가 되면 전등을 끄시나요?

쩡원차이 : (초를 촛대에 꽂으며) 네. (자상하게) 그이에게 미리 초를 준비해주

는 것이 좋아요, 한참 술을 마시다가 전등이 꺼져서 기분을
상하게 하지 않으려면 말예요.

천 어멈 : 제가 들지요.

쩡원차이 : 괜찮아요.

[원차이가 불을 붙인 초와 젓가락, 그리고 요리 접시를 들고
자신의 방으로 들어간다.]

천 어멈 : (고개를 저으며) 아이, 여자들 가슴엔 늘 고통뿐이죠.

[원차이가 들고 들어간 것들을 놓고서 급하게 침실에서 나온
다.]

쩡원차이 : 그이는 요?

천 어멈 : 방금 큰 객실로 들어가셨어요.

쩡 원칭 : 아마 위앤 선생하고 한담을 하고 있을게다.

쩡원차이 : (화로 옆으로 가서) 오빠, 끓는 물을 쓸 건가요?

쩡 원칭 : (고개를 저으며 피곤한 듯) 원차이, 몸조심하거라, 너무 무리하지
말고.

쩡원차이 : (처량하게 미소지으며) 괜찮아요.

[원차이가 끓는 물주전자를 들고 침실로 들어간다. 원칭이 다시
도기 물 단지를 올려놓고 천천히 불씨를 파헤친다.]

쩡   팅 : (진작부터 책을 들고 서 있다.) 아버님, 할아버지 방에 가려고요.

쩡 원칭 : (머리를 숙이고 도기 단지를 올려놓으며) 그래.

천 어멈 : (앞으로 나서며) 작은 도련님! (낮게) 할아버지께서 아버님에 대해 물으시면 절대로 떠나지 않았다는 말을 해선 안돼요.

샤우주얼 : (얌전하게 앉아 있다가 갑자기 머리를 돌린다. 기민하게) 벌써 기차를 타고 떠났다고 하세요.

천 어멈 : (우스워서) 누가 네게 그러던?

샤우주얼 : (눈짓하며) 할머니가 그러셨죠.

천 어멈 : 이놈이! (쩡팅에게) 가봐요, 도련님은 책을 다 외웠으면 방으로 가서 주무세요. 나리께서 더 읽으라 하시면 이 천어멈이 자라고 재촉했다 하세요!

천 어멈 : 네. (서재로 간다.)

쩡 원칭 : 쩡팅아!

쩡   팅 : 왜 그러세요, 아버지?

쩡 원칭 : (관심 있게) 너 요즘 무슨 일 있니?

쩡   팅 : (회피하며) 아무 일 없어요, 아버지.

[서재의 작은 문으로 쩡팅이 서둘러서 퇴장한다.]

천 어멈 : (쩡팅이 나가는 모습을 보고 대견스럽다는 듯이 무의식적으로 고개를 돌려 샤우주얼을 가리키며) 너도 좀 배워라, 쩡팅 도련님은 너보다 두 살밖에 많지 않지만 읽은 책은 네가 먹은 밥알보다도 더 많아. 넌 한끼에 네 그릇이나 먹으니 뱃속에 든 것은—

샤우주얼 : (갑자기) 할머니 들어보세요, 누가 날 부르고 있어요?

천 어멈 : 허튼 소리! 내가 귀를 좀 먹었다고 해서 듣지 못한다고 생각
          마라!

샤우주얼 : 정말이에요, 들어보세요, 위앤 아가씨가—

천 어멈 : 어디!

샤우주얼 : 들어봐요.

천 어멈 : (귀를 기울인다.) 위앤 아가씨는 아버질 도와 그림을 그리던데.

샤우주얼 : (일부러 할머니를 놀리려고) 정말이에요, 들어봐요, "샤우주얼, 샤
          우주얼!" 위앤 아가씨 목소리잖아요? 들어보세요, "샤우주얼,
          비둘기에게 먹이를 주거라!" (갑자기 온통 얼굴에 장난 섞인 웃음을
          지으며) 정말이에요, 할머니, 저더러 비둘기 먹이를 주래요! (곧
          바로 비둘기를 놔주고는 큰 객실로 도망치듯 나간다.)

천 어멈 : (뒤를 쫓으며 웃는다.) 이 원숭이 같은 놈이 할머니를 속이려고?

          [샤우주얼이 웃으며 거대한 칸막이 같은 문까지 도망을 친다.
          쩡씨 집안은 11시면 소등해야하는 습관대로 온 집안이 암흑
          속에 잠긴다. 희고 넓은 종이 칸막이 뒤로 갑자기 산과 같이
          거대한 유인원의 그림자가 나타나 사람들 앞에 웅크리고 있어
          서 집안 사람들을 아주 작고 왜소하게 보이게 한다. 지금은
          단지 작은 화로에서 비치는 희미한 불빛만이 사람들의 얼굴을
          비치고 있을 뿐이다.]

샤우주얼 : (보고서 놀라 소리친다.) 할머니! (할머니 품으로 달려가 안긴다.)

천 어멈 : 어이구! 이, 이건 뭐래요?

쩡 원칭 : (작은 화로 옆에 앉은 채) 무서워 할 필요 없어, 이건 뻬이징 인의

그림자야.

[안에서 들리는 위앤런깐의 묵직한 목소리: "이것은 인류의 선
조이자 또한 인류의 희망이기도 합니다. 그 당시 사람들은 사랑
을 하고 싶으면 하고, 미워하고 싶으면 미워하고, 웃고 싶으면
웃고, 울고 싶으면 울고, 소리를 치고 싶으면 소리를 치면서
죽음과 삶을 두려워하지 않았지요. 그들은 자신들의 욕구대로
자유롭게 살면서 예교(禮敎)의 구속도 없고, 문명의 지배도 받
지 않고, 허위, 기만, 음모, 질투, 모순, 고뇌라는 것도 없었어
요. 날고기를 먹고, 짐승 피를 마시고, 햇볕에 그을리며 바람과
비를 맞으며 살고, 오늘날처럼 이렇게 많은 사람들이 사람을
잡아먹는 문명이 없었으니, 그들은 정말 행복했을 겁니다!"]
[덜컹 칸막이 문 하나가 열리며 큰 객실에서 석유등의 불빛이
새어나온다. 지앙타이가 작은 초 조각에 불을 붙여들고 위앤런
깐과 함께 들어온다. 지앙타이는 양복 조끼를 입고 있고, 위앤
런깐은 여전히 엷은 청색 셔츠를 입고 있는데 소매를 걷어붙이
고 입에는 담배 파이프를 물고 연거푸 진한 연기를 내 품고
있다.]

지앙타이 : (좀 취기가 오른 얼굴로 방금 했던 말에 대단히 공감을 하는 듯) 그런데
도 그들이 행복했단 말이죠.
쩡 원칭 : (일어나서 천어멈에게) 초를 켜요.
천 어멈 : 그러지요. (초를 켜로 간다.)

[큰 객실 안의 위앤위앤의 목소리 : "샤우주얼, 좀 와서 봐."]

샤우주얼 : 응. (순간 틈을 타서 큰 객실로 뛰어가는데, 그가 들어가면서 칸막이 문을 닫자 다시 그 거대한 뻬이징 인의 그림자가 하얀 종이 막에 비쳐서 나타난다.)

지앙타이 : (흥분을 한 듯 초를 내려놓고는 방금 했던 말을 되새긴다. 무의식중에 계속해서) 그런데도 그들이 행복했단 말이죠. 그래! 그래! 위앤 선생, 선생의 말이 정말 틀림없어요. 선생도 한번 생각해보세요, 지금 우리들이 사는 꼴이 뭡니까? 종일 기가 죽어 있지 않으면 불평불만이나 늘어놓고 있잖아요. 날마다 죽을 걱정, 사는 걱정, 사업이 안 되서 하는 걱정, 정신적 활로가 없어서 하는 걱정, 살면서 먹을 것 걱정, 죽어서 누울 관이 없을까 하는 걱정을 하지요. 늘 희망, 희망 하지만 희망은 영원히 없어요! 예를 들면 (원칭을 가리키며) 저분도, —

쩡 원칭 : 이제 그만하지, 위앤 선생이 웃겠네 그려.

지앙타이 : (긍정적으로) 아, 아니, 위앤 선생은 인류를 연구하는 학자이시니 우리 인간들의 약점을 비웃지 않을 거예요. 앉아요, 앉아, 위앤 선생! 앉아서 이야기합시다. (그와 위앤런깐이 화로 주위에 앉는다. 그는 홍목 탁자 위에서 담배 한 개피를 짚어들고서는 갑자기) 어, 제가 방금 어디까지 말했나요?

위앤런깐 : (웃으며) 방금, (가리키며) 저분을 예를 들어—

지앙타이 : 오, 예를 들면, 저분은, 어, (원칭에게, 고뇌에 차서) 난 정말 불평을 털어놓기 싫어해요, 하지만 형님이 절더러 말하지 말라면 전 어떻겠어요? 제가 살면서 뭘 하겠느냔 말예요? (위앤런깐에게)

그래요, 말하자면, 저의 처남은 좋은 사람이지요, 정말 나무랄 데 없이 좋은 사람이에요, 전 저분의 마음속 고심을 알고 있거든요.

쩡 원칭 : 쓸데없는 소리 그만해.

지앙타이 : (교활하게 웃으며) 아, 날 속이진 못해요, 전 바보가 아니거든요. (원칭을 가리키며 위앤런깐에게 솔직하게) 저분의 마음 속에는 고민이 있어요, 만족스러운 가정에서 자신을 진심으로 이해해주는 여자와 평생 살기를 바랬거든요. (흥분해서) 사실 이러한 바램은 말할 나위 없이 자연스럽고 정당한 것이며 합리적이고 동정할 만한 것이죠. 그러나 20년 전에 자신을 이해해줄 수 있는 여자를 만났어요. 하지만 용기가 없어서 그녀를 찾아가지 못했고 찾아갔더라도 그녀에게 청혼을 하지 못했을 거예요. 그 여인이 어린애에서 소녀로, 또 소녀에서 노처녀로 되기까지 마치 한 송이 꽃의 운명처럼 그녀를 시들어 죽게 하고 숨막혀 죽게 했어요. 줄곧 지금까지 남에게는 고통을 주고 자신은 고통을 인내하면서 말입니다. 지금 그 여인은 아직도—

쩡 원칭 : (참지 못하고) 자네 정말 술 취했어!

지앙타이 : (웃으며 손을 저으며) 걱정 마세요, 취하지 않았으니, 내가 여기까지만 이야기하고 하지 않을게요. (위앤런깐에게) 생각해 보세요, 바로 이런 사람이 이 집에서 썩어가고 있어요. 마치 무덤 속의 관처럼 서서히 부식되어 썩어가고 있단 말입니다. 날마다 한다는 것은 한숨이나 쉬고 꿈이나 꾸면서, 참고, 고민하고, 게으름 피우고, 게으르다 못해 움직이기까지 싫어하고 사랑하기를 무서워하고, 미워하기를 두려워하고, 우는 것도, 소리지르는 것조

차도 무서워하면서 말입니다. 이것은 인류의 타락이 아닙니까?
인류의 타락? 그럼 (자신을 가리키며) 저를 예를 들어 말하자면―
(성냥으로 담뱃불을 붙이고 연기를 뿜어내면서) 20년 넘게 공부를 했
지만―

위앤런깐 : (담배 파이프를 물고 미소를 지으며) 전 틀림없이 당신이 또 하나의
"예를 들어 말하는 나"가 있다고 생각했습니다.

지앙타이 : (막힘 없이) 물론 전 남만 비평하고 절 비평하지 않는 것은 아닙
니다. 이를테면 전 돈을 그리워하고 좋아해서 줄곧 횡재할 생각
을 해왔죠. 그래서 전 내 돈을 친구들에게도 주고 가난한 사람
들에게도 나눠 쓰게 하고 싶었죠. 두보(杜甫)가 시에서 말했듯
이 수많은 높은 건물을 지어 천하의 가난한 벗들에게 나눠주고
거저 먹고, 거저 살게 하면서 과학과 미술 그리고 문학을 연구
하게 하고 싶었지요. 누구든지 연구하고 싶은 것이 있으면 중국
을 위해서 그리고 인류의 행복을 위해서 연구할 수 있게 말입니
다. 그런데 위앤 선생, 전 재수가 좋지 않아서 하는 것마다
운이 따르지 않고 벽에 부딪쳤어요. 어떤 일이든지 내 손으로
하려고 들면 무슨 놈의 조화인지 엉망진창이 되곤 했어요. 우린
매일같이 하늘에서 계획해서 땅에서 타협하고 말아요. 단지
한숨이나 쉬고 고뇌하고 몽상 따위나 하면서 쓸모 있는 사람들
의 양식만 축내고 있는 거죠. 우린 살아있는 시체인 거예요,
산 시체, 살아 있는 시체 말입니다! 한 마디로 말해서 (자신의
머리를 가리키며) 우리 같은 사람이야말로 (뻬이징 인의 거대한 그림
자를 가리키며) 저이들의 불초자식들인 것이죠!

위앤런깐 : (계속해서 웃으며 고개를 끄덕이다가 찻잔을 들고 미소를 지으며) 차를

좀 드시지요!

지앙타이 : (찻잔을 받아들고) 그래요, 차를 말하자면 저의 이 처남께서 아주 일가견이 있죠. 저분은 차를 마실 때면 손을 씻고 양치질을 하고 향을 피우고 정좌를 하지요. 저분의 혀는 차 잎의 성정, 나이, 산지, 제조법을 맛보아낼 뿐 아니라 차 끓인 물이 산의 물인지 강물인지 아니면 우물인지 눈 녹은 물인지, 수돗물인지를 알아내지요. 저희들은 차란 단지 갈증이나 해소하고 침을 돌게 하고 소변을 돕는 것이라고 알지만 저분의 입에만 들어가면 일만 팔천이나 되는 우아함이니 속됨이니 하는 도리가 생기거든요. 그렇지만 그게 무슨 소용이 있습니까? 저분은 차를 심을 줄도, 차 회사를 경영할 줄도, 수출입무역을 할 줄도 모르고 단지 하나 "차 마시는 것!" 밖에 모르는데 말입니다. 차 마시는 것에 아무리 정통하고 잘 알아도 차는 결국 마시는 것이 아니겠어요? 제가 한번 여쭤보죠, 무슨 소용이 있겠어요?

[원차이가 침실에서 나온다.]

쩡원차이 : 여보!

지앙타이 : 금방 들어갈 거요.

천 어멈 : (가서 그를 밀며) 어서 들어가세요, 사위어른.

지앙타이 : (일어나서 여전히 떠나기를 아쉬워하며) 말하자면 전 말입니다—

천 어멈 : "말하자면", "말하자면"은 이제 그만하세요, 위앤 선생께서도 지겹다 하겠어요.

지앙타이 : 여보세요, 위앤 박사님, 제가 몇 마디 더 해도 괜찮겠지요.

위앤런깐 : (미소를 지으며) 오, 물론이죠, 마음껏 이야기하세요!

지앙타이 : 그래서 말하자면— (원차이가 와서 방으로 끌지만 그는 거의 애걸하듯
　　　　　이) 원차이, 날 말하게 내버려둬, 말을 좀 하게 말야! (위앤런깐에
　　　　　게) 말하자면 전 말입니다 먹기를 좋아하고 음식도 잘 압니다.
　　　　　선생을 모시고 가장 좋은 곳에 가서 먹을 수도 있지요. (몹시
　　　　　자부하며 막힘 없이 술술 말을 잇는다.) 정이앙로우(正陽樓)의 양고기
　　　　　신선로, 피앤이팡(便宜坊)의 화덕오리구이, 퉁허쥐(同和居)의 군
　　　　　만두, 뚱씽러우(東興樓)의 오징어 알, 즈메이자이(致美齋)의 오리
　　　　　볶음요리가 일품이죠. 조그만 요리 집으로는 짜이원(灶溫)의 고
　　　　　기국물국수, 무커자이(穆柯寨)의 떡 볶음, 진지아러우(金家樓)의
　　　　　곱창볶음, 뚜이추(都一處)의 삼각튀김이 있죠.21) 그리고—

쩡원차이 : 들어가요!

지앙타이 : 그리고 위애성자이(月盛齋)의 양고기조림, 리우삐쥐(六必居)의 조
　　　　　림요리, 우앙즈허(王致和)의 썩은 두부, 신위앤자이(信遠齋)의 매
　　　　　실탕, 얼먀우탕(二妙堂)의 사발 묵, 언떠위앤(恩德元)의 고기만두,
　　　　　사꾸오쥐(沙鍋居)의 돼지수육, 싱후아춴(杏花春)의 황주가 유명한
　　　　　데, 이곳의 주인들은 나와 친하지 않은 사람이 없고 요리사,
　　　　　종업원, 계산대의 사람들 할 것 없이 내가 모두 잘 알지요.
　　　　　하지만 무슨 소용이 있겠어요? 저는 요리를 할 줄 모르고 식당을
　　　　　경영할 줄도 모르는데 말입니다. 남들처럼 외국에 이홍장(李鴻章)
　　　　　잡화점을 크게 열어서 외국사람들 돈을 벌 줄도 모른다 이겁니다.
　　　　　전 먹을 줄밖에 모르거든요, 먹을 줄밖에! (자신의 아픈 곳을 무의식

---

21) 본문에서 나열한 음식점들은 당시 뻬이징(北京)에서 유명했던 음식점들이다.

중에 말하고 가슴을 치며) 전 하는 것마다 실패한단 말입니다. 관직에 있을 때는 빚을 지고 장사를 하면 손해를 보니 글공부는 저한테 아무짝에도 쓸모 없단 말이죠. (고통스럽게) 전 장인 집에서 처가살이를 하며 허송세월을 보내고 주절거리고 불평이나 하면서 헐뜯고 욕지거리나 하고 있단 말이죠. 저도 저 자신을 억제할 수 없이 남들이 싫어하는 말만하고 있어요.

쩡원차이 : (참견하며) 여보!

지앙타이 : (약간 울먹이듯) 온종일 사람들에게 불평을 늘어놓고 불쾌한 모습만을 보이고 있으니, 뒤에서는 저를 폐물이라고 욕할 겁니다. 허, 원차이, 난 정말 당신의 골칫덩이야. 난 정말 마음속으로 당신께 미안하다고 생각해! (갑자기 참지 못하고 울음을 터트린다.)

쩡원차이 : (계속해서 불러대며) 여보, 여보, 괴로워 말아요. 제가 나빴어요, 제가 당신께 못되게 굴었어요.

천 어멈 : 들어가요, 또 취하셨어요.

지앙타이 : (고개를 저으며) 아니야, 난 취하지 않았어. 난 마음이 아파, 마음이 괴롭단 말야, 아 ─

[천어멈과 원차이가 지앙타이를 부축하고 침실로 퇴장한다.]

쩡 원칭 : (한숨을 내쉬고) 차를 드세요.

위앤런깐 : 오늘 전 점심을 많이 먹어서 벌써 냉수 몇 사발을 들이켰어요. 쩡 선생, 부탁할 일이 좀 있는데 ─

쩡 원칭 : 무슨 ─

위앤런깐 : 전 ─

[쑤팡이 한 손에는 담요를 들고 또 한 손으로는 초를 들고 서재
의 작은 문으로 등장한다.]

위앤런깐 : 쑤팡 아가씨.

쑤 팡 : (머리를 끄덕인다.)

쩡 원칭 : 아버님은 잠드셨어?

쑤 팡 : (고개를 젓는다.)

쩡 원칭 : 위앤 선생께서 부탁할 일이?

[지앙타이가 다시 침실에서 나오는데, 손에는 반쯤 남은 브랜디
를 쥐고 있다.]

지앙타이 : (웃으며) 위앤 선생, 들어가서 한 잔 하지 않으시렵니까?

위앤런깐 : 아닙니다, (거대한 그림자를 가리키며) 저 사람이 날 기다리고 있어
요!

지앙타이 : (술병을 들고서) 좋은 브랜디인데, 원칭, 자네는?

쩡 원칭 : (말이 없다. 쑤팡을 쳐다본다.)

지앙타이 : (무슨 영문인지 몰라서) 어, 왜 당신들 세분은—

[천어멈이 안에서 : 사위어른!]

지앙타이 : (고개를 젓고는 한숨을 내쉬며) 에이, 아무도 날 상대하려고 하지
않는군, 상대를 안 해. (침실로 퇴장한다.)

쩡 원칭 : 위앤 선생, 방금 하려던 말씀이—

[방안의 위앤위앤의 소리 : 아빠, 아빠! 빨리 와봐요, 뻬이징 인의 그림자를 제가 다 오렸어요.]

위앤런깐 : (쑤팡과 원칭을 번갈아 보고) 좀 있다가 말씀드리죠. (웃으며 알았다 는 듯이) 별일 아닙니다, 제 꼬마 원숭이가 절 부르는군요.

[위앤런깐이 거대한 칸막이 같은 문을 열고 들어가자 동시에 한줄기 빛이 새어 나왔다가 다시 문이 닫힌다. 흰 종이 칸막이 에는 여전히 그 거대한 뻬이징 인의 그림자가 비쳐지고 있다.]
[정적, 멀리서 목탁소리와 야경을 알리는 징 소리가 들려온다.]

쩡 원칭 : (기대에 차서) 어멈이 쪽지를 줬지?

쑤 팡 : (묵묵히 고개를 끄덕인다.)

쩡 원칭 : (낮은 소리로) 난 동생을 한번이라도 더 보고 가야 마음이 놓일 것 같았어.

쑤 팡 : (무의식적으로 원칭의 침실 문을 본다.)

쩡 원칭 : (문을 가리키며) 그 사람은 문을 닫고 자고 있어. (머리를 숙인다.)

쑤 팡 : (앉는다.)

쩡 원칭 : (갑자기) 쑤팡아!

쑤 팡 : (다시 일어선다.)

쩡 원칭 : 왜?

쑤 팡 : 이모부께서 의학서를 가져오라고 하셨어요.

[천어멈이 원차이의 침실에서 나온다.]

천 어멈 : 쑤팡 아씨, 나오셨군요. (곧바로 서재의 작은 문을 향해 걸어간다.)

쩡 원칭 : 어멈, 어딜 가세요?

천 어멈 : (속마음을 감추고) 내 가서 작은 도련님이 책을 다 읽었는지 봐야
겠어요.

[천어멈이 서재의 작은 문으로 퇴장한다. 멀리서 다시 두어 번
처량한 징 소리가 들려온다.]

쩡 원칭 : 쑤팡, 내일 난 꼭 떠날 거야, 이 집엔 (사이를 두고) 다시는 돌아오
고 싶지 않아.

쑤 팡 : (긍정적으로) 돌아오지 않는 것이 옳은 선택이에요.

쩡 원칭 : 그래, 절대 돌아오지 않겠어. 내가 오늘 종일 생각해 봤는데,
아무리 생각해도 내가 쑤팡이의 십여 년의 세월을 그르치게
한 것 같아. 남을 해치고 자신을 해치면서 말야. 나는 늘 생각을
했었지, 언젠가는 우리가— (쑤팡이 눈썹을 찡그리며 가볍게 이마를
만지는 것을 바라보고) 쑤팡, 왜 그래?

쑤 팡 : (피곤한 듯) 전 너무 힘들어요.

쩡 원칭 : (측은한 듯) 쑤팡이가 불쌍해, 난 동생이 이후의 나날들을 어떻게
살아나갈지 생각하기조차 두려워. 쑤팡인 저 비둘기처럼 외롭
게 비둘기장에 갇혀서 기다리고 또 기다리며 그 날만이 오기를
고대했는데—

쑤 팡 : (고개를 저으며) 아니오, 그만 하세요.

쩡 원칭 : 왜, 무엇 때문에 우리가 여기 저기로 헤어져 괴롭게 살아야
하는 거야? 무엇 때문에 우리가 날개를 펴고 함께 날지 못하는

걸까? (머리를 저으며) 아, 정말 뜻대로 되지 않는구나?

쑤　　팡 : (슬프게) 아직도 모자라세요? 어떻게 되면 흡족하시겠어요!

쩡 원칭 : (우울하게) 쑤팡, 나와 함께 남방으로 가자! (금방 환해졌다가 또
　　　　　　주저하는 눈빛으로) 가자!

쑤　　팡 : (고개를 저으며 슬프게) 그런 말은 해서 뭘 해요?

쩡 원칭 : (뉘우치듯 머리를 숙이고 천천히) 그렇지 않으면 오늘 아침의 일을
　　　　　　내게 대답해 줘.

쑤　　팡 : (어리둥절해서) 왜— 왜요?

쩡 원칭 : (쑤팡을 바라보며 입술이 고통스럽게 일그러진다.) 난 이번에 떠나면
　　　　　　평생 다시 돌아오지 않을 생각이야. 쑤팡, 이 일만은 부탁이니
　　　　　　대답해 줘. 절대로 더 이상은 이 집에서 살지 않겠다고 말야.
　　　　　　(간절히) 생각해보면 이 집에는 우리들의 그림을 갉아먹는 쥐말
　　　　　　고도 또 다른 쥐가 있어, 사람을 잡아먹는 쥐 말야? (쑤팡의
　　　　　　눈이 비애로 가득 차서 그를 응시한다.) 쑤팡인 어쩔 셈이야? 뭘 기다
　　　　　　리고 있는 거야? 말 않겠다고 하지말고 내게 말을 해봐. (돌연
　　　　　　용기를 내서 경솔하게) 쑤팡, 그, 그래도 시집을, 시집을 가는 것이
　　　　　　좋겠어. 빨리 이 감옥을 떠나야지. 내 보기에 위앤 선생은 의지
　　　　　　할만한 사람 같아, 쑤팡—

쑤　　팡 : (천천히 일어난다.)

쩡 원칭 : (함께 일어나서 애걸하듯) 도대체 어쩔 생각인지 말을 좀 해 봐.

쑤　　팡 : (서재의 작은 문으로 걸어간다.)

쩡 원칭 : (침통하게) 이렇게 아무 말 없이 가면 안돼, ‘좋다’든지 아니면
　　　　　　‘싫다’라고 한마디 말을 해줘야지.

쑤　　팡 : (몸을 돌려서) 오빠! (그에게 편지 한 통을 넘겨주고 천천히 물러선다.

원칭이 얼떨결에 편지를 받아든다.)

[서재의 작은 문으로 천어멈이 급히 등장.]

천 어멈 : (급하게) 나리께서 바로 뒤에 오세요. (원칭을 밀치며) 들어가요,
어서, 시끄럽지 않게. 어서 들어가요…….

쩡 원칭 : 어멈, 난—

[천어멈이 잔소리를 늘어놓으면 원칭을 침실로 밀쳐 들어가게
한다. 쑤팡은 멍하니 그 자리에 서 있다.]
[서재의 작은 문으로 쩡하오가 등장한다. 그는 면 두루마기를
입고 목에는 털목도리를 둘렀고 실내화를 신었으며 지팡이를
짚고 작은 석유 등잔을 들고 들어온다.]

쩡 하우 : (쑤팡을 보고서 다급하게) 널 한참동안이나 기다렸다. (천어멈에게)
금방 누가 들어갔느냐?

천 어멈 : 큰 마님이세요.

쩡 하우 : (붉은 흙 화로를 보고서) 누가 여기서 차를 끓였느냐?

천 어멈 : 사위어른께서요, 방금 위앤 선생과 여기서 차를 마셨거든요.

쩡 하우 : (깔보는 웃음을 지으며) 흥, 그 사람이 무슨 차 맛을 안다고! (갑자기
문에 비친 거대한 그림자를 보고서) 저건 뭔가?

천 어멈 : 위앤 선생이 저 '뻬이징'인을 그린대요.

쩡 하우 : (비웃듯이) 뭐가 '뻬이징'인이야, 귀신 놈이지.

천 어멈 : 나리, 방으로 돌아가서 쉬세요

쩡 하우 : 아냐, 난 여기를 좀 둘러봐야겠어, 자네는 들어가 쉬게.

쑤　　팡 : 어멈, 제가 이불을 깔아놓았어요.

천 어멈 : 그래요. (감동하며) 아이고, 쑤팡 아씨가— (기뻐하며) 좋아요,
　　　　　내 들어가지요.

　　　　　[서재의 작은 문으로 천어멈이 퇴장한다. 쩡하우는 매일 저녁마
　　　　　다 하는 순시를 시작한다.]

쑤　　팡 : (쩡하우의 뒤를 따르며) 이모부, 밤이 깊었으니 들어가 주무세요,
　　　　　뭘 보시겠다고?

쩡 하우 : (구석구석 살피며) 선조들이 고생하며 남겨준 집인데 저녁엔 촛불
　　　　　을 조심해야 해, 조심해야지. (갑자기) 저기 연기 나는 빨간 것은
　　　　　뭐냐?

쑤　　팡 : 담배꽁초네요.

쩡 하우 : (경계하며) 봐라, 얼마나 위험한 가! 이건 틀림없이 지앙타이가
　　　　　한 짓일 게야. 언제나 담뱃불을 끄려하지 않거든.

쑤　　팡 : (담배꽁초를 주어서 화로에 넣는다.)

쩡 하우 : 저렇게 큰 것을 피우지도 않고 버리다니. 정말 아낄 줄을 모른
　　　　　다니까. (사방을 냄새 맡으며) 쑤팡아, 너 이리 좀 와 보거라. 무슨
　　　　　냄새가 나는 것 같지 않니?

쑤　　팡 : 아니요.

쩡 하우 : (냄새를 맡으며) 정말 이상하네, 마치 아편연기, 아편냄새 같은데.

쑤　　팡 : 오늘 물 담배(水煙)를 많이 피우셨나 봐요.

쩡 하우 : 아이, 늙었어, 코도 말을 안 들으니. (갑자기) 원칭이는 정말

떠난 거야?

쑤   팡 : 네.

쩡 하우 : 날 속일 생각은 하지 마라.

쑤   팡 : 떠났어요.

쩡 하우 : 음, 떠났으면 됐어. 이렇게 큰 녀석도 내 속을 썩이니, 몇 번이
나 담배를 끊는다더니 이제 겨우 끊고 집을 떠났구나—

쑤   팡 : 늦었어요, 들어가 쉬세요.

쩡 하우 : (소파에 앉아서 원망스럽게) 모두가 날 속였어. 나이가 드니 살면
서 정말 재미가 없구나, 자식들은 불손하고 날 생각해주는 놈
은 하나도 없으니 말이다. (처량하게) 이 집안에서 내게 관심을
갖고 동정해주는 놈이 하나도 없어. 난 몇 십 년을 소처럼 일
만했는데 지금에 와서는 다 내가 일찍 죽기만을 바라고 있단
말이야.

쑤   팡 : 이모부, 그렇게 생각하지 마세요.

쩡 하우 : 난 안다, 알고 있어. (원한에 찬 듯) 이 큰며느리는 나한테 돈을
빼낼 궁리만 하는 가장 나쁜 것이야. 난 오늘 점심때 그 애가
왜 그 건달 놈들을 고의로 끌어들였는지 알고 있다. 날 난처하
게 만들자는 거지. (이를 갈며) 그리고 그 관을 집에 놔두려하지
않는 것도 알고 있어, 시아버지의 관을 말야! 이렇게 불효하고
인정이라곤 눈곱만치도 없는 여자야! 저런 것이 뭐 선비 집안의
규수이고, 그리고 또—

[밖에서 비바람이 몰아쳐 오고 나뭇잎이 세차게 흔들린다.]

쩡　하우 : 그 주제에 부모 노릇을 한다고, 부모—

쑤　　팡 : (서재의 작은 창문으로 소리를 듣고서) 비가 내려요, 그만 말씀하시
　　　　　고 주무세요.

쩡　하우 : (고개를 흔들며) 아니다, 잠이 오질 않아. 늙었지, 자손들이 불손
　　　　　해서 어느 놈 하나 날 가엽게 여기고 밤중에 시중드는 놈이
　　　　　없구나.　(괴롭게 다리를 만지며) 앗!

쑤　　팡 : 왜 그러세요?

쩡　하우 : (낮게 신음하며) 아파, 다리가 몹시 아프구나.

　　　　　[밖에서 야경을 도는 징 소리와 목탁소리가 들린다.]

쑤　　팡 : (낮은 걸상을 가져다가 그의 다리를 올려놓고 담요를 덮어준다. 또 자기도
　　　　　걸상 하나를 가져와서 옆에 앉아서 그의 다리를 가볍게 두드려준다.) 괜
　　　　　찮으세요?

쩡　하우 : (신음하며) 좋구나, 좋아, 발이 얼음처럼 차갑구나. 쑤팡아, 내
　　　　　물주머니에 물을 넣어 놓았느냐?

쑤　　팡 : 넣어 놓았어요.

쩡　하우 : 네 이모가 살아 있을 때 정말 좋았지. 밤에 조금이라도 차면
　　　　　금방 화덕에 불을 지피고 황주를 데워왔지, 언제나 내 이불
　　　　　속은 따듯하게 해놓고 말야— (갑자기 생각이라도 난 듯이) 물주머
　　　　　니는 어디다 두었느냐?

쑤　　팡 : (다리를 두드리며) 이불 속에 넣어 두었어요.　(하품을 한다.)

쩡　하우 : (유쾌한 듯) 아, 늙은이들이란 뭐가 있겠니, 첫째는 배가 부르고
　　　　　그 다음엔 속이 편하면 되지. 너 봐라, (다시 무의식적으로 불평을

늘어놓는다.) 저놈들 중에 어느 놈이 내 마음을 좀 편안하게 해줘야겠다는 놈이 있냐? 어느 놈 하나 음흉하지 않은 놈이 있어? 어느 놈이 내 말을 따르며 이 늙은 것을 위해 생각해? (쑤팡이 머리를 깊이 떨구고 있는 것을 보고서) 쑤팡아, 네가 졸리는가 보구나?

쑤   팡 : (졸다가 놀라 깨서) 아니요.

쩡 하우 : (동정하며) 너도 힘들겠구나, 엊저녁 밤새 자지 못하고 오늘 또 온종일 내 시중을 들었으니 힘들지 않을 리가 있겠냐. 가서 자거라. (원망이 섞인 말투로) 나도 지금 내 말이 네 귀에 들어가지 않는다는 걸 안다.

쑤   팡 : (눈을 비비며 가볍게 하품을 한다.) 아니요, 이모부, 전 자지 않고 듣고 있어요.

쩡 하우 : (참지 못하고 다시 원망하듯이) 저놈들은 다 자는데 널 탓할 순 없지, 늙어서 신수가 사나우니 친 혈육마저 거들떠보지 않고 나를 피하려고 하는구나.

쑤   팡 : (머리를 숙이고) 아뇨, 이모부, 전 그렇게 생각하지 않아요, 전—

쩡 하우 : (잔소리하듯) 쑤팡아, 너도 날 속이지 마라, 나도 안다, 저것들이 네 앞에서는 말하지 않지만 난 네가 견디기 힘들다는 것을 알아. (신음한다.) 아이고, 머리가 어지럽구나.

쑤   팡 : 결코, 저에게 무슨 말을 하는 사람은 아무도 없었어요. 전, 전 방금 좀 피곤했을 뿐이에요.

쩡 하우 : (잔소리를 늘어놓으며) 넌 젊으니 나 같이 늙은 걸 시중하자면 억울한 것이 많다는 것을 난 안다. (길게 한숨을 내쉬고) 허, 나와 함께 있어서 무슨 좋은 일이 있겠니? 돈 한푼 없고 눈앞에 즐거

움이라곤 전혀 없이, 이후에 무슨 희망이라 할 것마저도 없으니 말이다. (한탄하며) 내 희망이라면 곧 관이지, 관에 들어가는 거야, 관 말야, 난— (자신의 다리를 두드리며) 아이고!

쑤   팡 : (좀 힘을 줘서 두드리며 할 수 없이 해명을 한다.) 정말이에요, 이모부, 방금 전 좀 피곤했을 뿐이에요.

쩡 하우 : (눈물을 글썽이며 쑤팡을 보고) 넌 날 속이지 못해, 쑤팡아, (원망 반 하소연 반) 나도 네가 날 원망하고 있다는 것을 알고 있어, 너도 어린애가 아니니…….

쑤   팡 : 이모부, 전 이모부 시중드는 것이 좋아요.

쩡 하우 : (손을 저으며) 쑤팡아, 그만 하거라.

쑤   팡 : 힘들지 않아요.

쩡 하우 : (그녀의 손을 누르며) 아니다, 그만해라. 내가 너에게 몇 마디 하게 해다오. (잔소리하듯) 내가 널 평생 고생시키자는 것은 아니다. 나도 네 장래를 많이 생각해봤는데, 네가 정말 믿을만한 사람한 테 시집을 간다면 나를 돌봐줄 사람이 없어도, (쑤팡이 무의식적으로 손을 빼낸다.) 내 마음은 편할 거야, 너나 네 어미에게도 미안 하지 않고 말야, 난—

쑤   팡 : 아녜요, 이모부. (천천히 일어선다.)

쩡 하우 : 그러나— (돌연 음침하게) 네 나이가 젊다지만 그렇다고 아주 젊은 것은—

쑤   팡 : (고개를 떨구고 마음이 아픈 듯) 이모부, 그만 말 마세요, 전 이모부 를 떠난다는 생각을 전혀 해보지 않았어요.

쩡 하우 : (모질게) 내가 말을 하게 내버려두렴. 네 나이도 적지가 않아, 노처녀가 시집을 잘 가더라도 남의 후실로 들어가는 거지. 하지

만 후실로 들어가서 전처의 자식들이 괜찮다면 말할게 없겠지
만 그렇지 않고 말썽을 부리기라도 해봐라, 네 손에 가진 것이
없으면 그런 생활은—

쑤   팡 : (더 이상 들을 수가 없어) 이모부, 저, 전 정말 생각해 본적이 없어
요—

쩡 하우 : (쓴웃음을 지으며) 하기야 남의 후실로 들어간대도 평생 집에 있
기보다는 낫겠지, 나도 안다.

쑤   팡 : (애통해하며) 전, 전—

쩡 하우 : (귀찮게 잔소리를 늘어놓는다.) 나도 알지, 여자의 나이가 한 살
한 살 많아지더니 많지도 적지도 않는 서른 살이 되었구나.
(한마디 한마디가 더 모질고 무거워진다.) 부모도 없이 챙겨주고 상대
해 주는 사람도 없으면 외로워지는 게지, 그러다 정말 어느
날에는 늙어서 상대할 사람도 없고, 아이도 없고, 친척도 없으
면 늙은, 늙은 나처럼—

쑤   팡 : (비애와 공포에 찬 눈길이다. 계속 낮게 중얼거리듯이) 아니, 아녜요,
(이때 갑자기 울음을 터트리며) 이모부, 이모부는 왜 그렇게 말씀하
세요? 전 이모부 곁을 떠날 생각이 없다고 했잖아요!

쩡 하우 : (고통스럽게) 난 널 위해 그러는 거야, 널 위해서!

쑤   팡 : 이모부, 절 위해서 그러지 마세요. 전 평생 시집 안 간다고
말씀드렸잖아요!

쩡 하우 : (길게 한숨을 쉬고) 쑤팡아, 울지 말거라, 이모부도 살날이 얼마
남지 않았다.

[적막한 골목에서 소경 점쟁이가 쓸쓸하게 징을 치며 지나간다.]

쩡 하우 : 이게 무슨 소리냐?

쑤 팡 : 소경 점쟁이가 집으로 돌아가고 있어요. (묵묵히 눈물을 닦는다.)

쩡 하우 : 울지 마라, 나도 몇 년 살 것 같지 않아, 널 귀찮게 하더라도 몇 년이 안될 거야. 며느리나 사위 놈은 내가 죽었으면 하고 기다리고 있어, 내가 죽으면 내 돈을 나누자는 거지. 쑤팡아, 정말 너밖에 믿을 사람이 없구나!

쑤 팡 : 이모부, 그렇지 않아요. (낮게 흐느끼며) 왜 그렇게만 생각하세요? 오늘 전 이모부를 화나게 하지도 않았는데요!

쩡 하우 : (쑤팡의 손을 만지며) 아냐, 넌 잘하고 있어, 정말 착한 아이고. 하지만 저것들은 이모부한테 돈이 있는 줄 알거든, (쑤팡이 다시 손을 천천히 빼낸다.) 내 얼굴이 모두 돈으로 칠을 한 것처럼 보이고 뱃속에는 부모의 마음을 담은 것이 아니라 양놈들의 돈이나 은화로 채워져 있는 줄 안단 말야. (기침을 하고서) 저것들은 모두 내가 죽기를 기다리고 있어. 아, 늙은 사람은 정말 살맛이 안 나는구나! (자신의 머리를 만지며) 머리가 많이 아프다! (일어나려 한다.)

쑤 팡 : (그를 부축하며) 들어가 주무세요.

쩡 하우 : (앉아서 호주머니를 만지며) 하지만 내 수중에 손이 떨어진지 오래다. 내가 가진 돈은 네 이모 장례를 치르고 묘지를 단장하고 또 집수리 하면서 썼고, 해마다 내 관에 칠을 하느라고 오래 전에 다 써버렸다. (호주머니에서 빨간색 은행통장을 꺼내서) 이것이 며느리가 날마다 훔쳐보고 싶어하는 은행통장이다. (그녀에게 내밀며) 봐라, 여기 뭐가 남았는가? 쑤팡아, 가엽게도 내가 죽어도 너한테마저 몇 푼을 남겨주지 못하는구나. (일어선다.)

쑤   팡 : (애통해하며) 이모부, 전 여태까지 이모부의 돈을 바란 적이 없어
            요!

        [서재의 작은 문으로 뤠이전이 등장한다.]

쩡뤠이전 : 할아버님, 약을 다 달여서 방에 가져다 놓았어요.
쩡 하우 : 음.

        [야경을 도는 소리, 긴 골목에서 개가 짖는 소리.]

쩡 하우 : 가자. (뤠이전과 쑤팡이 그를 부축하고 서재의 작은 문으로 걸어간다.)

        [쩡팅이 책을 한 권 들고서 서재의 작은 문으로 걸어들어 온다.]

쩡   팅 : 할아버지, 다 베꼈어요, 또 하실 말씀이 있으세요?
쩡 하우 : (고개를 저으며) 늦었구나, (고개를 돌려 뤠이전에게) 뤠이전도 따라
            오지 말고, 너희들은 방에 들어가서 자거라.

        [쑤팡이 쩡하우를 부축하여 서재의 작은 문으로 퇴장하고 뤠이
        전이 멍하니 화로를 지켜보고 서 있다. 쩡팅이 그 거대한 그림
        자 아래로 걸어가서 한번 쳐다보고는 머뭇거리며 돌아선다.]

쩡   팅 : (말을 찾아서 하듯) 어머니는 주무시지 않나?
쩡뤠이전 : 주무실 거예요.

쩡   팅 : (주저하며) 당신은 왜 아직 자지 않았어?

쩡뤠이전 : 금방 할아버지께 약을 달여 드렸어요. (갑자기 토할 것 같아 자기도
모르게 자리에 앉는다.)

쩡   팅 : (약간 초조해하며) 여기 앉아서 뭘 하려고?

쩡뤠이전 : (가슴을 만지며) 아무것도 아녜요. (실망하며) 저더러 들어가라는
건가요?

쩡   팅 : (참으며) 아, 아니.

[주룩주룩 내리는 빗소리, 처량하게 "떡 사시오" 하고 외치는
장사꾼 소리.]

쩡   팅 : (창 밖을 내다보며) 비가 더 세차게 오네.

쩡뤠이전 : 예, 많이 내려요.

[긴 골목에서 들려오는 쓸쓸하고 육중한 소리 : "떡 사시오!"]

쩡   팅 : (쓸쓸하게) 떡 파는 영감이 또 왔구나.

쩡뤠이전 : (머리를 들고서) 배고파요?

쩡   팅 : 아니.

쩡뤠이전 : (일어서며) 당신, 들어가 주무시지 않을 거예요?

쩡   팅 : 나, 난 괜찮아. 당신 힘들면 먼저 들어가 쉬어.

쩡뤠이전 : (머리를 숙이며) 예, (서재의 작은 문으로 천천히 걸어간다.)

쩡   팅 : 당, 당신 왜 우는 거야?

쩡뤠이전 : 아무것도 아녜요.

쩡   팅 : (갑자기 동정하듯이 한 마디 한 마디 사이를 두고) 돈이 필요하다면
        — 어머니가 오늘 20원을 주셨어— 방의 베개 위에— 당신
        이 가져.

쩡뤠이전 : (절망에 차서 탄식한다.) 네.

쩡   팅 : (동정하는 기색이지만 약간은 마지못해서) 당, 당신 혼자 들어가기
        싫으면 여기에 좀 앉아 있어.

쩡뤠이전 : 아녜요, 전 들어가겠어요. (쩡팅이 재채기를 하려다 참는다. 뤠이전이
        고개를 돌려서) 옷을 얇게 입은 것이 아닌가요?

쩡   팅 : 난 춥지 않아. (뤠이전이 다시 서재의 작은 문으로 걸어간다. 쩡팅이
        갑자기 생각이 난 듯) 아참 , 어머니가 방금 하시는 말씀이—

쩡뤠이전 : 뭐라 하셨나요?

쩡   팅 : 당신더러 다리를 좀 주물러달라고 하시더군.

쩡뤠이전 : 알겠어요. (몸을 돌려 원칭의 침실로 들어간다.)

쩡   팅 : (갑자기 그녀를 저지하며) 아니, 가지마.

쩡뤠이전 : (힘없이) 왜요?

쩡   팅 : (자신의 의견에 동감을 바라며) 당신, 당신은 이 집을 원망하지?

쩡뤠이전 : 제가요?

쩡   팅 : (따지듯이) 당신?

쩡뤠이전 : (우울하게 고개를 숙인다.)

쩡   팅 : (실망한 듯 낮은 소리로) 들어가 봐.

        [뤠이전이 반쯤 가다가 갑작스레 고개를 돌린다.]

쩡뤠이전 : (기대 반 근심 반으로) 전 당신에게 알려주고 싶은 말이 있어요.

쩡   팅 : 무슨 일?

쩡뤠이전 : (약간 쑥스러워하며) 전, 전 요사이 몸이 좀 불편해요.

쩡   팅 : (급히) 그런데 왜 일찍이 말하지 않았어?

쩡뤠이전 : 전, 전 무서워서—

쩡   팅 : (명쾌하게) 무섭기는, 어디가 불편한 건데?

쩡뤠이전 : (얼버무리며) 전 자주 토해서, 제 생각으론—

쩡   팅 : (이해가 안가는 듯) 그래? 자주 토한다고. (즉시 부른다.) 어머니!

쩡뤠이전 : (얼른 저지시키고) 뭘 하려는 거예요?

쩡   팅 : (인정스럽게) 어머니 방에 팔괘단(八卦丹)이 있어, 먹으면 금방
           나을 거야.

쩡뤠이전 : (원망스럽게) 당신!

쩡   팅 : (영문을 모르고) 왜 그래, 말해봐, 어디가 또 불편한지?

쩡뤠이전 : (실망하듯) 아무 것도 아네요. 전, 저는— (침실로 걸어간다.)

쩡   팅 : 당신 왜 또 울어?

쩡뤠이전 : (멈춰 서서) 전, 전 울지 않았어요. (갑자기 고개를 들고 쩡팅을 바라보
           고 구슬프게) 팅, 당신은 조금도 자신이 어른이란 걸 몰라요.
           우린—

쩡   팅 : (다급하게 설명한다.) 우린 친구지. 당신이 말했듯이 우린 친구야,
           우린 자유롭게 결혼한 것이 아니니까. 당신 친구가 한 말이
           맞아, 난 당신의 노예가 아니고 당신도 내 노예가 아니야. 우린
           정말 친구일 뿐이야, 각자 자신의 자유가 있고 갈 길이 있는
           거야, 당신, 당신도 이 말을 믿고 있지? 그렇지?

쩡뤠이전 : (갑자기 단호하게) 그래요, 전 믿어요!

[오른쪽 큰 마님의 침실 안에서—]
[쓰이가 부르는 소리 : 뤠이전! 뤠이전!]

쩡　　팅 : 어머님이 부르셔.
쩡뤠이전 : (어리둥절하다가 몸을 돌려 쩡팅에게) 그럼 전 가볼게요.
쩡　　팅 : 그래.

[뤠이전이 오른쪽 침실로 들어간다.]

쩡　　팅 : (머리를 들어 그 거대한 유인원의 그림자를 바라보다가 용기를 내어 그림
　　　　　자 앞으로 걸어간다. 칸막이 문틈에 대고, 낮은 소리로) 위앤위앤! 위앤
　　　　　위앤!

[뤠이전이 다시 큰 마님의 침실에서 나온다.]

쩡　　팅 : (조금 난처한 듯이) 당신 왜—
쩡뤠이전 : 어머님이 저더러 쑤팡 이모를 모셔 오래요.

[서재의 작은 문으로 뤠이전이 퇴장하고 쩡팅은 약간 망설이다
가 한숨을 내쉬고는 다시—]

쩡　　팅 : 위앤위앤! 위애위앤!

[칸막이 문이 열리고 빛이 새어 나오며 위앤위앤이 걸어나온다.

위앤위앤은 머리에 꽃을 꼽고 바닥에 펼처놓았던 짐승가죽을 둘러 입고 맨발에 짧은 바지를 입었다. 상반신의 절반이 드러나 보이고 한 손에는 가위를 들고 또 한 손에는 유인원 모양을 오린 마분지를 들고 웃으며 쩡팅을 부른다.]

위앤위앤 : 어, 또 왔어?

쩡　팅 : 너 이것은—

위앤위앤 : (아무렇지 않은 듯이) '뻬이징'인의 그림자를 오린 거야. (오린 종이를 들고) 이걸 봐!

쩡　팅 : (위앤위앤을 바라보고 눈 한번 깜박이지 않는다.) 아니, 내 말은 네가 옷을 너무 적게 입었다는 거야. 너 그러다 동상 입겠어.

위앤위앤 : (갑자기 그 종이와 가위를 내려놓고는 허리에 손을 바치고) 나 예뻐?

쩡　팅 : (얼떨떨해서) 예뻐.

위앤위앤 : (손을 뒤로 가져가며) 네 고기를 먹어도 돼?

쩡　팅 : (그녀의 태도에 끌려 무엇을 말하는지도 모르고) 그래.

위앤위앤 : (다가서며) 네 피를 마셔도 돼?

쩡　팅 : (얼버무리며) 그럼.

위앤위앤 : (큰 소리를 지르며 등뒤에서 무섭게 생긴 장난감 도끼를 꺼내 들고 쩡팅 앞으로 뛰어가서 소리를 지르며 휘두른다.) "이얏! 마시자! 이얏!" (정말 무서운 암 원숭이 같다.)

쩡　팅 : (놀라 얼떨떨해서) 왜 이러는 거야?

위앤위앤 : (웃으며) 난 살인을 할거야, 무섭지? (그림자를 가리키며) 내가 저것처럼 보여?

쩡　팅 : (놀라며) 저것처럼 보이다니— 저 야만스런 짐승처럼?

위앤위앤 : (쩡팅을 끌며) 가자, 들어가서 보게.

쩡   팅 : (질투하듯이) 아니, 싫어, 난 안 갈래.

위앤위앤 : (찬미하듯이) 들어가 보게, 그의 몸은 다 털, 털— (쩡팅을 문 앞으로 끈다.)

쩡   팅 : 싫어, 싫어.

위앤위앤 : 자, 들어가서 보자!

[칸막이 문 하나가 갑자기 열리고 위앤씨 모녀간에 의해 샤우주얼은 옷을 거의 벗은 채 작은 '원시인'으로 분장하고 나온다. 그는 한 손에 편지 한 통을 들고 어깨에는 자신의 옷을 걸쳤으며 다른 한 손으로는 위앤위앤이 그더러 먹이를 주라던 비둘기를 안고 있다. 얼굴 표정은 울지도 웃지도 못할 어색한 표정이다. 문이 곧 닫히고 종이 막 위로 그 커다란 그림자가 다시 나타난다.]

쩡   팅 : 아, 이게 뭐야?

위앤위앤 : (낄낄대고 웃으며) (그림자를 가리키며) 이건 저것의 동생인 꼬마 '뻬이징'인이야.

샤우주얼 : (눈치 없이) 위앤 아가씨, (편지를 쳐들며) 아가씨 편지, 아가씨가 땅에 떨어트린 거예요.

쩡   팅 : (그의 손에서 편지를 가로채고 고개를 숙인다.)

샤우주얼 : (눈을 부릅뜨고 소리를 지르며) 왜 뺏는 거예요!

위앤위앤 : (주얼에게 설명한다.) 이건 쩡팅이 보낸 편지야, (샤우주얼 손을 가볍게 누르며) 샤우주얼, 화내지 마, 난 널 좋아해.

샤우주얼 : (천진하게) 나도 아가씨를 좋아해요.

쩡　　팅 : (꾸짖듯이) 샤우주얼!

샤우주얼 : (눈을 동그랗게 뜨고서) 왜 그러세요?

위앤위앤 : (쩡팅을 향해 완고하게) 난 쩡팅도 좋아해. (두 사람 사이로 가서 서서) 내일부터 우리 셋이 다 함께 놀자, 어떠니?

샤우주얼 : (경솔하게) 좋아요.

위앤위앤 : (돌아서며 묻는다.) 쩡팅, 너는?

쩡　　팅 : (샤우주얼에게, 완곡하게) 너, 너는 들어가서 자!

샤우주얼 : (거칠게) 도련님이나 들어가서 자요! 난 안 잘 거예요!

　　　　　[서재의 작은 문으로 천어멈이 등장한다.]

천　어멈 : (듣고서) 누가 안 잔다는 거야?

샤우주얼 : (놀라며 고개를 돌리고) 할머니.

천　어멈 : (그때서야 샤우주얼을 보고 놀라며) 지금 뭐 하는 거냐? 샤우주얼, 너 왜 옷을 다 벗었어?

샤우주얼 : (위앤위앤을 가리키며) 아가씨가 벗으라고 했어요.

천　어멈 : 위앤 아가씨 왜 저 애의 옷을 벗게 했어요?

위앤위앤 : (아주 자연스럽게) 사람이 왜 그렇게 많은 옷을 입어야 해요?

천　어멈 : (그녀의 앞으로 다가가서 한바탕 화를 내려다가 의외로 위앤위앤이 멍하니 웃기만 하는 것을 보고는 할 수 없이) 어이구, 위앤 아가씨! (화도 나고 걱정도 돼서) 큰 일 나요! (몸을 돌려 샤우주얼을 끌며) 가자, 잠을 자야지.

샤우주얼 : (한편으로 끌려가면서 또 한편으로는 고개를 돌려 구원을 청한다.) 위앤

아가씨! 위앤 아가씨!

위앤위앤 : (동정하며) 들어가, (고개를 저으며 한숨을 내쉬며) 놀긴 다 틀렸네.

샤우주얼 : 할머니! (눈물이 곧 떨어지려고 한다.)

천 어멈 : 들어가자, 놀기는 이놈아!

샤우주얼 : 잠깐만요, 할머니, 잠깐만요, 제 손에 (비둘기를 쳐들고) 위앤 아 가씨의 '꾸뚜(孤獨)'가 있단 말이에요.

천 어멈 : 뭘 "배불리 먹어(鼓肚)22)"?

샤우주얼 : (비둘기를 쳐들고 가리킨다.)

위앤위앤 : (달려와서) 내 비둘기, 내 꼬마 '꾸뚜'! (샤우주얼로부터 비둘기를 받아 들고) 가련한 주얼, 내일 널 데리고 놀게, 산에도 올라가고 목욕 도 하고 소몰이도 하고 새도 잡자. 지금은 할머니를 따라가서 자! (샤우주얼이 눈물을 흘리면서 할머니를 따라 뒷걸음질을 치는 것을 보고) 아이, 불쌍한 꼬마 '뻬이징'인! (갑자기 샤우주얼을 돌려세우고 는 흔들어 주다가 그의 볼에 소리나게 입맞춤을 해준다.)

천 어멈 : (화가 나서) 위앤 아가씨! (샤우주얼에게) 어서 가자!

[천어멈이 샤우주얼을 잡아끌고서 마치 귀신이라도 피하듯이 급하게 서재의 작은 문으로 퇴장한다.]

쩡   팅 : (분해서) 너, 너, 어떻게 그럴 수가 있어? 입맞춤—

위앤위앤 : (어리둥절해서) 내가 샤우주얼에게 입맞춤하면 안돼?

쩡   팅 : (참지 못하고) 위앤위앤, 내일 그 애는 데리고 가지 마.

---

22) '孤獨(고독하다)'과 '鼓肚(배불리 먹다)'의 중국어 발음은 동일하게 '꾸뚜'로 발음되 는데, 대화 속에서 천어멈이 잘못 알아들었음.

위앤위앤 : 왜 그 애를 데리고 가면 안 되는데?

쩡 팅 : (이유를 말하기 힘들자 할 수 없이 중복해서) 데리고 가지 마.

위앤위앤 : (힐끗 보며) 그럼 우리 저 사람을 데리고 가자, (그림자를 가리키며) 저 '뻬이징'인 말야.

쩡 팅 : (고개를 저으며) 아니, 저 사람도 데리고 가지 마.

위앤위앤 : (머리를 갸우뚱하고) 왜 저 사람마저도 안 된다는 거야? (갑자기 한가지 일이 생각나서) 아, 쩡팅, 내가 한가지 비밀을 알려줄게, 아주 큰 비밀이야. (비둘기를 안고 그 커다란 그림자 아래의 층계 앞으로 가서) 이리로 와 봐.

쩡 팅 : (초를 들고 뛰어간다.) 뭔데? (위앤위앤이 그를 끌고 나란히 층계에 앉는다. 거대한 '뻬이징'인의 그림자 아래서 두 아이는 낮게 이야기를 나눈다.)

위앤위앤 : (낮게) 방금 아빠가 '뻬이징'인과 노는 것이 재미있는지 아님 너하고 노는 것이 재미있는지 물었거든.

쩡 팅 : (가슴이 뛴다.) 아버지가 왜 그걸 물어? 네 아버지는 날 잘 알고 있는데—

위앤위앤 : 상관하지 마, 아빠는 늘 그러니까, (손가락으로 그를 가볍게 찌르며, 웃으면서) 난 너와 노는 것이 더 재미있다고 했어.

쩡 팅 : (좋아서 어쩔 줄 몰라하며) 정말?

위앤위앤 : (긍정적으로) 당연하지.

쩡 팅 : (급하게) 내, 내가 쓴 편지는 읽어보았어?

위앤위앤 : (흥분해서) 말을 끊지 마, 그리고 또 아빠는 "어느 쪽을 더 사랑하는지? "도 물어봤어

쩡 팅 : (긴장하며) 너, 넌 어떻게 대답했어?

위앤위앤 : (고개를 들고) 내가 어떻게 대답했는지 맞춰 봐?

쩡   팅 : 글쎄, 모르겠는데.

위앤위앤 : (영리하게) 난 모르겠다고 말했어.

쩡   팅 : (한시름 놓고, 하지만 유쾌한 듯) 정말 대답을 잘했어.

위앤위앤 : 그리고 또 "이 다음에 커서 누구한테 시집갈 거니?"라고 물었
어. (머리를 쳐들고 그 커다란 그림자를 가리키며) 이렇게 생긴 '뻬이
징'인인가 아니면 쩡씨 집안의 작은 도련님인가 말야?

쩡   팅 : (불안해하며 머리를 쳐든다. 그 '뻬이징'인의 그림자도 몸을 돌리며 마치
고개를 숙여서 이 두 사람을 내려다보는 것 같다. 쩡팅은 자기도 모르게
깜짝 놀라서 약간 두려운 듯 낮은 소리로) '뻬이징'인에게 시집갈 거야
아니면—

위앤위앤 : (고개를 끄덕이며) 저 사람이냐 아니면 (손가락으로 그의 가슴을 가리
키며) 너?

쩡   팅 : 네 말은?

위앤위앤 : 난 말야, ('꾸뚜'에게 입맞춤을 하고서) 화내지 마, 난 (단도 직입적으
로) 저 사람한테 시집갈 거야, 저 큰 짐승한테 말야!

쩡   팅 : 왜, 그건 왜?

위앤위앤 : (숭배하는 투로) 저 사람은 크고 호랑이 같아서 한 주먹으로 백
사람도 죽일 수 있어.

쩡   팅 : (뜻밖인 듯) 그, 그렇지만 난—

위앤위앤 : 넌 말야, (무시하는 듯한 표정으로) 넌 말야— (갑자기 벌떡 일어나
층계 위에 서서 크게 소리를 지른다.) 쥐야!

쩡   팅 : (역시 벌떡 뛰어 일어나서, 떨면서) 뭐, 뭐라고?

위앤위앤 : (벽 쪽을 가리키며) 저기, 저기!

쩡   팅 : 어디? 어디?

위앤위앤 : 아, 들어가 버렸어! (긴장해서) 방금 이만한 (재면서) 쥐 한 마리가
내 발등 위로 '쪼르륵' 하고 지나갔어.

쩡　팅 : (한숨을 쉬고 웃으며) 오, 쥐 말야? 넌 그렇게 무섭니? 우리 집엔
쌔고 쌨어!

위앤위앤 : (뭔가를 알았다는 듯이) 오, 그래 생각났어, (기뻐서 손뼉을 친다.)
넌 말야, 바로 이 생쥐 같아! (그의 어깨를 치며) 생쥐!

쩡　팅 : (불쾌한 듯) 나, 내 생각에—

위앤위앤 : 뭘 생각해?

쩡　팅 : (경솔하게) 너, 날 안 좋아 하니?

위앤위앤 : 아니, 좋아해, 좋아하고 말고! (다시 '꾸뚜'에게 입을 맞추며) 넌 바
로 이거야! (비둘기를 가리키며) 넌 말을 잘 듣는 이 비둘기야,
네가 바로 나의 가련한 '꾸두'라고. (그녀는 계단에 앉아서 다시
비둘기에게 입을 맞춘다.)

쩡　팅 : (아주 감동하여 그녀를 따라 계단에 앉으며) 그렇다면 내 편지를 보았
다는 거—

위앤위앤 : (다시 문득 무슨 생각이 나서인지 갑자기 일어나며) 쩡팅, 생각을 해
봐, 저 작은 쥐가 더 작은 새끼를 낳고, 다시 이 새끼 쥐가
새끼를 낳는다면 얼마나 작을까!

쩡　팅 : (고통스럽게) 위앤위앤, 왜 자꾸 이런 말을 하는 거야? 내, 내
편지를 다 읽어보았으면, (고개를 숙였다가 곧 다시 들고서) 너, 너
마음은 (고개를 숙인다.) —

위앤위앤 : (얼떨떨한 모습으로 자신을 만지며) 내 마음? —

쩡　팅 : (갑자기) 내가 쓴 시 말야, 편지에 쓴 그 시를 읽어보았어?

위앤위앤 : (고개를 끄덕이며 천진하게) 읽었어.

쩡   팅 : (기뻐하며) 읽었다고?

위앤위앤 : (머리를 끄덕이고) 그래, 우리 아빠가 나보다 네가 글씨를 더 잘
        쓴다고 했어.

쩡   팅 : (놀라며) 아버지에게 보였단 말야?

위앤위앤 : (재치 있고 총명하게) 얼굴 붉히지 마, 내 가련한 꾸뚜, 아빠 말씀
        이 두 글자밖에 틀지지 않아서 나보다 낫데.

쩡   팅 : 그럼 내가 쓴 시도 너는—

위앤위앤 : 음, 난 이해를 못하니까 아빠한테 보였지, 해석해 달라고.

쩡   팅 : (더욱 놀라며) 아버지에게 해석을 해달라고!

위앤위앤 : (그의 말뜻을 모르는 듯) 왜?

쩡   팅 : 아무 것도 아냐. 네 아빠, 아빠가 뭐라 말씀 안 하셨어?

위앤위앤 : (고개를 저으며) 아니. 아빠 말은 살아 있는 사람이 쓴 것 같지
        않다고 했어, 아주 예, 예스럽데. (미안하다는 듯이) 아빠도 잘
        이해를 못하겠다고 했거든.

쩡   팅 : 또 무슨 말을 했어?

        [서재의 작은 문으로 뤠이전과 쑤팡이 등장한다. 막 서재를 나
        오다가 뤠이전이 힐끗 쩡팅과 위앤위앤을 보고서 자신도 모르
        게 걸음을 멈추고 슬프게 서재 안에 서 있다. 쑤팡은 손에 갓난
        아이의 털실 옷을 들고서 역시 묵묵히 서 있다.]

위앤위앤 : (더듬거리며) 아빠 말은 (경솔하게) 이제부터 너와 놀지 말래.

쩡   팅 : (얼떨떨해하며) 앞으로 너하고—

위앤위앤 : (위로하며) 신경 쓰지 마, 내일 우리 연 날리러 가자.

쩡   팅 : (중얼거리며) 그, 그런데 무엇 때문일까?

위앤위앤 : (생각 없이) 쑤팡 이모가 방금 우리 아빠를 만나고 가셨어.

쩡   팅 : (놀라며) 뭐 하러?

위앤위앤 : 이모 말로는 네 부인이 이미 아기가 생겼다고 했어.

쩡   팅 : (청천벽력) 뭐라고?

위앤위앤 : 이모 말은 네가 곧 아빠가 될 거래. (신기하다는 듯) 정말이야?

쩡   팅 : (오리무중에 빠진 듯) 내가?

위앤위앤 : 아빠는 쑤팡 이모가 다녀간 다음에 너하고 놀지 말라고 했어.

쩡   팅 : (여전히 얼떨떨해서) 아빠가 된다고?

위앤위앤 : (갑자기) 난 열다섯인데 넌 몇 살이야?

쩡   팅 : (멍청하게) 일 일곱 살.

위앤위앤 : (그의 기분을 전환시켜주고 싶어서) 아이야, 열일곱 살에 넌 아빠가
        됐네. (박수를 치며) 열일곱 살의 꼬마 아빠, ─생각해 봐, (갑자기
        그의 손을 끌고서) 작은 쥐가 더 작은 쥐를 낳으니 얼마나 재밌어.
        얼마나─

쩡   팅 : (갑자기 엉엉 운다.)

위앤위앤 : 울지마, 쩡팅, 우리 그냥 함께 놀자, 그 늙은 원숭이 말을 듣지
        말고 말야. (낮은 소리로) 울지 마, 내일 내가 코코넛 사탕 사
        줄게, 샤우주얼과 '뻬이징'인도 데려가지 않고 우리끼리 연을
        날리러 가자.

쩡   팅 : 싫어, 싫어, 난 가고 싶지 않아.

위앤위앤 : 울지마, 더 울면 나 화낼 거야.

쩡   팅 : (여전히 괴로워한다.)

위앤위앤 : 쩡팅, 울지마, 이걸 봐, 내가 이 비둘기를 줄게. ('꾸뚜'를 그의

앞에 내보인다.)

쩡　　팅 : (밀쳐버리고) 싫어. (또 훌쩍인다.)

위앤위앤 : 그럼 내가 약속할게, 절대 '뻬이징'인에게 시집가지 않겠다고
말야, 어때?

쩡　　팅 : (고개를 흔들며) 아니, 아냐, 난 울고 싶어.

위앤위앤 : (달래듯) 정말이야, 거짓말 아냐, 내가 조금만 더 크면 꼭 쩡팅에
게 시집갈게, 꼭!

쩡　　팅 : (고개를 저으며) 아니야, 넌 몰라! (낮게 흐느끼며 천천히 편지를 찢는
다.)

위앤위앤 : (천진하게) 네 편지에다 날 좋아한다고 했잖아? 내가 시집을—

[그림자 뒤에서 위앤런깐의 목소리: 위앤위앤! 위앤위앤!]

위앤위앤 : (낮은 소리로) 아버지가 날 불러, 내일 만나자, 내일 같이 연을
날리고 낚시도 하게, 알았지?

[그림자 뒤에서 위앤런깐의 목소리: 위앤위앤! 위앤위앤!]

위앤위앤 : 네, 아빠. (얼른 머리를 돌려 쩡팅의 얼굴에 입맞춤을 한다.) 쩡팅,
내 가련한 꼬마 쥐! (쩡팅이 고개를 돌려 그녀가 뛰어가는 것을 바라본다.)

[위앤위앤이 칸막이 문을 열고 뛰어들어가고 문이 다시 닫힌다.
바람이 불고 보슬비가 내린다. 밤 깊은 골목에서는 떡 장사가
"떡 사시오"라고 외치는 소리가 처량하게 들려온다.]

쩡   팅 : (다시 엎드려서 구슬피 운다.)

　　　　[뤠이전이 작은 서재로부터 천천히 걸어나오고 쑤팡은 여전히
　　　　서재에 멍하니 있다.]

쩡뤠이전 : (쩡팅의 뒤로 가서 약간 몸을 굽히고 그의 어깨를 가볍게 친다. 슬프게)
　　　　울지 말아요, 위앤 아가씨는 갔어요.
쩡   팅 : (머리를 들고) 쑤, 쑤팡 이모 말이 정말이야?
쩡뤠이전 : (그를 바라보며 길게 한숨을 내쉰다.)
쩡   팅 : (슬프고 원한에 차서) 아, 누가 우릴 억지로 묶어 놓았어? (일어서며)
　　　　난 정말 (발을 구르며) 죽고 싶어!

　　　　[서재의 작은 문을 향해 쩡팅이 뛰어들어간다.]

쑤   팡 : 팅아!

　　　　[쩡팅이 돌아보지도 않고 문을 박차고 나간다.]

쩡뤠이전 : (멍하니 걸상에 힘없이 앉는다.)
쑤   팡 : (다가와서) 뤠이전.
쩡뤠이전 : 쑤팡 이모.
쑤   팡 : (그의 머리칼을 쓰다듬으며) 뤠이전, 이러지 마—
쩡뤠이전 : (쑤팡의 품에 꽉 안기며) 저도 정말 죽고 싶어요!
쑤   팡 : (부드럽게) 뤠이전.

쩡뤠이전 : (참지 못하고 눈물을 흘리며 원망스럽게) 鄒팡 이모, 이모는 왜 위앤 아가씨한테 말을 했어요? 왜 위앤 아가씨하고 그 사람이 함께 다니지 못하게 했어요?

鄒 팡 : (슬프게) 뤠이전, 난 뤠이전을 너무 사랑해서 네가 고생하는걸 보고 정말 참을 수가 없었어. (얼떨떨해서) 나도 어떻게 가서 말을 했는지 모르겠어, 멍청이처럼 위앤 선생을 찾아가서 무슨 말을 했는지 말야, 나올 때는 얼떨떨해서 뛰어나왔으니까. 뤠이전, 만약 정팅이 지금부터라도—

쩡뤠이전 : (침통하게) 이모는 정말 멍청했어요, 이모, 그인 절 좋아하지 않아요. 모르시겠어요? 그는 조금도 절 좋아하지 않는단 말이에요!

鄒 팡 : (슬프게) 아냐, 그 애는 아직 어려, 언젠가는 뤠이전에게 잘 하게 될 거야. 뤠이전, 기다려, 천천히 기다려 봐, 분명 끝이 있는 거야. 살면서 고생하자는 것은 아니지만 남에게 조금이라도 기쁨을 주는 것만큼 더 큰 도리가 어디 있겠어? 기다려, 그 애도 언젠가는—

쩡뤠이전 : (일어서며 고개를 젓는다. 무겁게) 아뇨, 鄒팡 이모, 전 기다리지 못해요. 전 떠나겠어요, 이미 2년을 기다렸어요.

[밖에서 쩡하우의 소리: 鄒팡, 鄒팡아!]

鄒 팡 : 어디로 간다는 거야?

쩡뤠이전 : (멍하니 바라보며) 제 친구가 말해주었는데 그런 곳이 있데요, 거기는—

鄒 팡 : (슬프게) 그럼 아이는, (어린 아이 옷을 뤠이전의 눈앞에 보인다.)

쩡뤠이전 : (받아 살펴보고) 아이는, (길게 탄식하고 자신도 모르게 아기 옷을 바닥
에 떨어뜨린다.)

[서재의 작은 문으로 쩡하우의 상반신이 보인다.]

쩡 하우 : (초를 들고서) 쑤팡아, 빨리 와보거라, 물주머니가 새, 침대가 온
통 물바다야!

[쑤팡과 쩡하우가 서재의 작은 문으로 퇴장한다. 쓰이가 장부책
을 들고 자신의 침실에서 나오고 뤠이전은 황급히 어린 아이
옷을 주어서 감춘다.]

쩡 쓰이 : (언뜻 쑤팡의 뒷모습을 보고) 쑤팡 아가씨! 쑤팡 아가씨! (뤠이전에게)
저기 네 쑤팡 이모가 아니냐?
쩡뤠이전 : 네.
쩡 쓰이 : 왜 나를 보자마자 가는 거지?
쩡뤠이전 : 할아버님이 일이 있어서 부르셨어요.
쩡 쓰이 : (날카롭게) 가서 모셔와, 네 아버님이 일이 있어서 찾는다고 말야.

[서재의 작은 문으로 뤠이전이 고개를 숙이고 퇴장한다. 멀리서
들려오는 야경을 도는 징 소리. 원칭이 자신의 침실에서 걸어나
오고 쓰이는 탁자로 가서 돈을 센다.]

쩡 원칭 : (다급하게) 당신 도대체 어쩌자는 거야?

쩡 쓰이 : (눈을 희뜩거리며) 뭘 어쩌긴 요.

쩡 원칭 : 어쩔 셈인데, 말해 봐, 말해 보란 말야!

쩡 쓰이 : (일부러 유순한 기색을 하고) 난 모두 체념했어요, 사람 사는 것이
          정말 재미없어요. 관에 들어가면 모두 눈을 감을 것을, 모두가
          다 거짓이야. (자신의 침실로 들어간다.)

쩡 원칭 : 뭘 하려고 그래?

쩡 쓰이 : (고개를 돌리고) 뭘 하나고요? 장부책을 가져다가 계산을 맞춰요!

[쓰이가 방으로 들어간다.]

쩡 원칭 : (문에 대고) 그럴 필요가 있는 거야, 그럴 필요가 있냐 말야! 당신
          도대체 어쩌자는 건데? 말해 봐!

[쓰이가 장부를 들고 다시 침실에서 나온다.]

쩡 쓰이 : (눈을 희뜩거리며) 난 다른 생각 없어요. 당신은 추후에 나처럼
          어수룩한 사람이 당신한테 잘 해주었다는 것만 기억해 주면
          되요. 내일 날이 밝으면 난 비구니 암자로 갈 거예요, 벌써
          사람을 시켜서 얘기도 해 놓았어요.

쩡 원칭 : 아, 맙소사, 솔직하게 말해봐. 당신의 진짜 속셈이 뭐야? 난
          남도 아니고 당신하고 20년이나 같이 살았는데, 당신 이럴 필요
          가 있어?

쩡 쓰이 : (방금 쑤팡이 원칭에게 준 편지를 꺼낸다. 조소와 멸시를 담고서) 홍,
          아가씨는 내가 뭐 호락호락해 보이는 모양이지. 내 앞에서 감히

편지니 시니 하면서 당신에게 주고. (갑자기 악독하게) 내가 한마디로 잘라 말했죠, 난 당신이 내 앞에서 아가씨 편지를 원래대로 아가씨한테 돌려주라는 거예요.

쩡 원칭 : (얼버무리며) 나, 난 내일 떠날 사람이야.

쩡 쓰이 : (엄하게) 그럼 지금 돌려줘요, 내가 당신 대신 아가씨를 불러 왔으니까.

쩡 원칭 : (겁을 내며) 그, 그녀가 뭘 하러 와?

쩡 쓰이 : (풍자하며) 당신이 그녀에게 쓴 연애 편지를 가지러 오지요!

쩡 원칭 : (고민에 차서 소리를 지른다.) 아! (돌아서서 침실로 도망치려 한다.)

쩡 쓰이 : (날카롭게) 어디를 가요! (원칭이 걸음을 멈춘다. 쓰이가 이를 갈며) 뻔질거리는 쥐 같은 주제에 고양이 앞에서 군침을 흘려. 이번에 그녀에게 본때를 보여야—

[갑자기 큰 객실의 불이 켜지고 그 커다란 그림자도 없어진다. 잠옷으로 갈아입은 위앤위앤이 '꾸뚜'를 안고 등불을 비쳐들고 문 하나를 열고 들어선다. 손에는 종이쪽지를 들고 있다.]

위앤위앤 : (활발하게) 아저씨, (편지를 원칭에게 준다.) 쩡 아저씨, 저의 아빠가 아저씨께 드리는 편지예요. (몸을 돌려 쓰이를 가리키며) 두 분은 아직 안 주무세요? 우린 막 자려고 하는데. (위앤위앤이 몸을 돌려 방으로 뛰어들어간다. 문이 꽉 닫힌다.)

쩡 원칭 : (편지를 다 읽고 길게 한숨을 내쉰다.) 허—참.

쩡 쓰이 : 왜요?

쩡 원칭 : (편지를 넘겨주며) 위앤 선생 약혼녀가 곧 온다고 했어.

쩡 쓰이 : 그 분에게 약혼녀가 있다고요?

쩡 원칭 : 그래, 당신이 좋은 집을 얻어주었으면 하는군.

쩡 쓰이 : (다 읽고 조소하듯이) 흥, 그렇다면 우리 쑤팡 아가씬 이번에도 또—

　　　　[서재의 작은 문으로 촛불을 든 쑤팡이 등장한다.]

쑤　　팡 : (낮은 소리로) 오빠가 절 찾으셨어요?

쩡 쓰이 : 난—

쩡 쓰이 : 그래요, 쑤팡 아가씨. (편지를 원칭에게 주며) 어쩔 거예요?

쩡 원칭 : 저. (피하려고 한다.)

쩡 쓰이 : (앙칼지게) 서요! 당신 정말 야비한 짓을 할거예요?

쩡 원칭 : (애원하듯) 쑤팡아, 들어가렴, 이 사람 말 듣지 말고.

쑤　　팡 : (고개를 돌려 쓰이를 보고서 몸을 돌리려고 한다.)

쩡 쓰이 : (쑤팡에게) 거기 계세요! (원칭에게, 음침하게) 돌려 줘요! (원칭이 굴복하고 손을 내밀어 받는다.)

쑤　　팡 : (원칭을 바라보고 빳빳이 굳어서 움직이지 않는다. 원칭이 고통스럽게 그 편지를 쳐든다.)

쩡 쓰이 : (독살스럽게) 이건 쑤팡 아가씨가 원칭 오빠에게 준 편지지요? 오빠가 감당치 못하겠대요, 자 돌려 받아요.

쑤　　팡 : (떨리는 손을 내밀며 원칭의 손에서 편지를 받는다.)

쩡 원칭 : (고개를 숙인다.)

　　　　[정적]

[쑤팡이 서재의 작은 문으로 묵묵히 걸어나간다.]

쩡 원칭 : (고개를 들어 쑤팡이 문을 나서는 것을 보고 참지 못하고 소파에 엎어져서
          흐느낀다.)
쩡 쓰이 : (낮은 소리로 독살스럽게) 왜 울어요? 아버지라도 죽었어요!
쩡 원칭 : (머리를 흔들며) 당신 날 이렇게 핍박하지마, 오래는 못살 거니까.
쩡 쓰이 : (길게 한숨을 쉬고) 옆집 뚜씨네 하인이 저녁에 또 빚을 받으러
          왔어요, 노인네가 통장을 꽉 쥐고 있으니 돈도 한푼 꺼내지
          못하고. 이 봐요, 우리 누가 먼저 죽나 볼까요, 나도 핍박 때문
          에 제명에 죽지 못할 거예요.

[서재의 작은 문으로 쓰이가 급히 퇴장한다. 원칭이 정신 나간
듯이 일어나서 천천히 자신의 침실로 향해 걸어간다. 그쪽 문
안쪽에서 나무 지팡이를 던지는 듯한 소리가 난다. 원차이가
소리를 지르며 자신의 침실에서 뛰어나온다.]

쩡원차이 : (낮은 소리로 공포에 질린 듯이) 오빠!
쩡 원칭 : 왜 그래?
쩡원차이 : 그, 그이가 또 술 주정을 해요!
쩡 원칭 : (무력하게) 그래, 나더러 어쩌라는 거니?
쩡원차이 : (급하게) 오빠, 어쩌지요, 어떻게 해요?

[다시 방안에서 물건을 내던지는 소리와 으르렁거리며 욕지거
리를 하는 소리가 들려온다.]

쩡원차이 : (원칭의 팔을 끌며) 들어봐요, 그이가 또 물건을 내던지고 있어요.

쩡 원칭 : (자신의 머리를 감싸며) 그더러 다 부수라고 해.

쩡원차이 : (마음이 아픈 듯이) 그인 미쳤어요, 절 때리겠대요, 이혼을 하고—

쩡 원칭 : (처량하게 웃으며) 이혼?

[방안의 지앙타이 소리: (탁자를 치며) 원차이! 원차이!]

쩡원차이 : 오빠!

[방안의 지앙타이 소리 : (상을 두드리며 소리지른다.) 원차이! 원차
이! 원차이!]

쩡원차이 : (원칭의 손을 끌며) 오빠 들어봐요!

쩡 원칭 : 날 끌지 마라!

쩡원차이 : (조급하게) 그인 이러다 일을 저질러요, 오빠!

쩡 원칭 : 날 좀 놔라, 난 내 일만으로도 힘들어!

[원칭이 손을 뿌리치고 비틀거리며 자신의 침실로 들어간다.
원차이가 자신의 침실로 몇 걸음 다가가는데 갑자기 문이 열리
며 곤드레만드레 취한 지앙타이가 넘어지며 들어온다. 그는
한쪽 발에 슬리퍼를 신고 다른 한쪽은 맨발이다.]

지앙타이 : (조금 전처럼 고뇌에 찬 모습으로 문에 기대어 두 눈을 벌겋게 부릅뜨고)
너 어디 간 거야? 내가 지앙타이란 걸 몰라? 난 지앙타이야,

내가 널 불렀는데 왜 대답을 안 해?

쩡원차이 : (고통스럽게) 전, 전, 당신—

지앙타이 : 내가 너희 집에서 산다만 돈을 안 내는 것이 아냐. 내가 밖에서 도 평생 무시를 당했는데 집에서마저도 또 너희 쩡씨 사람들한 테 수모를 당해야 해? 내가 마시겠다면 사야 하고 먹겠다면 바로 만들어야 하는 거야!— 누가 날 무시하면 찾아가서 끝장을 볼 거야! 가자! (원차이의 손을 끌며) 그 사람을 찾아가자!

쩡원차이 : (그를 막으며) 누굴 찾아간다는 거예요?

지앙타이 : 쩡하우, 당신 아버지 말야. 네 아버지는 나한테 사과해야 해, 찾아가서 결단을 내야지.

쩡원차이 : 내일, 내일 봐요. 아버진 주무세요.

지앙타이 : 그럼 지금 일어나라고 해. (간다.)

쩡원차이 : (끌며) 가지마요!

지앙타이 : 상관 마!

쩡원차이 : (문득 꾀를 생각하여 고개를 돌리고) 아, 보세요, 아버지가 오세요!

지앙타이 : 어디?

쩡원차이 : 저기요!

[원차이가 이 틈을 이용해 지앙타이를 자신의 침실로 밀어 넣고 곧이어 바로 문을 밖에서 건다.]

[방안의 지앙타이 소리 : (문을 두드리며) “열어!” “문 열어!”]

쩡원차이 : 오빠! (황급히 침실 문을 향해 달려간다.) 오빠!

[방안의 지앙타이 소리 : (손을 치며) "문 열어!" "문 열어!"]
[원차이가 원칭의 침실 문 앞으로 가서 문발을 들친다.]

쩡원차이 : (무서운 뭔가를 본 듯) 어머, 맙소사, 오빠 왜 이런 걸 피워요?

[방안의 원칭 목소리 : (탄식하며) "상관 마라, 너도 괴롭겠지만 나도 괴로워!"]
[방안의 지앙타이 소리 : (크게 소리친다.) "원차이!" (마구 문을 두드린다.) 문 열어, 집에 불을 지르겠다! 집을 태워버릴 거라고, 난— (쿵하고 온몸이 바닥에 넘어지는 것 같다.)]

쩡원차이 : (동시에 자신의 침실로 달려가며 소리친다.) 하느님 맙소사, 이봐요, 정신차려요, 아직 분이 덜 풀렸나요? 절 놀래 까무러치게 하지 말아요! (문을 연다.)

[원차이가 곧장 자신의 침실로 들어가서 문을 꼭 닫는다. 안에서는 지앙타이의 낮은 신음소리만이 들릴 뿐이다.]
[곧바로 서재의 작은 문으로 쩡하우가 등장한다. 그는 엷은 홑겹 두루마기를 걸쳤으며 초롱불을 들고 쑤팡의 부축을 받으며 후들후들 떨고 있다.]

쩡 하우 : (당황하여) 무슨 일이 생긴 거냐? 무슨 일이? (낮게, 쑤팡에게) 내가 좀 봐야겠다, 누가 떠든 거야? 너 어서 가서 내 면 두루마기를 가져오너라.

[쑤팡이 서재의 작은 문으로 퇴장한다. 지앙타이는 여전히 방안
에서 낮게 신음한다. 갑자기 문안에서 원칭이 길게 탄식한다.
쩡하우는 그의 침실에 불빛이 있는 것을 보고서 가만히 그의
문 앞으로 걸어가 문발을 들고 들여다본다.]
[방안의 원칭 목소리 : (목이 잠겨서) 누구야?]

쩡 하우 : 누구! (상상도 못할 충격인듯) 너! 안 떠났냐?

[원칭이 놀라 멍해지고 얼떨결에 담배 대까지 들고 걸어나온
다.]

쩡 하우 : (뒤로 물러서며) 너, 왜 또, 또—
쩡 원칭 : (고개를 숙이고) 아버지, 전—
쩡 하우 : (경악해서 한마디도 못하고 비틀거리며 원칭 쪽으로 걸어가자 원칭이 놀라
며 뒤로 물러선다. 탁자가 있은 곳까지 물러섰을 때 쩡하우가 갑자기 원칭
앞에 꿇어앉아서 애통하게) 내가 네 앞에 꿇어앉으마, 네가 내 아비
야, 난 네 아들이고. 너한테 피우지 말라고 부탁한다, 내가 절을
하며 빈다, 제발— (단번에 머리를 조아리려고 한다.)
쩡 원칭 : (얼른 자신의 죄악을 의식하고 담뱃대를 던지며) 아이고!

[원칭이 큰 객실 문을 열고 빠져나가고, 동시에 쩡하우가 담이
결려서 소파 옆으로 쓰러진다. 동시에 쑤팡이 면 두루마기를
들고 서재의 작은 문으로 급히 등장한다.]

쑤　　팡 : (놀라며) 이모부! 이모부! (그를 부축하여 소파에 기대게 하고) 이모
　　　　　부, 왜 그러세요? 이모부! 정신차려요! 이모부!

쩡 하우 : (눈을 반쯤 뜨고, 힘없이) 그, 그 애는 갔느냐?

쑤　　팡 : (떨며) 갔어요.

쩡 하우 : (이를 악물고) 이런 아들놈은 왜 (발을 구르며) 죽지도 않아! 왜
　　　　　(발을 구르며) 죽어버리지도 않아! (일어서려 한다. 혀가 갑자기 굳어
　　　　　지며) 내　혀가 — 굳어서— 너—

쑤　　팡 : (떨리는 목소리로) 이모부, 앉으세요, 제가 가서 인삼탕을 가져올
　　　　　게요, 이모부!

　　　　　[쩡하우는 입을 벌리고 눈을 부릅뜬 채 대답을 못한다. 쑤팡이
　　　　　서재의 작은 문으로 황급히 퇴장한다.]
　　　　　[방안의 원차이 소리 : (흐느끼며) "지앙타이! 지앙타이!"]
　　　　　[방안의 지앙타이 소리 : (크게 소리지르며) "꺼져, 너!"]
　　　　　[방안의 원차이 소리 : "지앙타이!"]
　　　　　[갑자기 지앙타이가 문을 열고 나오더니 몸을 돌려서 문을 밖에
　　　　　서　건다.]
　　　　　[방안의 원차이 소리 : "문 열어요, 문 열어요!"]

지앙타이 : (흔들거리는 촛불 속에서 쩡하우가 좌선을 하듯 앉아있는 것을 보고 원한
　　　　　에 찬 듯) 옳지, 여기서 참선을 하고 있군!

쩡 하우 : (눈을 부릅뜨고 입을 벌리고 있다.)

지앙타이 : 당신 그렇게 날 흘겨볼 필요 없어요, 내일이면 난 떠날 테니까,
　　　　　꼭 떠날 거란 말이요. 내 아무리 신수가 사나워도 여편네 하나

는 먹여 살릴 수 있단 말이요! (원한에 차서) 그러나 떠나기 전에 당신과 계산을 해야겠소, 계산 말이요.

[방안의 원차이 소리 : (급하게 소리친다.) "문 열어요! 문 열어! 당신 누구와 말하는 거예요? 지앙타이!" (문을 두드리며) "문 열어요! 문 열어!" (계속해서 지앙타이가 말하는 사이에 소리를 지른다.)]

지앙타이 : 당신 나한테 빚진 것 갚아야 한다고! 내가 여태 말을 하지 않았지만 이제는 더 이상 귀머거리나 멍청하게 굴지 않을 거예요. 당신 때문에 관직을 잃었고 공금횡령도 하게 된 거란 말이요. 사람들이 나에게 체포령을 내렸소. 더러운 죄를 뒤집어써서 평생 고개를 들고 다닐 수가 없게 됐는데, 이게 바로 내게 빚진 거요. 당신은 갚아야 해, 모른 체 해선 안돼! 갚아야지, 당신은 내 살길을 책임져야 해. 당신 이렇게 함구하고 있으면 안돼, 난 그저— (큰소리로) 이봐요, 당신 알아들었어요? 난 지앙타이란 말이요! 지앙타이라고! 똑똑히 보시오! 난 당신의 사위란 말이요! 당신은 내게 빚을 졌어요, 쩡하우, 쩡하우, 당신 알아들었어요?

[방안의 원차이 소리 : (놀래서) "문 열어요, 문 열어! (계속해서 큰소리로) 아버지! 아버지! 그 사람을 상대하지 말아요, 그인 헛소릴 해요, 미쳤어요. 아버지! 아버지! 아빠! 문 열어요, 지앙타이, (지앙타이의 긴 말소리에 삽입되어서) 문 열어요, 아버지! 아버지!"]

지앙타이 : 쩡하우, 당신 줄 거요 말 거요? 도대체 갚을 작정이냐고요? 난 당신이 적금도 많고 금, 은, 주식, 토지문서들이 있는 줄 알아요. (갑자기 간절하게) 아, 나한테 삼천 원만 빌려줘요, 딱 삼천 원만, 장사를 해서 꼭 갚을게요, 본전하고 이자까지 쳐서 말예요. 들었어요? 배로 갚아드리리라, 지앙타이가 말하고 있어요, 쩡 나리, 당신 그렇게 많은 돈을 갖고 뭘 하겠어요? 당신은 늙었어요, 나이도 많고 말예요. 당신은 관까지 준해해 놓고 칠을 몇 백 번도 칠하지 않았소, 당신—

[방안의 원차이 소리 : (동시에 문을 두드리며) "문 열어요! 문 열어!"]
[쓰이가 금방 쩡하우가 꺼냈던 붉은 색 통장을 들고 노기등등해서 서재의 작은 문으로 급하게 등장한다. 쩡하우를 몇 번 쳐다보고는 원차이의 침실 앞으로 가서 문을 연다.]

지앙타이 : (사람이 들어온 줄 모르고 차갑게 쩡하우를 바라다보고 낮은 소리로 혐오스럽게) 당신 뭘 웃는 거야? 당신 날 보고 왜 웃어? (갑자기 사납게) 당신 왜 죽지 않아? 왜 안 죽어? (미친 듯이 쩡하우 앞으로 가서 이미 기절한 노인의 어깨를 흔든다.)

[온 얼굴이 눈물 범벅이 된 원차이가 침실에서 뛰어나온다.]

쩡원차이 : (지앙타이를 끌며 고래고래) 이 술주정뱅이! 짐승만도 못한 사람!
지앙타이 : (원차이에게 끌려가면서 격동해서 계속 떠든다.) 이것 놔, 놓으란 말

야, 죽일 테야, 저걸 죽이고 나도 죽겠어.

[원차이가 끝내는 지앙타이를 방안으로 끌고 들어가고 문을 닫는다. 쑤팡이 인삼탕 사발을 들고 서재의 작은 문으로 급히 등장한다. 쓰이는 여전히 음침하게 그곳에 서 있다.]

쑤   팡 : (인삼탕을 쩡하우에게 들이대며) 이모부, 이모부, 좀 마셔요! 이모부!

[쩡팅이 서재의 작은 문으로 달려 들어온다.]

쩡   팅 : 왜 그래요?
쑤   팡 : (먹일 수가 없어서) 할아버지가 잘못 됐어, 빨리 전화를 걸어 루오(羅) 어의를 모셔와.
쩡   팅 : 뭐라고요?
쑤   팡 : 중풍이야, 이모부! 이모부!

[쩡팅이 큰 객실 문으로 뛰어서 퇴장한다. 동시에 천어멈이 옷을 걸쳐 입으며 서재의 작은 문으로 황급하게 등장한다.]

천 어멈 : (떨며) 나리, 어찌된 거예요? 나리가 어찌 된 거예요?
쑤   팡 : (다급하게) 어멈은 머리를 붙들어요, 제가 부어 넣을게요.

[노인의 목에서 담이 끓어오른다.]

천 어멈 : (그를 붙들고) 안되겠어요, 담이 끓어올라요. — 이를 너무 꽉 물
　　　　고 있어서 삼키지 못하겠어요.

쑤 　 팡 : 이모부! 이모부!

[큰 객실 문으로 원칭이 등장.]

쩡 원칭 : (노인 앞으로 가서 참회하는 듯한 목소리로) 아버지! 아버지! 제가
　　　　잘못했어요, 잘못했어요.

[원차이가 자신의 침실에서 달려나온다.]

쩡원차이 : (노인의 다리를 안으며) 아버지! 아버지! 우리 아버지!

쑤 　 팡 : 이모부! 이모부!

천 어멈 : 나리! 나리!

쩡 쓰이 : (갑자기) 떠들지 말아요, 의사가 오길 기다리지 말고 병원으로
　　　　모셔가요.

쑤 　 팡 : (고개를 들고) 이모부는 병원에 가는 것을 원치 않아요.

쩡 쓰이 : (천어멈에게) 사람을 불러와요!

[천어멈이 큰 객실 문으로 퇴장.]

쩡원차이 : (다급하게) 내 옆집 뚜씨네에 가서 자동차를 빌려볼게요.

[원차이가 큰 객실 문으로 퇴장한다.]

쑤　　팡 : 이모부! 이모부!

쩡　원칭 : (목이 메여서) 어떻게 해? 어떻게?

쩡　쓰이 : 흥, 어떡하긴요? (화가 나서) 이것 좀 봐요, (쩡하우의 붉은 색 적금통
　　　　　 장을 원칭의 눈앞에 들이대며) 이건 어찌된 건데요?

[천어멈이 장순을 데리고 큰 객실 문으로 등장한다. 큰 객실의
한쪽 끝에서 다시 불빛이 환해지지 시작한다. 하얀 칸막이 문의
종이 막 위로 갑자기 움직이는 거대한 유인원 그림자가 다시
나타나서 점점 가까이 육중한 모습으로 관중 쪽을 향해 걸어온
다.]

쩡　쓰이 : (장순을 가리키며) 저 사람 뿐이야!

천　어멈 : 또 있어요.

[문이 활짝 열리고 온 몸에 흉물스런 털이 북실복실한 ‘뻬이징’
인이 마치 작은 산처럼 사람들 앞에 나타나서 맨발로 육중하게
걸어들어 온다. 뒤에는 쩡팅이 따르고 있다.]

쩡　쓰이 : (장순에게) 빨리 자동차로 들어옮겨.

[장순이 ‘뻬이징’인에게 손시늉을 하자 ‘뻬이징’인이 그를 한번
쳐다보고는 쩡하우를 안으려 한다.]

쑤　　팡 : (갑자기 쩡하우를 붙잡으며) 병원에 가선 안돼요, 이모부가 금방

잘못 될 것 같아요.

['뻬이징'인이 쑤팡을 보며 손을 멈춘다.]

쩡 쓰이 : (쑤팡의 손을 끌며, 장순에게) 들어! (장순이 손을 쓰려고—)

['뻬이징'인이 장순을 가볍게 밀치고 늙은 양을 안 듯이 쩡하우를 안고 큰 객실로 걸어간다.]

쩡　틴 : (울면서) 할아버지! 할아버지!
쩡 쓰이 : 울지 마라.
쩡 원칭 : (뒤를 따르며) 아버지, 제, 제가 잘못했어요.

['뻬이징'인이 문턱을 나설 때쯤 노인이 갑자기 창백한 손으로 문살을 붙잡고 놓으려 하지 않는다.]

쩡　틴 : (고개를 돌려서) 안되겠어요, 할아버지가 문을 붙잡고 놓지 않아요.
쩡 쓰이 : 힘껏 들어 봐! (장순이 급히 앞으로 나간다.)
쑤　팡 : (가슴 아픈 듯이) 이모부는 집을 떠나고 싶지 않은 거예요. (모두가 다시 망설인다.)
쩡 쓰이 : 사람을 살리는 것이 중요하지! 어서 옮겨! 내 말을 듣겠어, 저 사람 말을 듣겠어? 어서!

[장순이 '뻬이징'인을 밀며 억지로 나간다.]

쑤   팡 : 이모부 손! 손!

쩡 쓰이 : (쩡팅에게) 힘을 써서 떼 내!

쩡   팅 : 전 무서워요.

쩡 쓰이 : 바보, 내가 하지!

쩡 원칭 : 아버지.

쩡   팅 : (무서워하며) 어머니, 할아버지 손, 손!

[쓰이가 억지로 그의 손을 떼어 낸다.]

쩡 원칭 : (분개하며, 쓰이에게) 이 귀신같은 것! 아버지 손이 온통 피잖아!

쩡 쓰이 : 들고 가! (낮게, 독살스럽게) 집을 팔려고 하는데 당신은 사람이
         집에서 죽게 할 참이에요?

[모두가 '뻬이징'인을 따라 큰 객실 문으로 나가고 원칭만이 뒤
에 남는다.]
[목탁소리.]
[옆방의 술 취한 사람의 고뇌에 찬 신음소리.]
[처량하게 "떡 사시오"라고 외치는 소리.]
[원칭이 방에 들어갔다가 바로 나온다. 그는 낡은 겉옷 한 벌과
낡은 모자를 들었고 팔에는 그림 한 폭을 끼고 길게 탄식하고는
큰 객실로 통하는 문으로 천천히 걸어나가며 문을 닫는다.]
[가을비를 싣고 쓸쓸한 바람이 불어든다. 문이 또 조용히 저절

로 열린다. 사면의 벽에는 촛불 그림자가 하늘거리고 벽에 걸어
놓은 그림이 바람에 펄럭펄럭 소리를 내고 있다.]
[멀리서 한두 번의 야경을 알리는 징 소리가 들린다.]

— 막이 서서히 내린다.

北京人

제3막

[제1장]

　음력 9월이 막 지난 뻬이징은 아침 저녁나절에는 벌써 면이나 털실로 된 방한 의복을 입어야 한다. 늦가을의 하늘은 유난히 맑고 깨끗하다. 황혼이 질 무렵에는 고풍스런 정원에 먹물을 뿌려놓은 듯한 까마귀 떼들이 모여들어 늙은 느릅나무가지 끝에서 쉴새없이 서로를 부르고 배회한다. 그러다 어둠이 더 깊어지면 그들도 자신의 둥지를 찾아 날아간다. 창망한 먼지 안개 속으로 아직 병영으로 돌아가지 않은 나팔수가 성벽 위에서 불어대는 나팔소리가 들려온다. 멀리서 들려오는 고독한 나팔소리는 사람들 마음에 형언할 수 없는 온화함과 함께 처량함을 실어다 준다. 마치 미련이 많은 유령이 홀로 옛 추억에 잠겨서 돌이킬 수 없는 아득한 과거를 아쉬워하고 슬퍼하듯이 원망과 그리움에 잠겨서 차가운 대기 속에서 떨고 있다.

　날은 서서히 짧아져서 6시가 안되어 돌 누각 뒤의 석양이 엷은 자색의

산 너머로 얼굴을 감춰버린다. 밤이 되면 쓸쓸히 서풍이 불어와서 정원의
마른 나무를 솔솔 흔들어준다. 다음날 아침이면 하늘은 맑아지고 햇볕이
다시 지붕의 번쩍이는 유리 기와를 비추고 땅에는 서리가 내려 대지를
하얗게 덮는다. 정원이나 큰길의 인도에는 밤새 분 서풍에 낙엽이 떨어져
서 도처를 덮고 있다. 날은 확실히 차가워져서 아침 일찍 밖을 나오면
사람들의 입김은 싸늘한 공기 속에서 우유 빛 열기로 변하고 시장에서
출하하는 채소에서도 간혹 서리의 흔적이 얇게 남아 있는 것을 볼 수 있다.
방안에서도 움직이지 않고 오랜 시간동안 앉아 있노라면 발에 냉기를 느끼
고, 창호지 위에서 앵앵거리는 파리도 무거운 날개를 퍼득이다가 창틀에
그만 떨어지고 만다. 예전 같으면 이런 날씨에는 좀 부유한 세가, 예를
들어 쩡씨 집안 같은 곳은 진작 아궁이에 불을 지펴서 방안을 훈훈하게
하고 큰 거실의 꽃무늬 칸막이와 커다란 유리창문 앞에 활짝 핀 국화 화분
들을 놓아둔다. 푸른색, 흰색, 노란색 그리고 꽃잎이 넓은 것, 좁은 것,
모두가 이름 있는 품종이다. 어떤 것은 받침대 위에, 어떤 것은 바닥에
놓아두기도 한다. 또 남색비단 칸막이 앞의 자단목 받침대 위에 자색 천두
국화(千頭菊花)을 매달아 늘어놓는데, 이것은 모두 눈부시고 현란하게 배
열되어 있다. 주인이 기분이 날 때면 앞에서 술을 마시며 국화를 감상하고,
친구나 친척들을 불러서 따뜻한 양고기 신선로를 먹으며 차이취앤23)을
하거나 시를 읊으며 주흥을 돋구니 가히 자부심을 느낄만하다. 실로 이는
하늘의 기백이요, 무한한 향수였다.

　과거의 그러한 기백과 환락의 기분은 오늘 쩡씨 집안에서는 흔적조차
찾을 수 없고 침침하고 쓸쓸한 기운만이 지난날의 흥성을 대신하고 있다.

---

23) 차이취앤(猜拳): 중국 사람들이 술을 마시며 즐기는 벌주게임. 숫자를 말하며 가위
　바위보를 해서 벌주 대상을 정한다.

지금은 늦가을 저녁 무렵— 제2막과는 한달 가량의 시간 차이가 있고— 곳곳이 더욱 쇠퇴해 보인다. 칸막이에 붙인 남색 천은 색이 바랬고 그 중 한 두 개는 일반 창문에 붙이는 창호지로 대신했는데, 그나마 색이 누렇게 바랬다. 칸막이 앞의 바닥에는 흰 국화 화분이 놓여 있으나 잎이 누렇게 떴고 꽃도 말라서 고개를 떨구고 있다. 벽 가까이의 낡은 홍목 탁자 위에는 진한 남색 꽃병이 놓여 있는데 노란 국화 몇 송이가 거의 시들어서 꽂혀있다. 꽃잎이 탁자 위에 떨어져 있고 머리를 떨군 국화는 쇠퇴해 가는 세도가의 마지막 계절을 알리는 듯 싶다. 자질구레한 여러 장식물들은 다 치워버렸고, 누가 그린 것인지 알 수 없는 산수화 하나가 걸려 있을 뿐인데, 그것도 표구한 비단이 회색으로 퇴색했고 아래의 굴대도 하나만 남아 있다. 벽에 바른 도배지도 이미 떨어지기 시작했다. 벽 구석에 는 칠현금이 거꾸로 걸려 있는데 덮개는 어디에 쓰려고 가져갔는지 없고 등황색의 술만이 여전히 무겁게 드리워져 있다. 그러나 술의 색깔은 이제 는 그다지 선명하지 않고 그 위로 거미가 천장까지 비스듬히 거미줄을 쳐놓았다. 서재의 창호지는 군데군데 구멍이 나서 땜질해 놓았지만 땜질한 곳에 다시 구멍이 나 있다. 두 개의 사각 걸상이 벽 구석에 아무렇게나 놓여있는데 하나에는 반짇그릇이 놓여있다. 팔각 창문유리도 오랫동안 닦지 않았는지 먼지가 가득하다. 창문 앞에 놓인 팔선 탁자 위에는 차 주전자 와 찻잔 두 개가 놓여있고 탁자 옆에는 등받이 의자 하나가 놓여있다.

엷은 석양빛이 창문으로 비쳐 들어와서 탁자 위에 떨어져 있는 국화 꽃잎과 거미줄로 덮인 칠현금의 술을 희미하게 비추고 있다. 어둡던 빛이 갑자기 밝아졌다가 다시 어두워진다. 밖에서는 까마귀들이 시끄럽게 울어 대고 있다. 외바퀴 물 수레가 단조롭게 '삐걱삐걱' 소리를 내며 지나간다. 해가 서산으로 넘어가고 방안은 서서히 어두워진다.

[막이 열릴 때 원차이는 등받이 의자에 앉아 털 조끼를 뜨고 있다. 그녀는 검정 색의 낡고 주름이 있는 원피스를 입고 검은 털신을 신었다. 얼굴빛은 초조하고 뭔가를 기다리고 있는 듯 자주 손을 멈추곤 한다. 그녀를 멀리 하고 낡은 소파 위에 지앙타이가 비스듬히 앉아 있다. 그는 지금 손에 '마의신상(麻衣神相)'24) 한 권을 들고 아주 골몰해서 읽고 있다. 왼손에는 붉은 댕기로 휘감아 놓은 낡은 거울을 들고 책을 넘기다가 자신의 얼굴을 한번 비춰보고 다시 거울을 놓고 골몰해서 책을 연구하기 시작한다.]

[그도 낡고 주름이 있는 천으로 지은 면 두루마기를 입고 있는데 색은 누리끼리한 회색이다. 소매는 담뱃불 구멍이 나 있고 또 너무 짧고 넓어서 몸에 잘 맞지 않는다. 갈색 양복바지는 발등을 덮고 있으며 신발은 구식 헝겊 신을 신고 있다.]

[잠시동안.]

[천어멈이 바닥을 촘촘하게 누빈 신을 신고 서재의 문을 밀고 들어온다. 그녀의 머리칼은 더욱 희끗희끗해졌고 얼굴의 주름살도 더 많아진 듯 하다. 나이가 많은 탓에 추위를 타는지 벌써 회색 천으로 지은 얇은 솜옷을 입었고 푸른 비단 끈으로 대님을 맸다. 그녀가 들어오는 것을 보고 원차이가 뜨개질을 멈추고 일어선다.]

쩡원차이 : (아주 관심 있게, 낮은 소리로) 어떻게 됐어요?

---

24) 관상술에 관한 책. 전하는 바에 의하면 宋나라때 승려 마의(麻衣) 도사로부터 시작되었다 하여 마의신상(麻衣神相)이라 부르게 되었다 한다.

천 어멈 : (묻는 말을 듣고 다시 걸음을 멈추고 고개를 돌려 창 밖에 귀를 기울인다. 원차이가 근심어린 눈으로 그녀를 바라보며 대답을 기다린다. 천어멈은 어쩔 수 없다는 듯이 고개를 흔들며) 가지 않아요, 사람들이 갈 생각을 안 해요.

쩡원차이 : (실망하며 탄식을 하고 다시 앉아서 털 조끼를 들고 천천히 뜨개질을 시작한다.)

[지앙타이가 고개를 반쯤 돌려 두 사람을 바라보더니 귀찮다는 표정을 지으며 다시 몸을 돌려 '마의신상'을 읽는다.]

천 어멈 : (길게 숨을 내쉬고 주위를 두리번거리며 옷소매로 눈가를 닦고는 사각 걸상 앞으로 가서 앉는다. 희미한 황혼 빛을 마주하고 묵묵히 신발 바닥을 누빈다.)

지앙타이 : (갑자기 두 발을 비비면서 온몸을 덜덜 떤다.)

쩡원차이 : (고개를 들어 지앙타이를 보고) 발이 시리나요?

지앙타이 : (귀찮은 듯) 뭐? (다시 관상술 책을 뒤적이고 원차이도 다시 고개를 숙이고 뜨개질을 한다.)

[잠시동안.]

쩡원차이 : (눈을 가늘게 뜨고서 지앙타이를 힐끗 보고서 다시 고개를 숙이고 뜨개질을 한다. 끝내는 참지 못하고) 이 봐요!

지앙타이 : (들은 듯 하나 여전히 그의 책을 본다.)

쩡원차이 : (다시 부드럽게) 여보, 뭘 하고 계세요?

지앙타이 : (모르는 척 한다.)

[천어멈이 지앙타이를 보고 불만스러운 듯이 고개를 돌려 쳐다
본다.]

쩡원차이 : (털실을 놓고) 여보, 몇 시예요, 지금?

지앙타이 : (거울을 들고 비춰보며 고개도 돌리지 않고) 몰라.

쩡원차이 : (할 수 없이 밖의 하늘을 내다보고) 여섯시나 됐을까?

지앙타이 : (거울을 놓고 고개를 돌린다. 손가락으로 가리키며 차갑게) 시계를 봐!

쩡원차이 : 시계는 고장났어요.

지앙타이 : (눈을 부라리며) 고장났으면 수리할 것이지! (다시 거울을 든다.)

쩡원차이 : (겁을 내며) 여보, 당신 한번 더 객실로 가서 그들이 지금 어떻게
하고 있는지 보고 오면 안되겠어요?

지앙타이 : (신경질적으로) 난 몰라, 내가 관여할 일이 아냐, 관여할 수도
없고. 당신의 쩡씨 집안 일은 너무 복잡해, 나에겐 방법이 없어.

쩡원차이 : (애걸하며) 한번 더 가서 보고 오세요, 네? 뚜씨네 사람들이 도대
체 어쩌자는 것인지 좀 보고 오세요?

지앙타이 : 어쩌다니? 기일이 됐으니 쩡씨 집안더러 갚으라는 거잖아. 돈
이 없으면 당신네 집을 달라고 할거고 집이 아니면 쩡 나리의
관을 달라는 것 아냐, 그 몇 십 년 칠을 한 녹나무 관 말야.

쩡원차이 : (맥없이) 하지만 그 관은 아버지의 목숨이에요, 아버지 목숨!

지앙타이 : 당신 이 일이 이렇게 어려운 줄 알면서 나더러 가서 어쩌라는
거야?

천 어멈 : (바느질을 멈추고 말에 끼어들며) 그만 두세요, 어쨌든 돈은 없고

집은 살아야 하니—

지앙타이 : 그 관을—

쩡원차이 : 아버진 내놓지 않아요!

지앙타이 : (원차이에게 눈을 부라리며) 이제 알았어? (다시 거울을 든다.)

쩡원차이 : (고개를 숙이고 탄식하고서 손수건을 꺼내 눈물을 닦는다.)

[잠시동안. 밖에서 까마귀가 떠드는 소리와 물 수레가 '삐거덕' 거리며 지나가는 소리가 들린다.]

천 어멈 : (신발 바닥을 누비면서 가끔씩 희끗희끗한 머리에 바늘을 문지르고 다시 신발 바닥을 힘껏 찌른다. 이때 그녀는 손을 멈추고 머리를 들어 한숨을 쉬며) 가야지, 가! 내일은 나도 가야지, 불쌍하게도 오늘이 나리 생신인데 대체 무슨 일이! 아이고, 이렇게 살려면 그 날 저녁에 아예…… (갑자기) 예전의 증조부 나리 생신 잔치에는 손님을 모시고 창극단이 노래를 하고 정원과 객실 할것없이 국화꽃으로 한아름 진열하고 집안 여기저기에 술상을 차리고 축하를 드렸지. 축하하러 온 사람들도 바글바글했고 집안 도처가 장수를 기원하는 복숭아, 국수, 붉은 휘장이 널려 있었어, 지금처럼—

쩡원차이 : (눈앞에 들이닥친 곤경으로 깊은 생각에 잠겨서 멍하니 지앙타이를 지켜본다. 그래서인지 천어멈의 말을 듣지 못한다. 이때 그녀는 정신을 가다듬고 부드럽게 말을 꺼낸다.) 여보, 뭘 하고 계세요?

지앙타이 : (눈을 부라리며) 당신 보기에 내가 뭘 하고 있는 것 같아?

쩡원차이 : (억지로 미소지으며) 제 말은 혼자 뭘 비쳐보는가 말예요.

지앙타이 : (진작부터 귀찮게 생각하고 일어나서) 난 지금 내 코를 비춰보고 있

어! 잘 들어, 난 내 코를 비취고 있다고! 코! 코! 코 말야! (거울과
책을 들고 더 멀리에 있는 걸상에 앉는다.)

쩡원차이 : 당신 제발 소리 좀 지르지 말아요, 이번에 아버진 숨을 거둔
것이나 다름없어요.

지앙타이 : (언제나 원차이가 고의로 자신을 난처하게 한다고 생각해서 다시 화가
나지만 별 방법이 없는 모양이다. 계속해서 그녀를 가리키며) 저것 봐라!
저것 봐! 당신은 말끝마다 그 날 당신 아버지를 쓰러지게 한
것은 다 나 때문이라고 말한단 말야. 그 날의 일을 모르는 사람
이 누가 있는지 좀 물어봐, 당신 오빠와 아주머니가—

쩡원차이 : (할 수 없이 완강히 변명하며) 누가 그렇게 생각한대요? (다시 고개를
숙이고 마음을 가라앉히고 온순하게) 제 말은 아버지가 오늘 병원에
서 금방 돌아오셨는데 노인네한테 문안드리는 셈치고 방에 좀
가보라는 거예요, 그럴 거죠?

지앙타이 : (여전히 화가 나서) 난 모르겠어, 그 분이 날 보기 싫어하는데
당신은 왜 자꾸 가보라는 거야? 그 날 내가 술에 취해 말을
잘못해서 노인네를 화나게 했다고 해, 그래서 내가 저번 달에
병원에 문안을 하러 갔는데, 노인네는 내가 보기 싫다고—

쩡원차이 : (해명하듯) 참, 아버지는 지금 기분이 안 좋잖아요!

지앙타이 : 그럼 내 기분은 좋은가?

쩡원차이 : (힘들게) 하지만 지금 아버지가 돌아오셨는데 당신은 평생 아버
지를 안 만나겠다는 것은 아니죠? 손님이라고 생각하면 주인이
돌아왔으니 당연히 안부 인사라도 해야지요? 하물며 당신은—

지앙타이 : (도리에는 어긋나지만 기세는 드높다. 그녀 앞으로 걸어가 마구 손가락질
을 하며) 당, 당, 당신, 언제 그렇게 고약한 걸 배웠어? 고약한

걸? 내, 내가 당신을 피해주지! 그럼 됐지?

[지앙타이가 화가 치밀어 거울과 책을 들고 서재의 작은 문으로
나가버린다.]

쩡원차이 : (괴로운 듯) 여보!
천 어멈 : 후유, 그냥 놔둬요—

[지앙타이가 다시 급하게 들어와서 원래 앉았던 자리를 마구
뒤진다.]

지앙타이 : 내 '마의신상'이? (찾으며) 옳지, 여기 있구나.

[지앙타이가 다시 나간다.]

쩡원차이 : 지앙타이!
천 어멈 : (아주 동정하며) 어이구, 멋대로 놔둬요, 만나지 않는 것도 좋지
요. 사위어른을 보면 나리께서 또 칭 도련님이 생각나서 마음이
더 불편할지 모르니까요.
쩡원차이 : (어찌할 방법이 없어 한숨을 내쉬며) 신발은 다 누볐나요?
천 어멈 : (미소지으며) 아직 두어 바늘 남았어요. (신발을 놓고 구리 테 돋보기
를 벗으며 눈을 비빈다.) 신발이 다 되어가도 신을 사람이 없으니.
쩡원차이 : (억지로 희망이 있는 말을 꺼낸다.) 사람이란 돌아오기 마련이에요.
천 어멈 : (잠깐 멈췄다가 두 손으로 옷자락을 들어 눈물을 닦는다. 상심하여) 그래

요, 그럼 좋으련만!

쩡원차이 : (처량하게) 어멈, 내일 돌아가지 말아요, 며칠 지나면 오빠가 돌
아올 거예요.

천 어멈 : (한 달간의 걱정과 근심 때문에 그녀의 얼굴은 막 왔을 때의 윤기 있고
건강했던 모습이 사라졌다. 그녀는 후들후들 떨면서 고개를 젓는다. 비쩍
마른 홀쭉한 입이 격동되어 움씰움씰한다. 사실은 떠나기가 아쉬우나 입으
로는 고집스럽게 말한다.) 아니, 아니요, 난 가야지요, 가야 해요.
(일어서서 바느질하던 것들을 바구니에 담으며 벌겋게 된 코를 문지르며)
기다리다 보니 한 달도 더 지났어요, 빌기도 하고 향도 피워봤
지만 아직도 소식이 깜깜하네요. 불쌍한 우리 칭 도련님은 떠나
면서 겨우 얇은 두루마기 하나밖에 입지 않으셨는데— (밖을
향해 부른다.) 샤우주얼! 샤우주얼!

쩡원차이 : 샤우주얼은 아마 위앤 선생을 도와 짐을 꾸리고 있을 거예요.

천 어멈 : (바구니에서 작은 보자기를 꺼내어 아직 다 만들지 못한 솜 신발을 싸며)
만일, 만일 어느 날 도련님이 돌아오면 얼른 나한테 기별을
해줘요, 내가 촌에서 만나보러 올 테니 까요. (다시 눈물이 글썽해
지며) 어, 어디에 있는지 아시면 차이 아가씨가 이 솜 신발에
바닥을 다 붙여서 보내주세요— (고개를 돌려서) 샤우주얼!— (원
차이에게) 그저 유모가 지어 준 것이라고 하고 소식을 좀 전해달
라고 해 주세요. (살짝 웃음을 띠고) 내가 죽지만 않는다면 어디라
도 만나러 가겠다고 전해주시고요. (참지 못하고 훌쩍이기 시작한
다.)

쩡원차이 : (다가와서 유모를 위로하며) 어멈, 너무 괴로워 마세요! 오빠는 밖
에서 별일 없을 거예요. (억지로 웃으며) 나이가 서른 열 일곱이고

곧 손자를 볼 텐데 어찌—

천 어멈 : (눈물이 글썽해서) 어른이라 하지만 내가 보기엔 항상 어린애 같
아요, 한번도 집을 떠나 본적이 없고, 먹고 입는 것도 스스로
할 줄 모르는 사람이— (부르면서 큰 객실로 통하는 문을 향해 걸어간
다.) 샤우주얼! 샤우주얼!

[샤우주얼의 대답소리 : "네, 할머니!"]

천 어멈 : 너 거기서 뭘 하는 거야? 아직도 잠 잘 생각을 않고, 일찍 자야
내일 길을 떠나지.

[샤우주얼의 대답소리 : "쑤팡 아가씨가 저더러 비둘기 먹이를
먹이래요."]

천 어멈 : (큰 객실로 걸어가면서 중얼거리며) 쑤팡 아가씨도 불쌍해! 너도 쌀
꽤나 낭비했구나, 이럴 때 뭘 먹겠다고!

[천어멈이 큰 객실 문으로 나간다.]

쩡원차이 : (천어멈의 말에 대꾸하듯이 혼잣말로 탄식하며) 먹이는 것도 비둘기를
사랑하는 사람을 생각해서지요!

[밖에서 또 까마귀들이 떠든다. 그녀는 한번 몸서리를 치고 막
뜨개질을 하려고 할 때, —]

[지앙타이가 서재의 작은 문으로 뚜벅뚜벅 걸어나온다.]

지앙타이 : (방금 전의 기개는 잃어버리고 마치 장마철 비에 등을 흠뻑 적신 듯이 맥없이 기가 죽어 있고, 또 화가 나서인지 비애에 잠겨서 계속해서 고개를 젓는다.) 방법이 없어! 방법이 없어! 정말 방법이 없어! 이렇게 큰방에 동서남북 하나도 온기가 있는 곳이 없어. 오늘까지도 불을 지피지 않으니 발이 얼어버리겠어. 당신의 그 존경하는 아주머님은 돈밖에 모르고 당신의 아버지는 자신의 관밖에 모르니, 난 정말 이렇게 사는 것이 무슨 의미가 있는지 모르겠어, 무슨 의미?

쩡원차이 : 원망만 하지 말아요, 어쨌든 살아가야 하잖아요.

지앙타이 : 너무 답답해서 나도 혁명을 해야겠어! (처음에는 농담을 하고 화풀이를 하는 것 같더니 점점 격분해서 소리를 지른다.) 나도 반항하고 타도를 하겠어, 나도 웨이전의 혁명당 친구들에게 배워서 반항하고 타도하겠단 말야! 저주받을 것들은 다 물러가라! 혁명으로 다 쓸어버릴 거야! 모든 걸 다 뒤엎을 거야! 그, 그, 그리고— (갑자기 주머니를 뒤지더니 자기도 모르게 자신을 헐뜯으며 쓴웃음을 지으며) 내 주머니에 1원이 남았어— (뒤지다가 다시 눈을 깜빡이며) 아냐, 1원도 없어, —(눈을 번뜩이고 생각을 하다가, 낮은 소리로) 관상을 봤지!

쩡원차이 : 여보, 당신 이건—

지앙타이 : (갑자기 부모를 여읜 사람처럼 슬프게 긴 한숨을 쉬며) 내가 '만금유(萬金油)'같은 약을 발명할 수 있다면 얼마나 좋을까! 얼마나 좋은가 말야!

쩡원차이 : (애절하게) 여보, 당신 그런 허황된 생각만 하면서 함부로 말하지 말아요, 그러다가 정말 정신병자 되겠어요.

지앙타이 : (그녀의 말을 못들은 듯 갑자기 기분이 좋아서) 원차이, 내가 말해줄게 있어, 오늘 아침에 내가 시장을 둘러보다가 다시 관상을 봤는데, 그 관상쟁이가 하는 말이 난 지금 이 코에 큰 운이 붙어서 돈을 벌거래. 내 코가 잘생기고 풍성해서 재물 복이 꽉 찼다고 여러 번 칭찬했어. (아주 진지하게) 내가 방금 코를 비쳐보니 과연 괜찮게 생겼더라고! (원차이가 반박할까봐) 관상도 일리가 있는 것 같아. 그렇지 않으면 어떻게 내 과거를 다 맞추겠나?

쩡원차이 : 그럼 당신도 친구를 찾아 나서야지요!

지앙타이 : (약간 자신이 생겨서) 그래! 꼭 찾아가야지! 난 그 잘 사는 동창들을 찾아가겠어. (말로서 자신의 용기를 북돋우려는 듯) 내 곧 찾아가겠어, 조금 있다가 말야! 아마도 나에게 좋은 운이 트일 모양이야.

쩡원차이 : (격려하며) 여보, 당신이 그 다리를 움직이려고만 한다면 당신은 좋은 일이 생기게 될 거예요.

지앙타이 : (자기도 모르게 기뻐하며) 정말이지? (갑자기) 원차이, 나 방금 안채에 당신 아버지를 만나러 갔었어.

쩡원차이 : (역시 기뻐하며) 그래 노인네께서 뭐라 하셨어요?

지앙타이 : (교활하게) 이건 내 탓이 아냐, 노인네는 방에 없었어.

쩡원차이 : 또 나가셨어요?

지앙타이 : 그래 어딜 갔는지 난—

[서재의 작은 문으로 천어멈이 등장한다.]

천 　어멈 : (좀 당황해서) 차이 아씨, 가서 좀 보세요.

쩡원차이 : 왜요?

천 　어멈 : 아이! 나리께서 또 지팡이를 짚고 사랑채로 관을 보러 가셨어
요.

쩡원차이 : 네—

천 　어멈 : (애통하게) 나리께서 혼자 그곳에 서서 관을 보시며 눈물을 흘리
시는데…….

지앙타이 : 쑤팡 아가씨는?

천 　어멈 : 아마 부엌에서 큰 마님께 드릴 탕을 끓이고 있을 거예요.—
아씨, 그 관은 절대 뚜씨네에 줘서는 안돼요. 아씨가 우선 가서
나리를 달래세요.

쩡원차이 : (눈물을 글썽이며) 불쌍한 아버지, 제, 제가 갈게요— (서재로 간다.)

지앙타이 : (풍자하며) 그러지 말고 당신 먼저 그 잘난 아주머니를 달래.

쩡원차이 : (정색하고) 언니는 지금 뚜씨네하고 계약을 번복하는 일을 상의
하고 있는데.

지앙타이 : 홍, 그녀는 지금 뚜씨네에 넘길 궁리를 하고 있는 거야. 그녀한
테 양심 좀 있으라고 해, 뚜씨네에 저당잡힌 집을 우선 남겨놨
다가 나중에 제값 받을 때, 당신 아버지 관은 팔지 못할까 하는
생각은 하지 말라고 말야. 기억해 두라고, 당신 아버지가 오늘
퇴원할 때 약값도 쑤팡 아가씨가 낸 거야. 당신 아주머니는
집구석에 숨어서 몰래 닭이나 삶아 먹으면서 말야, 가난한 체
하면서 입만 놀릴 줄 알아. 당신 잊었어? 그 날 당신 아버지를
병원에 보내기 전에 아주머니가 한 짓을 말야, 홍 그 존엄한
아주머니는—

[쓰이가 서재의 작은 문으로 등장한다.]

천 어멈 : (발걸음 소리를 듣고 고개를 돌려보고는 무의식중에 낮은 소리로) 큰 마
           님이 오세요.

지앙타이 : (침묵하며 한쪽 옆으로 걸어간다.)

[쓰이의 얼굴색은 어둡고 이맛살을 찡그리고 있다. 일부러 아주
난처하고도 애통한 표정을 지어 보인다. 그녀는 커피 색 바탕에
검은 꽃을 수놓은 긴팔 치파오를 입고 있다. 팔꿈치 쪽은 좀
달아서 윤기가 나고 목깃의 단추는 채우지 않았으며 푸른 헝겊
신을 신고 있다.]

쩡원차이 : (머뭇거리며) 어떻게 됐어요, 언니?

쩡 쓰이 : (묵묵히 소파 쪽으로 걸어간다.)

[잠깐사이.]

천 어멈 : (관심을 보이면서 또한 조심스럽게) 뚜씨네가 승낙을 하던가요?

쩡 쓰이 : (여전히 소파에 앉아서 침묵하고 있다.)

쩡원차이 : 언니, 뚜씨네—

쩡 쓰이 : (갑자기 소파 손잡이에 엎드려 통곡을 하며 울기 시작한다.) 원칭, 당신
           은 어디로 가셨나요? 원칭, 이 많은 집안 식구들을 다 놔두고
           떠나면 난 어쩌란 말인가요? 당신이 집에 있으면 의논할 사람이
           라도 있을 텐데, 당신도 없는데 이런 곤경에서 나 혼자 무슨

방법이 있겠어요!

[지앙타이가 한쪽 옆에 서서 차갑게 그녀를 지켜보고 있다.]

천 어멈 : (감동하여) 큰 마님, 도대체 그 집에서 연기를 좀 해주겠답니까?

쩡 쓰이 : (눈물과 콧물을 닦고 흐느끼며 말을 늘어놓는다.) 생각해 보세요, 뚜씨 네는 방직공장을 하는 사람들이라고요! 셈에는 귀신같거든요! 지금 우리 집 담 벽이 무너질 것 같으니까 그들은 담을 밀어서 허물고 싶어하는데 그들이 승낙을 하겠어요? 그들은 우리 집에 남자가 없다는 것을 알고 있단 말이에요. (지앙타이가 홍하고 콧소 리를 한다.) 늙었거나 어린 사람들밖에 없으니 그들이 불난 집에 도적질을 하려는 것이죠. 기어이 대답을 받아내자는 판인데 어찌 그들이 포기를 하겠어요?

쩡원차이 : (절망하며) 그렇다면 그들은 기어코 아버지의 관을 가져가겠다는 건가요?

쩡 쓰이 : (손수건으로 벌겋게 된 눈을 닦으며 여전히 울먹이며) 무슨 방법이 있 겠어요? 돈, 돈은 없고 집은 우리가 살아야 하고 게다가 온 집안 식구들은 입만 벌리고 있잖아요. 그 관은 뚜씨네가 오래 전부터 욕심을 내고 있었는데, 이제는 꼭 갖겠다는 거죠, 꼭—

지앙타이 : (자신의 침실 문에 기대어서 비꼬는 말투로) 그럼 그들에게 줘버리면 될 것 아녜요.

천 어멈 : (놀라며) 아이고, 그놈들에게 준다고요?

쩡 쓰이 : (지앙타이를 못 본척한다.) 그리고 그들은 오늘로—

쩡원차이 : (숨을 들이키며) 오늘?

쩡 쓰이 : 그래요, 그들 말로는 뚜씨네 나리가 오늘내일 하는데 유서에서,
유서에서—

지앙타이 : (그녀를 대신해 말한다.) 쩡 나리의 관을 원한다는 거지!

쩡원차이 : (곧바로) 아버지가 어찌 동의를 하겠어요?

천 어멈 : (끼어 들며) 그렇다 해도 누가 나리께 얘기를 하겠어요?

쩡원차이 : (말을 이어서) 게다가 아버진 병원에서 방금 퇴원했잖아요.

천 어멈 : (끼어 들며) 오늘은 또 나리의 생신이기도 한데—

쩡 쓰이 : (갑자기 또 통곡을 하며) 제, 제 말이 바로 그 말이에요! 원칭, 당신
은 어디에 계신 거예요? 이럴 때 나더러 어쩌라는 거예요? 시아
버님도 생각해야 하고 집안살림도 챙겨야 하니, 난 지금 충효를
다 못하게 되었어요. 원칭, 날더러 어쩌라는 거예요!

[쓰이가 통곡하는 사이에 서재의 작은 문이 열린다. 쩡하우가
지팡이를 짚고 후들후들 떨며 걸어 들어온다. 그는 무늬가 있는
짙은 남색 두루마기를 입었는데 위에는 검정색 마고자를 껴입
었고 신발은 방한용 신발을 신고 있다. 얼굴은 누렇게 말라있고
비통한 모습이나 걸음걸이를 봐서는 건강을 회복한 듯 하다.
그는 이제 얼마 남지 않는 존엄을 지키려고 애를 쓰는데 절망
속에서도 최후의 발악을 하는 모습을 볼 수 있고 또한 그가
눈앞에 있는 사람들을 얼마나 혐오하고 있는지도 그의 눈 속에
서 엿볼 수 있다.]
[모두가 그를 향해 고개를 돌리고 일어선다. 지앙타이는 그를
보자마자 슬그머니 벽을 따라서 자신의 방으로 들어간다.]

쩡원차이 : 아버지! (달려가 부축한다.)

쩡 하우 : (손을 저어 뿌리치고 허약한 목소리를 높이려고 애쓰며) 부축하지 마라,
혼자 가겠다. (소파로 걸어간다.)

쩡 쓰이 : (친절하게) 아버님, 제가 부축해 드릴 테니 방에 가서 누우세요.

쩡 하우 : (소파에 앉아서 모두에게) 앉거라, 모두 서 있지 말고. (사방을 둘러보
고) 지앙타이는?

쩡원차이 : 그인— (갑자기 생각이 난 듯이) 그인 방에 있어요, (미안해하며)
아버지께 사죄하려고 기다리고 있었어요.

쩡 하우 : 큰놈은 아직 소식이 없느냐?

쩡 쓰이 : (처량하게) 어떤 사람은 지난(濟南)에서 봤다고 하고 또 어떤 이는
티앤진(天津)의 조그만 여인숙에서 그일 봤다고 하는데—

쩡원차이 : 갈 만한 곳은 다 찾아봤는데 그림자도 찾지 못했어요.

쩡 하우 : 그렇다면 찾지 마라.

쩡원차이 : (마음을 가다듬고 노인을 위로하듯) 오빠는 정말 후회한 거예요, 그
러니 이번에 밖에서 꼭 성공을 하고서야—

쩡 하우 : (고개를 저으며) "아들을 아는데는 아버지 만한 사람이 없다"고
했다. 그 놈은 큰 뜻이 없으니 언젠가는— (그의 일을 다시 꺼내고
싶지 않은 듯 갑자기 원차이에게) 너 가서 지앙타이를 좀 나오라고
하거라.

쩡원차이 : (몇 걸음 가다가 미안한 듯 부지중에 몸을 돌려 쩡하우에게) 아버지,
저흰 아버지를 대할 면목이 없어요, 정말 없어요—

쩡 하우 : 어서 가서 불러오너라, 그런 말은 할 필요 없어. (쓰이에게) 너도
가서 쩡팅이와 뤠이전을 불러오너라.

[원차이가 침실 앞으로 가서 부르고 쓰이는 서재의 작은 문으로
걸어서 나간다.]

쩡원차이 : 여보! 지앙—

[지앙타이가 곧바로 슬그머니 나온다.]

지앙타이 : (문을 나서자 쩡하우의 시선이 자신을 향하고 있는 것을 보고는 부지중에
         약간 미안해하며) 아, 아버님이—
쩡 하우 : (손을 저으며) 앉게, 앉아. (지앙타이가 앉는다. 쩡하우는 천어멈에게
         관심 있게) 자네 가서 쑤팡이에게 말하게, 막 병원에서 돌아왔는
         데 부엌에서 수고하지 말고 들어가 좀 쉬라고 말일세.

[천어멈이 큰 객실로 통하는 문으로 퇴장한다.]

쩡원차이 : (계속해서 지앙타이를 보며 눈짓을 하고 천어멈이 몸을 돌리자 낮은 소리
         로) 당신 아직도 아버지께 사죄하지 않고서요!
지앙타이 : (엉거주춤하게) 저, 저는—
쩡 하우 : (손을 저으며) 지난 일은 꺼내지 마라, 꺼내지 마라.

[지앙타이가 다시 앉는다. 조용한 가운데 쓰이가 쩡팅과 뤠이전
을 데리고 서재의 작은 문으로 등장한다. 뤠이전은 회색 바탕에
작은 꽃무늬를 수놓은 원피스를 입었고 쩡팅은 두루마기 위에
남색 마고자를 껴입었다.]

쩡 하우 : (의자를 가리키자 모두가 차례로 앉고 뤠이전만이 원차이 뒤로 가서 서
         있다. 쩡하우가 모두를 바라보고 구슬프게) 지금 여기에 큰놈만 빼놓
         고 우리 쩡씨 집안 식구들이 다 모였다. (방안을 둘러보고 낮게
         기침을 하며) 이 집은 너희들의 증조부 경덕공이 남겨주신 것이
         다. 우리 가문은 대대로 학자 가문으로 부모는 인자하시고 자식
         은 효성이 지극해서 남들 입 밖에 오르내린 적이 없었다. 지금
         우리 집에 나 같은 불효자식이 생겨서—

쩡 쓰이 : (좀 괴로워하며) 아버님!

[모두가 숙연해서 마주보다가 다시 고개를 숙인다.]

쩡 하우 : 쩡씨 가문은 망했다. 모두가 사리에 밝지 못하고 진취성도 없고
         효도도 모르는 자식들만 키워서 이제는 가업마저 지키지 못하
         는 신세가 되었으니—

지앙타이 : (좀 역겨워하기 시작한다.)

쩡원차이 : (고개를 들고 부끄러워하며) 아버지, 아버지는—

쩡 하우 : 이점에 대해 난 선조님께 죄송하고 경덕공을 대할 면목이 서지
         않는구나! (기침을 하자 뤠이전이 다가가서 등을 두드려준다.)

지앙타이 : (참지 못하고, 몸을 돌려서 계속 머리를 젓고 또 한숨을 쉬며 탄식한다.
         중얼거리며) 허, 허참, 정말, 이럴 때 또 무슨 연극이야! 무슨
         연극을 하자는 거야!

쩡원차이 : (낮게) 당신 또 미쳤어요!

쩡 하우 : (천천히 뤠이전을 밀며) 난 상관 마라. (모두를 향해서) 난 너희들을
         탓하지 않아, 탓해서 좋은 일도 없고. (온 얼굴이 절망과 가련한

기색이나 어조만은 앙심에 차 있다.) 모두 쓸모 없는 폐물들이야!
하나같이 입만 살아있는 폐물들이라고! (갑자기 용기가 생겨서)
지앙타이, 자, 자네도 말야!—

[지앙타이가 조금 반응을 보일 듯 하다.]

쩡원차이 : (그가 발작할까 두려워서) 여보!

[지앙타이가 묵묵히 대꾸를 하지 않는다.]

쩡 하우 : (반은 책망 반은 불평하듯) 종일 벼락부자나 될 허황된 꿈이나 꾸고
　　　　　세상물정은 하나도 모르니, 큰놈하고 똑같지, 헛 공부 한 거야,
　　　　　무엇이 너희들을 해쳤는지 모르나 하나같이 똑같아—

쩡원차이 : 아, 아이!

지앙타이 : (어쩔 수 없이 참지 못하고 계속해서 말을 꺼낸다.) 이럴 필요가 있어
　　　　　요, 이럴 필요가!

쩡 하우 : 쓰이, 너도 자식이 있는 사람이고 2년이나 시어머니 노릇을
　　　　　한 사람이야, 게다가 머지않아 할머니가 되어야 할텐데, (자신의
　　　　　분노를 억지로 누르며) 내 너를 탓하진 않겠다. 잘못이 있다면
　　　　　그 씨는 내가 뿌린 것이고 잘못했어도 하루아침에 시작된 것이
　　　　　아니니까. (말할수록 스스로가 처참해지는 듯) 이 집을 판 후에 너희
　　　　　들은 내가 죽었거니 해라. 이 집에 나라는 사람이 없으니 나,
　　　　　나 말야— (주르륵 눈물을 흘린다.)

쩡원차이 : (참지 못하고 소리내어 운다.) 아, 아버지! 아버지—

쩡　쓰이 : (이미 안색이 변해서) 아버님, 전 아버님 말씀을 이해 못하겠어요.

쩡　하우 : (뜻밖에) 너, 넌—

쩡원차이 : (극도로 분해서) 언니, 아버지한테 너무 해요!

쩡　쓰이 : (반문하며) 누가 너무 해요?

쩡원차이 : (얌전한 사람도 핍박하니 한 마디 한다.) 사람이 그렇게 양심이 없으
　　　　　면 못써요.

쩡　쓰이 : 누가 양심이 없어요? 누가 양심이 없다는 거예요? 하늘에는
　　　　　번개가 있고 눈앞에는 아버님이 계세요! 고모, 좀 물어 봅시다,
　　　　　누가, 누가 그렇다는 거예요?

쩡　　팅 : (동시에 고통스럽게) 어머니!

쩡원차이 : (그녀의 기세에 밀려 분해서 떨며) 아, 언니가 아버질 핍박해서 이렇
　　　　　게 절망하시는 거예요.

지앙타이 : (할 수 없어서) 다투지 말라고, 시누이하고 올케사이에.

쩡원차이 : 언니는 아버질 핍박해서 관까지 빼앗아 팔려고 하잖아요, 아버
　　　　　지를 핍박해서—

쩡　하우 : (그녀를 말리며) 원차이!

쩡　쓰이 : (비꼬며) 그래요, 내가 핍박해서 아버님 것을 먹고, (말하다가 일어
　　　　　나서) 아버님 것을 마시고, 종일 아버님 집에서 공짜 밥을 먹고
　　　　　있나요, 남편까지 데리고 들어와서 4년씩이나 말예요—

쩡　　팅 : (옆에서 따라가며 말리며 아주 조급해한다.) 어머니, 이러지 마세요,
　　　　　— 어머니—

지앙타이 : (갑자기 벌컥 화를 내며) 웃기는 소리! 난 돈을 냈소!

쩡　하우 : (숨을 헐떡이며 그들을 억누르고) 떠들지 마라!

쩡　쓰이 : (동시에) 돈을 냈다고요! 흥, 겨우—

쩡 하우 : (다투는 소리 속에 발을 구르며 화를 내어 소리친다.) 쓰이, 그만 해!
(돌연히 애원하는 목소리로 변해서) 나, 나 죽는다!

[모두가 일시에 조용해지고 단지 쓰이의 흐느끼는 소리만 들릴
뿐이다.]

[날이 어둡기 시작하고 조용한 가운데 쑤팡이 큰 객실 문으로
등장한다. 그녀는 진한 미색 원피스를 입고 있다. 얼굴은 한
달 전보다 좀 야위었고 눈은 더 크고 맑아 보인다. 우리는 그
속에서 무한하게 사려 깊은 눈빛을 볼 수 있으며 평화롭고 확고
한 모습도 엿볼 수 있다. 그녀는 오른 손에 석유 등잔 하나를
들었고 왼팔에는 그림 두루마리를 안고 있다. 그녀가 들어오는
것을 보고 뤠이전이 급히 달려가 그녀의 손에서 등잔을 받아
들고 그녀의 귀에 대고 낮은 소리로 뭔가를 이야기하는 듯 하
다. 쑤팡은 묵묵히 고개를 끄덕이며 자신도 모르게 슬퍼서 굳은
얼굴들을 바라보고는 그림 두루마리를 사기 단지에 넣고 몸을
돌려 얼른 서재의 작은 문으로 퇴장한다. 뤠이전이 그녀를 지켜
본다.]

쩡 하우 : (탄식하며) 이 폐물 짝들아! 이제 와서 뭘 다툴 것이 있느냐?
쩡뤠이전 : 할아버님, 방으로 돌아가서 쉬세요?
쩡 하우 : (감동한 듯) 뤠이전과 팅이를 봐서라도 다툴 낯짝들이 있느냐?
(격분해서) 더 이상 떠들지 마라, 함께 할 날도 며칠 안 남았으니
말이다. 쓰이, 자네 뚜씨네 하인들한테 가서 말하게, 그들—
(좀 힘들어 하며) 그들더러 그 관을 가져가라고 말야. (처참하게)

우선, 우선, 이 집은 남겨놔야지.

쩡원차이 : 아버지!

쩡 하우 : 쑤팡이가 방금 뚜씨네 의사를 나한테 말했다!

쩡원차이 : 누가 쑤팡이더러 아버지께 말하라고 했어요?

쩡 쓰이 : (나서며) 내가 그랬어요.

쩡 하우 : 이 일은 더 이상 따지지 말아라!

지앙타이 : (주저하며) 그럼 아버님께선 그 관을 그들한테 주겠다는 건가요?

쩡 하우 : (머리를 끄덕인다.)

쩡 쓰이 : (말하기 거북하나 끝내는 입을 열고) 그런데 뚜씨네는 오늘 중으로
가져가겠대요.

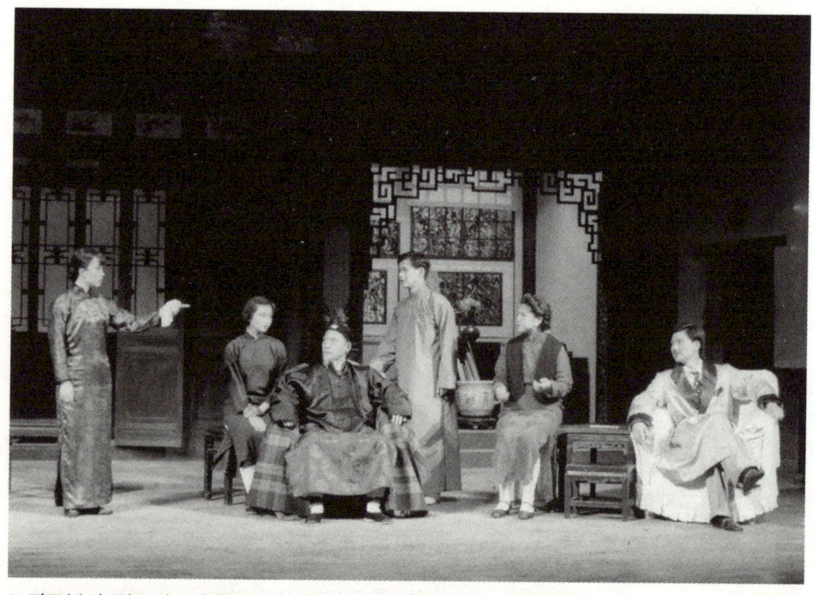

▶좌로부터 쩡쓰이, 쩡쮀이전, 쩡하우, 쩡팅, 쩡원차이, 지앙타이

쩡 하우 : 그래, 그래, 마음대로 하라고 해, 그 관에 복 있는 사람이 누워
야지! (쓰이가 밖으로 나가려고 하자 뜻밖에 쩡하우가 지앙타이에게 고개
를 돌리고서) 지앙타이, 자네가 가서 빨리 가져가라고 하게, 지금
당장 말야! (무한히 슬퍼하며) 나, 난 내일부터 더 이상 그 신수
사나운 물건을 보기 싫어!

[쩡하우가 고개를 숙이고 말이 없고 쓰이는 할 수 없이 발걸음
을 멈춘다.]

지앙타이 : (연민의 정을 느끼며) 아버님! (두어 걸음 다가가 다시 멈춰 선다.)
쩡 하우 : 가게, 어서 가서 알려줘!
지앙타이 : (돌연히 고개를 돌리고 쩡하우 앞으로 걸어가서 아주 호의적으로) 이게
뭐 괴로울 것이 있습니까? 사람이 죽으면 죽는 거지요, 몇 백
번 칠한 관속에 눕는다고 별 다를 것이 있겠어요? (원래의 어조는
동정과 위안의 말투였으나 차츰 잊어버리고 말투를 바꿔서 원래의 습관대
로 쩡하우에게 역설하기 시작한다.) 이런 일은 아버님께서 통달이
되지 않았을 뿐이지요. 예를 들어 아버님이 돌아가셔서 칠을
한번만 한 관에 눕는다 해도 무슨 상관이 있겠어요?
쩡원차이 : (그의 말투가 습관대로 변한 것을 보고) 여보!
지앙타이 : (고개를 돌려 원차이에게 시끄럽다는 듯이) 당신은 빠져! (다시 쩡하우
를 향하여 온화한 모습으로 아주 진심으로 권고한다.) 아버님이 돌아가
셔서 누울 관이 없으면 또 무슨 상관이 있겠습니까? (손가락으로
가리키며) 이건 다 일종의 습관이에요! 일종의 선입관뿐이라고
요! (말하다보니 점점 흥이 나서 처음 의도와는 달리 손짓 발짓을 해가며

쩡하우에게 말을 하기 시작한다.) 예를 들어, (소파에 앉으며) 제가
이렇게 앉아 있으면 좋다고 합시다, (기발한 생각이 떠오른 듯)
그럼 이렇게 (갑자기 다리를 의자 등받이에 걸고서) 앉으며 보기 싫
을까요? (쓰이에게) 그럼 큰 아주머님, (자신의 말에 도취되어 마치
술 한잔 마시고 취한 사람 같다. 방금 다투던 일을 잊은 듯이) 저, 이건
비유하는 거예요! (가리키며) 아주머니가 옷을 입으면 보기 좋지
요, 그럼 옷을 입지 않으면 보기 나쁠까요?

쩡 쓰이 : 고모부!

지앙타이 : (계속 말을 이어서) 이건 반드시 그런 것은 아니지요, 아니고 말고
요! 이건 다 일종의 견해 차이일 뿐이에요! 일종의 습관이고요!

쩡 하우 : (말을 끊으며) 지앙타이!

지앙타이 : (남의 말참견을 못하게 흐르는 물처럼 계속 연설을 한다.) 그럼 저를
예를 들어 말해 봅시다. (앉아서) 제가 죽으면, (고개를 돌려서
원차이에게 우스개 소리인지 진심인지 모르게) 당신은 날 화장시키라
고, 다 태워서 유골까지 바다에 던져서 수장시키라고! 통쾌하게
죽어서 땅에 묻는 일이 없게 말야! (마치 학당에서 강의를 하듯)
이것 역시 하나의 견해에 불과하지요, 이것 또한 하나의 습관으
로 될 수 있어요, 그렇다면 아버님, 오늘—

쩡 하우 : (더 참지 못하고 목소리를 높여서 저지시킨다.) 지앙타이! 자네가 어떻
게 죽고 어떻게 묻히던 자네 마음대로 해. (씁쓸하게) 난 병도
나았고 오늘은 또 내 생일인 셈인데, 이런 말을 지금 꼭 할
필요가—

지앙타이 : (여전히 온화하게, 거슬린다고 생각하지 않고) 예, 예, 예, 아버님은
동의 안 하시는군요! 괜찮아요, 괜찮아요! 사람마다 뜻이 다르

니까요!…… 실은 저도 제 말이 쓸데없다는 것을 알고 있지요, 제가 금방 말할 때도 속으로 "말하지 말자! 말하지 말자"라고 생각했는데, (미안해 하며) 이놈의 입이 어쩐지 말을 듣지—

쩡 쓰이 : (줄곧 슬퍼하다가) 그럼 고모부 여기서 그만 해요. (일어서며) 아버님, 그럼 저, 제가 (차마 말하기 어려운 듯, 자신의 눈가를 닦으며) 아버님 분부대로 뚜씨네에게 이야기할까요?

쩡 하우 : 그 길밖에 없구나.

쩡 쓰이 : 참! (두어 걸음 간다.)

쩡원차이 : (가슴아프게) 아버지!

지앙타이 : (갑자기 일어서며) 아니, 여러분 기다려요, 꼭 기다려요.

[지앙타이가 급하게 자신의 침실로 들어간다. 쓰이도 걸음을 멈춘다.]

쩡 하우 : (어리둥절하여) 또 왜 그러는 거냐?

[장순이 큰 객실로 통하는 문으로 등장한다.]

장   순 : 뚜씨네에서 또 사람이 와서 말하는데, 음양가 선생이 그 관을 오늘 밤 인시(寅時)에 뚜시네로 옮겨야 한다고 했대요, 그래서 큰 마님한테 좀 물어보라고…….

쩡원차이 : 자네…….

[지앙타이가 낡은 중절모와 지팡이를 들고서 황급하게 걸어

나온다.]

지앙타이 : (장순에게, 신바람이 나서) 너 그 돼먹지 못한 뚜씨네 놈들에게 조
금만 더 객실에서 기다리라고 해, 돈을 금방 주겠다고 말하고
우리 나리의 관은 집에서 장작으로 땔 거라고 말야!
쩡원차이 : 당신 어떻게…….
지앙타이 : (쩡하우에게 열성적인 태도로) 아버님, 좀 기다리세요, 제가 친구를
찾아가겠어요. (원차이에게) 친구 하나가 공안국장을 하고 있는
데 그를 찾아가면 틀림없이 방법이 있을 겁니다. (쩡하우에게
아주 자신 있게) 그 친구는 저와 가장 친했는데, 이만한 일은 전혀
문제가 없어요. (조리 있게) 첫째는 그가 나서서 뚜씨네에게 이후
에 다시는 여기서 말썽을 피우지 않게 교섭을 하는 것이고,
둘째는 만일 뚜씨네가 응하지 않는다면 그에게 돈을 융통해서
쓰는 방법이 있지요. (경멸하는 말투로) 그까짓 몇 푼 안 되는
돈은 전혀 문제가 없어요, 전혀 문제가 안돼요.
쩡원차이 : (자신의 귀를 믿지 못하고) 여보, 정말 그렇게 될까요?
지앙타이 : (지팡이를 툭툭 치며) 되고 말고, 아버님 그럼 다녀오겠습니다.
(쓰이를 향해 손을 저으며) 큰 아주머님, 미리 말해둡니다만 제가
꼭 보증하지요, 꼭 될 거예요! (곧 나간다.)
쩡 쓰이 : (한차례의 돌변에 그녀도 좀 얼떨떨해서) 그럼 아버님, 이 일은…….
쩡원차이 : (기뻐하며) 아버지…….

[지앙타이가 큰 객실로 통하는 문의 문턱을 넘으려다 다시 급히
돌아온다.]

지앙타이 : (원차이에게 다급하게 불쑥 손을 내밀며) 내 수중에 돈이 없어!

쩡원차이 : (급히 주머니에서 돈을 꺼내서) 여기 있어요!

지앙타이 : (보고서) 30원!

[지앙타이가 큰 객실로 통하는 문으로 퇴장한다.]

쩡 하우 : (지앙타이가 쩡하우의 마음을 들썩이는 바람에 어안이 벙벙해졌다가 그때서야 숨을 돌리고) 지앙타이 이놈이 어쩐 일이야?

쩡원차이 : (줄곧 남편을 숭배해오던 그녀는 지금 누가 믿지 않을까 두려워서 적극적으로 쩡하우에게) 아버지, 걱정 마세요 , 그인 평소에 아무렇게나 말하지 않아요. 그이가 지금 방법이 있다니 분명 있을 거예요.

쩡 하우 : (반신반의하며) 허―참!

쩡 쓰이 : (참지 못하고) 홍, 내가 보기엔…… (얼른 자신을 억제하고 쩡하우를 향해 부자연스럽게 웃으며) 그것도 좋지요, 아버님, 이 관에 대한 일은…….

쩡 하우 : (좀 희망이 생기자 위안을 받은 듯한 안도의 한숨을 쉬고) 그래 좋다. 안될 때 안되더라도 그의 말대로 최선의 노력은 해보자구나.

장 순 : (자기도 모르게 희색을 띠고) 그럼 큰 마님, 전 그 사람들에게…….

쩡 쓰이 : (온종일 자신의 분을 억누르고 있다가 지금에 와서는 난감한 표정이다. 사납게) 기다려! 네가 뭐라 할건데!

[쓰이가 노기등등해서 큰 객실을 향해 빠른 걸음으로 걸어간다.]

쩡 하우 : (덧붙여서) 쓰이, 그래도 뚜씨네한테는 점잖게 이야기해라, 그들
더러 어떡하던 좀 기다려 달라고 말야.

쩡 쓰이 : 네.

[쓰이가 큰 객실로 통하는 문으로 나가고 장순이 뒤를 따라
나간다.]

쩡원차이 : (만연의 희색을 하고) 뤠이전, 고모부가 좀 정신을 차리나 보다.
글쎄 이럴 때 말야…….

쩡뤠이전 : (마음 걱정이 있다보니 생각 없이 말한다.) 그래요, 고모.

쩡 하우 : (다시 희망을 갖고 원차이의 말을 이어서) 그것 참! 그저 그 관만
지킬 수 있다면 좋으련만! (부지중에 고개를 돌리고) 팅아, 네 보기
엔 이 일이 희망이 있어 보이냐?

쩡 팅 : (역시 생각 없이) 네, 할아버지.

쩡 하우 : (머리를 끄덕이며) 이번 계기로 가운이 좀 돌아서면— 음, 아직은
말하기 어렵지! (일어서려고 하자 뤠이전이 다가와서 부축한다.) 넌
요새 몸은 어떠냐?

쩡뤠이전 : 괜찮아요, 할아버님.

쩡 하우 : (일어나서 뤠이전을 보고, 감개무량하게) 너도 곧 어머니가 될 사람이
야!

[원차이가 쩡팅에게 조부를 부축하라고 눈치를 주자 쩡팅이 묵
묵히 걸어온다.]

쩡 하우 : (손자와 손부를 바라보며 돌연 무한한 희망을 품고) 내가 보기에는 너
희들 부부는 잘 어울리는 것 같구나, 장차 너희 두 사람이 집안
의 가업을 어떻게 이어나가는지 지켜보겠다.

쩡원차이 : (쩡팅에게 대답하라고 눈짓하며) 쩡팅!

쩡   팅 : (대답을 하고 뤠이전을 바라본다.) 네, 할아버지.

쩡 하우 : (쩡씨 가문의 제3대를 바라보고 기대에 부풀어) 이번에 관을 지켜내기
만 하면 집도 팔지 않고 내년 봄이 되면 내 너희들을 위해서라
도 밖으로 나가서 여기저기 다녀보겠다. 너희들 자식을 위해서
내가 다시 한번 허리를 동여 매야지! (손수건으로 눈가를 닦으며)
후유, 선조님들이 내 몸을 보호해주신다면 말이다. 너희들도
날 위해 성심껏 빌거라! (서재를 향해 걸어간다.)

쩡원차이 : (옆으로 가서 쩡하우를 부축하며 흥을 돋구며) 그래요, 내년 봄이 되면
아버지는 건강도 좋아지실 거고 뤠이전은 증손자를 낳고 오빠
또한…….

[서재의 작은 문이 열리며 쑤팡이 문 앞에 나타난다. 금방 꽃꽂
이를 했는지 젖은 손에 국화 두 송이를 들고 있다.]

쑤   팡 : (한 손으로 얼굴에 흘러내린 머리카락을 가볍게 쓸어 넘기며, 온화하게)
방에 들어가 쉬세요 이모부, 방은 치워놓았어요.

쩡 하우 : (즐거워하며) 그래, 좋다! (원차이에게 고개를 끄덕이며 대답을 하며
나간다.) 그래 내년 봄이 되면 보자구나! ……뤠이전, 내년 봄이
되면, 내년 봄에는…….

[뤠이전이 그를 부축하여 서재 문 앞까지 가서는 쑤팡을 보고 가만히 방을 가리킨다. 쑤팡이 알아차리고 머리를 끄덕이며 쩡하우의 팔을 넘겨받아 부축하여 나간다. 뒤에는 원차이가 따른다.]

[쩡팅이 방 한가운데에 서서 움직이지 않는다. 뤠이전이 그를 바라보고는 서재 문 앞에서 묵묵히 되돌아온다.]

쩡뤠이전 : (낮게) 팅!

쩡　　팅 : (그녀의 눈을 바라보기가 무서운 듯, 슬프게) 내일 아침에 떠날 거야?

쩡뤠이전 : (역시 그의 눈을 피하듯이 낮은 목소리로 천천히 그러나 확고부동하게) 그래요.

쩡　　팅 : 위앤 선생 식구랑 함께?

쩡뤠이전 : 그래요, 같이 가요.

쩡　　팅 : (사면을 둘러보고 주머니에서 무언가를 꺼낸다.) 증빙서류는 다 써 놓았어.

쩡뤠이전 : (쩡팅을 응시하며) 그랬군요.

쩡　　팅 : (종이 한 장을 꺼내서 부지중에 사방을 둘러보고는 낮게 읽는다.) "이혼인 쩡뤠이전, 쩡팅. 우리는 유년에 결혼하여 그간 성격적인 차이로 계속적인 부부생활이 어렵다고 생각하기에 금후 두 사람은 쌍방의 동의로 부부관계를 끝내기로—"

쩡뤠이전 : (가슴 아파하며) 더 읽지 마세요.

쩡　　팅 : (망설인다. 꼭 해야하는 절차라 생각한 듯, 더듬거리며) 그럼 여기에 서명을 하고 도장을…….

쩡뤠이전 : 좀 있다가 방에서 해요.

쩡   팅 : 그, 그러지.

쩡뤠이전 : (가슴 아프고 애통해하며) 팅, 정말 미안해요, 당신더러 이런 각서
를 쓰게 해서.

쩡   팅 : (말을 꺼내지 못한다. 오늘처럼 그녀에게 미련을 가져본 적이 없었다.)
아니, 2년 동안 우리 집에서 고생 많았어. (갑자기) 그 아이는
낳지 말자고. 쑤팡 이모께 알렸겠지?

쩡뤠이전 : (다시 회상하고 싶지 않은 듯) 네. 이모님이 만들어준 아이 옷은
다 돌려주려고 해요, 그런데 왜요?

쩡   팅 : 내 생각엔 집안에 한사람이라도 알고 있는 것이 좋을 것 같아
서.

쩡뤠이전 : (관심 있게) 팅, 제가 떠난 후에 당신은 뭘 할 생각이세요?

쩡   팅 : (고개를 저으며) 모르겠어. (적막하게) 이제는 학교도 갈 수 없어.

쩡뤠이전 : (아주 동정하며) 너무 실망하지 말아요.

쩡   팅 : 아니.

쩡뤠이전 : (위로하며) 이후에 자주 편지 왕래를 할 수 있어요.

쩡   팅 : 그래. (눈물을 흘린다.)

[밖에서 위앤위앤이 뤠이전을 부르고 있다.]

쩡뤠이전 : (괴로워하며) 괴로워 마세요, 수 없이 많은 고통을 겪어야 '깨달
음' 하나를 얻을 수 있대요.

쩡   팅 : 그 '깨달음'이란 정말 어려운 것인가 봐!

[위앤위앤이 휘파람을 불며 기쁜 표정으로 큰 객실로 통하는

문으로 걸어 들어온다. 그는 무릎까지 올라오는 회색, 남색, 흰색이 어우러진 모직 치마를 입었다. 위에는 붉은 색의 얇고 짧은 스웨터를 입었고, 신발은 맨발에 흰 운동화를 신었다. 방금까지 바삐 짐을 꾸렸는지 머리칼은 좀 흐트러져 있고 두 볼이 붉게 달아올라 있다. 여전히 활발하고 즐거운 모습이다. 그녀는 한 손에 비둘기 '꾸뚜'가 들어있는 우리를 들었고 또 다른 한 손으로는 커다란 금붕어 연을 들고 있는데, 연이 군데군데 찢겨져 있다. 겨드랑이에는 '뻬이징'인의 그림자를 오린 마분지를 끼고 있다.]

위앤위앤 : (큰 소리로) 뤠이전, 아버지가 종일 찾았어요, 뤠이전의 짐을……

쩡뤠이전 : (급히 그녀를 막고 미소를 지으며) 목소리를 좀 낮춰 줘, 알겠지?

위앤위앤 : (기쁜 나머지 미처 생각을 못했다는 듯이 앞뒤를 살피고 혀를 내밀어 보이고는 곧 목소리를 낮춘다. 얼굴에 온통 장난 끼 어린 표정을 짓고 쉰 목소리를 내며 또박또박) 우리 아버지가…… 그러시는데…… 뤠이전 친구들이…… 짐을…… 다 꾸렸는지 물었어요?

쩡뤠이전 : (그녀의 이런 모습에 그만 웃고 만다.) 다 꾸렸어.

위앤위앤 : (여전히 쉰 목소리를 내며) 아버지 말은— 단지 중간까지만 같이 갈 수 있다며…… 또 물으셨어요…… (숨을 확 내쉬고 원래의 목소리를 내며) 아이, 힘들어 죽겠네, 차라리 절 따라와요, 아버지가 물을 말이 많데요.

쩡뤠이전 : (시원스럽게) 그래, 갈게.

위앤위앤 : (가지 않고 물건을 안은 채 쩡팅에게 걸어간다. 그럴듯한 기세로) 쩡팅,

아버지가 안 계시니, (낡은 금붕어 연을 들고) 이 낡은 연은 쩡팅 어머니께 돌려 줘! (연을 탁자 옆에 기대어 놓고 또 비둘기 우리를 들고) 이 비둘기는 쑤팡 이모께 주고! (비둘기 우리를 탁자 위에 놓고 '뻬이징'인 그림자를 오린 종이를 들고, 웃으며) 이 '뻬이징'인은 내가 기념으로 줄게, 가질 거야?

쩡   팅 : (한달 전 위앤위앤에게 가졌던 모든 감정을 다 잊은 듯 고개를 끄덕이며) 그래.

위앤위앤 : (눈을 깜박이고 또 무슨 장난을 생각해 낸 듯하다.) 내일 날이 밝으며 우린 떠나, 떠날 때 (큰 객실로 통하는 문을 가리킨다.) 저 문 뒤에 놔둘게. (뤠이전에게) 뤠이전, 가요!

[위앤위앤이 한 손에 '뻬이징'인을 들고 한 손으로는 뤠이전의 등을 밀면서 큰 객실로 통하는 문으로 걸어나간다. 이때 쓰이도 그 문으로 들어오다가 그들과 마주친다. 뤠이전이 시어머니를 보고 멈칫하는데 위앤위앤이 "가요!" 하면서 밀고 나간다. 쩡팅은 그들이 나가는 모습을 바라보고 가볍게 한숨을 짓는다.]

쩡 쓰이 : (고개를 돌려 째려보고 쩡팅에게 걸어가서) 뤠이전이 요사이 집에 붙어있지 않고 친구들만 찾아다닌다는데, 너 그 애가 뭘 하는지 알고 있는 거냐?

쩡   팅 : (그녀를 쳐다보다가 고개를 흔들며) 몰라요.

쩡 쓰이 : (자신의 아들이 똑똑하지 못하다고 생각하지만 다른 방법이 없는지라 원망스럽게 한숨을 쉬며) 어휴, 네 여자가 아니더냐, 애야! 나도 그냥 화만 내지는 못하겠다. (갑자기) 그 사람들은?

쩡　　　팅 :　안채로 갔어요.

쩡　　쓰이 :　(억울해서 하소연하듯.) 팅아, 너도 그 사람들이 방금 어머니를
　　　　　　어떻게 대했는지 알게다.

쩡　　　팅 :　(어머니를 바라보다가 다시 머리를 숙인다.)

쩡　　쓰이 :　(손수건을 꺼내며) 엄마는 신수도 사납지, 네 아버지는 우릴 두고
　　　　　　떠나버렸고, 엄마가 밤낮 이렇게 당하는 것은 다 너희들을 위해
　　　　　　서야! (눈물을 닦는다.)

쩡　　　팅 :　어머니, 울지 마세요.

쩡　　쓰이 :　(쩡팅을 어루만지며) 이후부터는 무슨 일이던지 다 엄마한테 말해
　　　　　　야 한다! (원망하는 투로) 뤠이전이 배가 부른 것도 내가 알아차리
　　　　　　지 못했다면 너희들은 나한테 말하지 않았을 거야. (가리키며)
　　　　　　너희들 무슨 마음을 품은 거야! (관심 있게) 내가 뤠이전더러
　　　　　　먹으라던 유산 방지 약은 먹더냐?

쩡　　　팅 :　아니요.

쩡　　쓰이 :　아니, 내 말은 그제 루오(羅) 어의한테서 가져온 약 말이다.

쩡　　　팅 :　(마음이 괴로워서 좀 귀찮은 듯이) 안 먹은 것 같아요!

쩡　　쓰이 :　(돌연 얼굴색이 변해서) 왜 안 먹는다는 거냐? (날카롭게) 먹으라고
　　　　　　해! 먹여! 그 애가 다시 말을 안 들으면 나한테 말해, 내가 어떻
　　　　　　게 먹이는가 봐! 자기가 쩡씨 집안 사람이 아니라고 생각해도
　　　　　　뱃속의 아이는 쩡씨 집안 것이야. 지금 그 애 뱃속에 있는 아이
　　　　　　때문에 하자는 대로 놔두니 점점 말이 아니구나. (갑작스럽게
　　　　　　낮은 소리로) 팅아, 너 방심하면 안돼, 내가 보기에 요즘 뤠이전이
　　　　　　좀 삐뚤어진 것 같다. 슬금슬금 밖으로 나다니며 친구들과 어울
　　　　　　리는 것이…… (더 낮은 소리로) 난 그 애가 살림살이를 빼돌릴까

겁난다, 그래서 밤에는 앞뒤 문을 모두 자물쇠로 걸어두는데,
너 좀 주의하거라, 난 걱정이…….

[쑤팡이 약 그릇을 들고 서재로 통하는 작은 문으로 들어온다.]

쑤   팡 : (부드럽게) 루오(羅) 어의가 처방해 준 약을 다 달였어요.

쩡 쓰이 : (그녀를 바라본다.)

쑤   팡 : (그녀가 말이 없는 것을 보고 다시 또—) 여기서 드시겠어요?

쩡 쓰이 : (차갑게) 우선 내 방 화로 위에 놓아둬요!

[쑤팡이 약 그릇을 들고 쩡팅 앞을 지나서 쓰이의 방으로 들어
간다.]

쩡   팅 : (약그릇 속의 색깔을 보고 이상하다고 여기고 아리송한 표정을 지으며)
어머니, 왜 루어(羅) 어의의 그 처방 약을 어, 어머니도 드시는
거예요?

쩡 쓰이 : (얼굴색이 좀 변하며 무안해한다. 그러나 곧 진정해서 얼버무리며) 어,
엄마는 지금 몸이 좀 불편해. (말 구실을 찾으며) 요 며칠 네 쑤팡
이모가 돌봐준 덕에— (다시 어조를 바꾸고 기침을 하고) 하지만
애야, (얼굴에 다시 어둠이 깔리고 사납게) 네 쑤팡 이모 말야, (머리를
흔들며) 그 이모, 정말…….

[쑤팡이 침실에서 나온다.]

쑤   팡 : 언니, 이모부가 부르세요!

쩡 쓰이 : (들은 듯 만 듯 머리를 끄덕이고 쩡팅에게 고개를 돌려서) 팅아, 날 따라
오너라.

[쩡팅이 쓰이를 따라서 서재의 작은 문으로 퇴장한다. 날은 더
욱 어두워졌다. 밖에서 기러기 울음소리가 처량하고 적막하게
늦가을의 저녁 하늘을 스쳐 지나간다.]

쑤   팡 : (가볍게 탄식하며 피로한 표정을 짓는다. 갑자기 탁자 위에 놓인 비둘기
우리를 보고 부지중 손을 내밀어 그것을 쳐들고 안에 갇힌 흰 비둘기를
응시한다…… 이름을 '꾸뚜'라 부르는 비둘기— 눈이 촉촉하게 우수에 젖
은 듯, 그러나 사랑으로 가득한 눈길로 그 비둘기에게 처연한 미소를 지어
보인다…….)

[이때 뤠이전이 아기 옷을 가득 담은 상자를 들고 걸어와서
또 다른 작은 탁자 위에 가볍게 올려놓는다. 그리고 조용히
쑤팡의 옆으로 걸어간다.]

쩡뤠이전 : (낮게) 쑤팡 이모!

쑤   팡 : (약간 놀라서 몸을 돌리고) 뤠이전이 왔구나! (비둘기 우리를 내려놓는
다.)

쩡뤠이전 : 제가 이모 방 앞에 놓아둔 편지를 보셨어요?

쑤   팡 : (고개를 끄덕이며) 그래.

쩡뤠이전 : 절 탓하지 않을 거죠?

쑤　　팡 : (슬프지만 자애롭게 웃으며) 아니, …… (갑자기) 정말 떠날거니?

쩡뤠이전 : (서운해하며) 네.

쑤　　팡 : (한숨을 내쉬고, 말리기보다는 단지 아쉬운 듯) 떠나지 말지!

쩡뤠이전 : (순간 흥분해서) 쑤팡 이모, 이모는 아직도 저더러 참으라는 건
가요?

쑤　　팡 : (추억에 잠긴 듯 싶다. 환한 표정을 지으며 느리지만 확고하게) 나도
알지, 사람이란 어떤 때는 참을 수 없을 때가 있는 거야.

쩡뤠이전 : (기대에 부풀어 눈이 반짝인다. 쑤팡의 창백한 손가락을 뜨겁게 잡으며)
그럼 이모는요?

쑤　　팡 : (환하던 표정을 거두고 처량하게 뤠이전을 바라본다. 슬픈 어조로 조용하
게) 뤠이전, 그 애긴 꺼내지 말자. 뤠이전이 떠나면 난 더 외로
울 거야, 아마 이후부터 난 무슨 말이던 할 필요마저 못 느낄
거야, 난 더―

쩡뤠이전 : (더 힘있게 그녀의 손을 잡으며 천천히 그녀를 밀어 앉히고) 아니, 아니
에요. 쑤팡 이모 그래선 안돼요, 평생을 이럴 순 없어요! (절박하
게 간청한다.) 쑤팡 이모, 전 곧 떠나는데 왜 속시원한 말 몇
마디 못해줘요? 왜 이모는 자신의― (희미한 빛 속에서 쑤팡의 커다
란 눈에 눈물이 가득 고인 것을 보고는 급히 자신을 억제한다.)

쑤　　팡 : (느리게) 넌 내가 어떻게 말했으면 좋겠어?

쩡뤠이전 : (자기도 모르게 더듬거리며) 이를테면 이모 자신이, 이모, 이모는,
…… (갑자기) 이모는 왜 떠나지 않아요?

쑤　　팡 : (쓸쓸하게) 내가 어딜 가겠어?

쩡뤠이전 : (흥분하며) 갈곳이야 아주 많지요, 첫째는 저희들을 따라가는
거죠.

쑤　　팡 : (고개를 저으며) 안돼, 난 안돼.

쩡뤠이전 : (그녀의 옆으로 다가앉아 친밀하게) 제가 드린 책은 다 보셨어요?

쑤　　팡 : 봤어.

쩡뤠이전 : 책의 말이 맞지요?

쑤　　팡 : 그래.

쩡뤠이전 : (웃으며) 그럼 왜 저희들과 함께 가지 않아요?

쑤　　팡 : (목소리는 낮고 느리나 확고하게) 난 안돼!

쩡뤠이전 : 왜죠?

쑤　　팡 : (슬프게 그녀를 바라보고) 안돼!

쩡뤠이전 : (절박하게) 무엇 때문이에요?

쑤　　팡 : (말하고 싶으나 다시— 이번에는 조용히 머리만 젓는다.)

쩡뤠이전 : 아무튼 이유가 있을게 아니에요, 이모!

쑤　　팡 : (아주 힘들어하며) 난 여기서 해야 할 일이 끝나지 않았어.

쩡뤠이전 : 전 모르겠어요.

쑤　　팡 : (미소를 지으며 일어서서) 알려고 마, 말로는 이해가 안될 거야.

쩡뤠이전 : (다가가서 솔직하게—) 그럼 이모는 왜 그분을 찾아 나서지 못해
　　　　　요?

쑤　　팡 : (약간 당황해서) 뤠이전 말은—

쩡뤠이전 : (명쾌하게) 찾아 나서요! 그분을 찾아가세요!

쑤　　팡 : (다시 진정을 되찾고 깊이 생각하고 반성하는 듯, 멍하니 앞을 바라다보며)
　　　　　왜 꼭 찾아가야 할까?

쩡뤠이전 : 이모는 그분을 사랑하지 않으세요?

쑤　　팡 : (고개를 숙인다.)

쩡뤠이전 : (말할수록 더 구체적으로) 그럼 무엇 때문에 찾고 싶지 않은 거죠?

무엇 때문에? (명랑하게) 쑤팡 이모, 전 지금 이전처럼 그렇게 멍청하지 않아요. 한달 전만 하더라도 전 절대 묻지 않았을 거예요. 이모도 아마 제가 알고 있다는 걸 알고 계실 거예요. (심각하게) 저는 곧 떠나요, 이방에는 이모와 저를 빼고 다른 사람은 없어요. 쑤팡 이모, 말해보세요, 왜 그분을 찾아 나서지 않는 건지요? 무엇 때문에?

쑤　　팡 : (한숨을 내쉬고) 만난다고 해서 꼭 기쁠까?

쩡뤠이젼 : (반문하며) 그럼 이모는 여기 있으면 즐거워요?

쑤　　팡 : 난, 난 그분을 대신해서— (갑자기 거북해지며 말이 나오지 않는다. 말을 그렇게 멈춘다.)

쩡뤠이젼 : (절박하게) 말해보세요, 이모, 이모는 저와 한번 허심탄회한 이야기를 해보자고 했잖아요.

쑤　　팡 : 내, 내 말은…… (얼굴이 서서히 밝아지며 창백하던 볼에도 홍조를 띤다. 거북해하던 말투도 차츰 유창해지고 마음속으로부터 우러나오는 감격으로 목소리마저 떨면서) 그분이 없으니, 그분의 아버님을 내가 대신 보살펴드리고, 자식들도 돌봐주고, 그분이 소중히 여겼던 서예와 그림들을 간수하고, 그분이 아끼는 비둘기를 먹일 수가 있어. 그분이 좋아하지 않은 사람들까지도 돌봐주고 사랑하고 아껴줘야 한다고 생각 해, 그분을 위해서…….

쩡뤠이젼 : (말에 끼어 들어 캐묻는다, 그러나 그녀는 말을 멈추지 않는다.) 그분을 위해서요?

쑤　　팡 : (떨면서) 그분을 위해서야, 그분이 좋아하지 않았던 사람이라도 그분을 가까이 했던 사람이니까! (단숨에 말하고서 희열에 잠긴다. 오랫동안 마음속에 숨겨두었던 감정을 말로 표현하게 되자 믿어지지 않는 듯 스스로가 놀란다.)

쩡뤠이젠 : (경악하며) 그래서 이모는 팅이의 어머니, 저의 시어머니마저 목
숨을 내걸고 돌봐주고 아끼시는군요.

쑤   팡 : (쓴웃음을 지으며) 뤠이젠의 시아버지가 떠나고 없으니 그녀도
불쌍하잖니?

쩡뤠이젠 : (우습지만 눈물이 흘러나올 것 같다.) 정말, 이모, 이모는 시어머니가
예전이나 지금 이모를 어떻게 대했는지 잊으셔—

쑤   팡 : (가볍게) 무엇 때문에 그 불쾌했던 일만 기억해야 하니? 만약
그분을 위해서라면, 그분 한사람을 위해서라면, 그녀도—

쩡뤠이젠 : (참지 못하고 말을 끊고) 아, 쑤팡 이모, 이런 마음을 왜 좀 큰
일에 못써요. 왜 그분을 잊지 못하는 거예요? 이런 마음을 하필
그런 폐인한테 쏟다니, 그런 무용지물의 폐인한테—

쑤   팡 : (자신의 가슴을 찌르는 듯 하다. 간절하게) 시아버지를 그렇게 말하는
것이 아냐.

쩡뤠이젠 : (변명하며) 할아버지도 그분을 그렇게 말하지 않으셨나요?

쑤   팡 : (가슴 아프게) 아니, 그렇게 말하지 마, 그분을 이해해 주는 사람
은 없었어.

쩡뤠이젠 : (숨을 내쉬고 슬프게) 그럼 이모는 이렇게 평생 그분을 만나지
않을 생각이세요?

쑤   팡 : (돌연 천천히 고개를 숙인다.)

쩡뤠이젠 : (고집스럽게) 말씀해 보세요, 쑤팡 이모!

쑤   팡 : (너무 작아 거의 들리지 않을 정도로) 그래.

쩡뤠이젠 : 그럼 왜 그때 그분을 떠나게 하셨어요?

쑤   팡 : (회상하듯 동정으로 가득 차서) 난, 난, 그분이 집에서 고생하는 걸

보기가 괴로웠던 거야.

쩡뤠이전 : (부지중 반문하며) 그럼 그분이 떠나고 나서 이모는 기뻤나요?

쑤　　팡 : (낮게) 음.

쩡뤠이전 : (탄식하며) 아, 두 사람 다 이렇게 사는 것이 무엇 때문이래요?

쑤　　팡 : (슬픈 얼굴에 미소의 물결이 가볍게 흐르며) 남이 기뻐하는 걸 보면 뤠이전은 기쁘지 않니?

쩡뤠이전 : (깊은 관심을 갖고, 천천히) 집에서도 그분을 걱정하지 않고 있잖아요!

쑤　　팡 : (고개를 떨군다.)

쩡뤠이전 : 그분도 밖에서 이모를 생각하고 있을까요?

쑤　　팡 : (묵묵히, 눈물이 창백한 얼굴로 흘러내린다.)

쩡뤠이전 : 일생이, 한평생 이렇게 고독해야하고— 두 사람이 이렇게 고통스러워야 하는 건가요?

쑤　　팡 : (정신을 가다듬고) 고통, 아마 고통스러울 수도 있겠지. 그러나 고독하지는 않을 거야.

쩡뤠이전 : (아주 감동해서) 불쌍한 쑤팡 이모, 이해해요, 이해해, 전 이해해요! 그러나 전 무서워요, 어느 날 시아버님이 돌아올까 말이에요. 그분이 돌아오시면 모두 또 원점으로 돌아가겠죠. 두분 다 여전히 서로 제자리만 지키면서 서로를 고통스럽게 바라보고 눈치나 보면서 숨 한번 크게 내쉬지 못할 테니까요, 누구도—

쑤　　팡 : (몸서리친다. 갑자기 확신하듯 머리를 저으며) 아냐, 그분은 돌아오지 않을 거야.

쩡뤠이전 : (고집스럽게) 만일 그분이—

쑤　　팡 : (눈가의 눈물자국을 가볍게 닦으며) 그분은 그러지 않을 거야, 절대 돌아오지 않을 거야. (머리를 숙이고 젖은 손수건을 바라본다. 낮고 천천히) 그분은 한번 돌아와서 이미 날 만났었어!

쩡뤠이전 : (깜짝 놀라며) 시아버님이 떠나시고 몰래 돌아오신 적이 있다고요!

쑤   팡 : 그래.

쩡뤠이전 : (이상한 듯) 언제요?

쑤   팡 : 떠나셨던 이튿날.

쩡뤠이전 : (뜻밖인 듯 숨을 들이쉬고) 오!

쑤   팡 : (동정하며) 불쌍하지, 그분은 지닌 돈이 한푼도 없었어.

쩡뤠이전 : (짐작할만한 듯) 그래서 이모는 이모 돈을 다 그분에게 드렸지요?

쑤   팡 : 아니, 몸에 지녔던 돈만 드렸어.

쩡뤠이전 : (좀 경멸하는 어조로) 그분은 받으셨지요.

쑤   팡 : (부드럽게) 내가 그분더러 받으라고 한 거야. (회상하며) 그분은 사람 같은 사람이 되겠다고 죽어도 돌아오지 않겠다고 했어. (감격해서 자제하지 못하고 말을 이어간다.) 그분은 아버님께 미안하고 자식들에게 미안하다고 하시며 뤠이전도 몇 번이나 말했어. 그리고 나한테 자네들을 돌봐달라 하셨고, 그분의 집, 서예와 그림, 그리고 비둘기를 지켜달라고 하시면서 끝내는 눈물을 흘리시더구나. 그분은 제일 마음에 걸리는 것이— (이미 눈물을 흘리기 시작한지 오래지만 참지 못하고 웃는다.) 뤠이전, 그분은 어린 애 같았어, 어린 며느리를 둔 사람같이 않았거든!

쩡뤠이전 : (엄숙하게) 그럼 쑤팡 이모는 이제부터 그분을 위해 이 집을 지키기로 결심을 하신 건가요? (아래 대화는 거의 멈춤이 없이 단숨에 이루어진다.)

쑤   팡 : (다시 진정하며) 그래.

쩡뤠이전 : (캐묻듯이) 날마다 곧 죽을 할아버지나 보살피면서요?

쑤   팡 : (묵묵히 고개를 끄덕이며) 그래.

쩡뤠이전 : (따지듯 그녀를 바라보며) 할아버지가 죽을 때까지요?

쑤   팡 : (뤠이전의 눈길을 피하며) 음.

쩡뤠이전 : (일부러 이렇게 묻는다.) 그리고 그분의 아들을 보살피며 말이죠?

쑤   팡 : (뤠이전을 보며 약간 눈썹을 찡그리고) 그래.

쩡뤠이전 : 이 집의 아이든 늙은이든 다 시중을 들면서요?

쑤   팡 : (고집스럽게) 그래.

쩡뤠이전 : (화가 난 듯이) 날마다 저의 시어머니 얼굴을 보면서요?

쑤   팡 : (자신도 모르게 가볍게 몸서리를 치며) 으—응.

쩡뤠이전 : (자극하며) 평생 문밖 한번 나서보지 못하고요?

쑤   팡 : (다시 진정해서) 그래.

쩡뤠이전 : 시집도 안가고요?

쑤   팡 : 그래.

쩡뤠이전 : (캐묻듯이) 고생하면서요?

쑤   팡 : (우울하게) 그래.

쩡뤠이전 : (다가서며) 학대를 받으면서요?

쑤   팡 : (응시하며) 그래.

쩡뤠이전 : (날카롭고 심각하게) 죽을 때까지요?

쑤   팡 : (고개를 숙인다. 손으로 이마를 만지며, 느리게) 죽을—때까지!

쩡뤠이전 : (가슴이 터질 듯, 애통하게) 하지만, 우리 착한 쑤팡 이모, 무엇

           때문에 그러세요?

쑤   팡 : (고개를 들고) 그건—

쩡뤠이전 : (문책하듯) 그렇죠, 그건—

쑤   팡 : (힘들어하며) 그건, 나도 어떻게 말해야 할지 모르겠어, ─ (갑자기 유난히도 아름답고 환한 미소를 지으며) 그건, 바로 사람이 산다는 거야!

쩡뤠이전 : (할 수 없어서 말을 다시 꺼낸다.) 쑤팡 이모는 정말 시아버님이 돌아오지 않을 거라고 믿고 계세요?

쑤   팡 : (미소를 지으며) 하늘이 무너질까?

쩡뤠이전 : 이모는 정말 평생 이 쩡씨 집안 문을 나서지 않을 생각이네요, 이 감옥! 이런 꿈을 위해서, 이상을 위해서, 그 한 사람을 위해서─

쑤   팡 : (침착하게) 언젠가는 떠날 수도 있겠지.

쩡뤠이전 : (간절히 기다렸다는 어투로) 언제요?

쑤   팡 : (웃으며) 그 날은 정말 하늘이 무너질 거고 벙어리도 급해서 말을 하게 될 거야.

쩡뤠이전 : (한없이 가엽고 걱정이 되어) 쑤팡 이모, 자신의 행복을 한사람한테 완전히 맡기는 것은 위험해요, 그래서도 안되고요. (감격하며) 전에는 저도 멍청했었어요, 이모, 이모는 아직까지─

[실내의 모든 것은 황혼이 저문 어둠 속으로 점점 빨려간다. 창 밖 처마 위의 까마귀가 두어 번 울고는 날아간다. 뤠이전이 말하는 사이에 멀리 성벽 위에서 병영으로 돌아가는 나팔수가 부는 나팔소리가 들려온다. 이 소리는 처량한 대기 속에서 적막하게 떨면서 막이 내릴 때까지 계속 들려온다.]

쑤   팡 : 그만 얘기하자, 뤠이전. (갑자기 고개를 돌려 창 밖을 내다보며) 들어

봐, 저 멀리서 들려는 소리가 무슨 소릴까?

쩡뤠이전 : (그녀가 더 이상 말하고 싶지 않다는 것을 알고) 성벽 위에서 부는 나팔소리예요.

쑤 팡 : (귀를 기울이고 들으며) 참 처량하구나.

쩡뤠이전 : (고개를 끄덕이며) 그래요, 예전에 전 날이 어두워지고 방안에 혼자 있을 때면 저 소리가 무섭게 들렸어요. 듣고 있으면 사는 것이 언제나 참담한 것 같았거든요.

쑤 팡 : (눈에 눈물이 고인다.) 그래, 듣고 있으니 정말 처량하구나! (갑자기 뜨겁게 뤠이전의 손을 잡고서, 낮게) 하지만, 뤠이전, 난 지금 정말 기분이 좋아! (자신의 가슴에 손을 대고) 이 가슴이 정말 따듯해! 정말 봄이 온 것 같은 기분이야. (흥분하며) 사람이 사는 것이 바로 이런 것 아니겠어? 우리의 삶은 바로 이처럼 처량하기도 하고 또 달콤한 날이 있는 것이야! (감동해서 눈물을 흘리며) 생각해 보면, 참지 못하고 울고 싶어지기도 하고 웃고 싶어지기도 하는 거야!

쩡뤠이전 : (손수건으로 그녀의 눈물을 닦아주고 계속해서 낮은 소리로) 쑤팡 이모, 이모 왜 또 우는 거예요? 이모, 이모는—

쑤 팡 : (멀리서 들려오는 나팔소리를 귀 기울려 들으며) 날 그냥 놔둬, 날 울게 말야! (눈물을 흘리다가 다시 억지로 부드럽게 웃으며) 그러나, 난 웃고 있는 거야! 뤠이전, — (뤠이전이 자기도 모르게 처연히 고개를 숙이고 손수건으로 코를 감싼다. 쑤팡이 다시 웃으며 뤠이전의 머리를 부축한다.)— 뤠이전, 나 때문에 울지마! (부드럽게) 마음은 쓰라리게 아파도 내 눈물은 분명히 기뻐서 흘리는 거야! (뤠이전이 고개를 들고 그녀를 보더니 참지 못하고 더 서럽게 운다. 쑤팡이 그녀의

손을 어루만지며 기쁜 듯, 또 상심한 듯이 낮은 소리로 위로하고 타이른
다.)— 울지 마. 뤠이전. 오랫동안 난 이렇게 많은 말을 한 적이
없었는데 오늘 난 마음이 활짝 열린 것 같고 햇볕이 따뜻하게
느껴지는 것 같아. 뤠이전, 넌 정말 좋은 사람이야! 네가 아니었
다면 난 이처럼 기쁘지 못했을 거야, 그리고 그분 이야기를
이렇게 많이 이렇게 신나게 하지 못했을 거야! (갑자기 더 흥분해
서) 뤠이전, 뤠이전 생각에 바깥 세상이 더 좋다고 생각된다면
떠나, 떠나! 난 이곳에서도 똑같이 유쾌할 거야. 울지 마, 뤠이
전, 여기가 감옥이라고 했지? 아니야, 아니라고, —

쩡뤠이전 : (흐느끼며) 그렇지 않아요, 그렇지 않다고요. 이모, 전 정말 이모
때문에 괴로운 거예요! 전 걱정돼요! 억지로 기쁜 척 하지 마세
요, 이모의 얼굴이 다시 달아오르고 있어요, 전 걱정돼서—

쑤   팡 : (간청하듯) 뤠이전, 난 상관하지 마! 난 처음으로 이렇게 기뻐.
(쑤팡이 뤠이전이 작은 상자를 놓아둔 탁자 옆으로 걸어간다.) 뤠이전,
이 상자 속의 아기 옷을 가지고 가. (슬프게) 밖에서 가능하면
남을 도와줘! 좋은 것은 남에게 주고 나쁜 것은 자신이 가져.
어떤 불쌍한 사람이라도 도와야 해, 우린 밥만 먹고사는 사람들
이 아니잖아! (상자를 열고) 이 아기 옷이 뤠이전한테 필요 없다
면 옷이 없는 아이한테 나눠 줘. (상자 안에서 하얀 어린아이 망토를
꺼내서) 이 망토 예쁘지 않니?

쩡뤠이전 : 예뻐요, 정말로 예뻐요.

쑤   팡 : (즐거워하며 또 노란 비단으로 지은 아기 옷을 꺼내서) 이건 깜찍하지?

쩡뤠이전 : (역시 기뻐하며 부지중에 박수를 친다.) 네, 정말 깜찍하네요.

쑤   팡 : (더욱 기뻐한다. 그녀의 얼굴은 이로 인해 더욱 아름답고 온화한 광채를

발한다.) 아니, 이건 예쁜 편이 아냐, 또 있어 (참지 못하고 웃으며
머리를 상자 안으로 숙이고—)

[처량한 나팔소리가 계속해서 들려온다. 이때 큰 객실로 통하는
문이 서서히 열리고 희미한 황혼 빛 속으로 쩡원칭이 나타난다.
그는 더 창백하고 허약해졌고 낡은 겹두루마기를 입고 있다.
팔에는 그림 족자를 끼었고 비참하고 피곤해 보이는 얼굴을
하고서 고개를 숙이고 터덜터덜 걸어 들어온다.]
[쑤팡은 등을 돌리고 머리를 숙인 채 한참 신나서 물건을 고르
고 있고 뤠이전은 문을 마주하고—]

쩡뤠이전 : (한눈에 알아보고서 마치 귀신에게 홀린 듯 소리를 내지 못한다.) 아,
　　　　　아버—

쑤　　팡 : (신이 나서 두 손으로 유달리 곱게 생긴 인형을 꺼낸다. 금발머리에 분홍색
　　　　　비단옷을 입힌 것이다. 그녀의 얼굴은 온통 웃음으로 가득하고 기대에
　　　　　찬 눈빛으로 뤠이전을 바라보며) 이것 좀 봐! (갑자기 창백하고 긴장해
　　　　　있는 뤠이전의 얼굴을 보고, 떨면서) 누가?

쩡뤠이전 : (멍하니 바라보며, 낮게) 제, 제가 보기에 하늘이 무너졌어요! (갑자
　　　　　기 몸을 돌리고 자신의 얼굴을 감싼다.)

쑤　　팡 : (고개를 돌려서 원칭을 본다. 원칭이 걸음을 멈추고 잘 보이지 않은 듯
　　　　　두 사람을 향해 바라본다.) 아!

[원칭이 그때 머리를 숙이고 자신의 방으로 묵묵히 걸어 들어간
다.]

[그가 들어가자 쓰이가 서재의 작은 문으로 달려 들어온다.]

쩡 쓰이 : (놀라움과 기쁨이 교차하여) 원칭이 돌아온 거지?
쑤 팡 : (암담하게) 돌아왔어요!

[쓰이가 곧장 자신의 방으로 달려들어간다. 쑤팡은 멍하니 그 자리에 굳어있다. 멀리서 들려오는 나팔소리가 바람을 따라 공중으로 적막하게 울려 퍼진다.]

— 막이 서서히 내린다.

[막이 내렸다가 곧 오르며 제2장과 얼마간 시간이 흘렀음을 표시한다.]

[제2장] ————————

[제3막의 제1장과 10시간쯤 경과한 후로 여명 전 가장 어두운 시각이다. 석유등잔의 심지를 아주 키워 놓아서 등잔의 불빛이 방안을 대단히 환하게 비추고 있다. 찢어진 금붕어 연은 어디에 내다 버렸는지 모른다. 하지만 비둘기 우리는 여전히 탁자 위에 외롭게 놓여 있고 우리 안의 흰 비둘기는 전혀 움직임이 없이 머리를 자신의 깃털 속에 파묻고 있다. 방안의 공기는 몹시

싸늘해서 밤중에 앉아 있노라면 꽤 두터운 옷을 입어야만 늦가
을의 한기를 이길 수 있다. 밖은 서풍이 세차게 불고 정원의
백양나무는 소나기가 쏟아지듯이 소리내며 흔들린다. 그래서
인지 사람들로 하여금 더욱 구슬프고 처량한 기분을 느끼게
한다. 구멍이 난 창호지는 바람 속에서 바르르 떨고 있다. 멀리
서는 가끔 야경을 알리는 징 소리가 들려오고 서풍의 기세 속으
로 먼 골목 어디선가에서는 간혹 떡을 파는 노인의 "떡 사시오"
라고 외치는 소리가 들려온다. 바람소리가 세차게 불다가 다시
주춤하는 사이에 외치는 소리가 때로는 분명하게 때로는 어렴
풋이 들려온다.]
[이날 밤 쩡씨 집안 사람들은 대부분 잠을 이루지 않았고 쩡씨
집안 가문에 있어서 가장 비참한 밤이었다. 쩡나리는 밤새 잠을
이루지 못하고 수백 번 칠을 한 관을 시시각각 들여다보며 여러
해 동안 소중하게 여겨왔던 나날들을 생각했다. 이제 몇 시간이
지나면 고스란히 남에게 넘겨줘야 한다고 생각하니 그의 마음
은 타는듯이 괴로웠다.]
[뚜씨네는 인시(寅時)가 끝나기 전— 즉 5시— 전에 영신(迎神)
하고 관을 뚜씨 집안으로 옮겨가겠다고 했다. 그래서 뚜씨 하인
들은 5시전까지 기다리고 있는데, 돈을 꿔서라도 갚겠다던 지
앙타이는 전날 오후 5시에 나가서 아직까지 돌아오지 않고 있
다. 쩡원차이는 남편의 행방 때문에 조급해하고 한편으로는
안채에 가서 그녀의 아버지를 위안해야 했다. 밤새 수시로 나와
서 묻고 또 묻고 도처에 전화를 걸어보고 사람을 보내 찾아보았
으나 지앙타이는 여전히 함흥차사이다. 나머지 사람들은 노

나리가 아주 조마조마해하는 것을 보고 들여다보지 않을 수 없었다. 물론 어떤 사람은 정말 지앙타이가 돈을 꿔다가 악독한 뚜씨네 하인들은 쫓아버리기를 원했다. 하지만 어떤 사람은 입으로만 효도를 할 뿐이지 진심은 지앙타이가 돈을 융통해서 돌아오게 되면 헛 장사를 하게 되지 않을까 내심 걱정하는 사람도 있다. 때를 같이하여 어떤 사람은 가만히 자신의 방에서 바삐 짐을 꾸리는 사람도 있는데, 이들은 눈물을 흘리고 또한 기쁨을 안고 있으며, 애통한 마음을 갖거나 광명의 희망을 품고서 과거를 회상하고 미래를 동경한다. 이는 또한 미래의 '뻬이징'인에 속하는 일로써 관 때문에 다투고 시름하는 사람들과는 아무런 상관이 없다.]

[처량함과 추위로 가득한 이 방에서 원칭은 바보가 된 듯 소파에 앉아 전혀 움직임이 없다. 그는 진회색 항조우(杭州) 비단으로 지은 낡은 두루마기를 입었고 말 없이 두 손을 소매 속에 끼고 있다. 권태와 절망이 눈 속에서 교차하고 미간과 입가에서 떠돌고 있다. 그는 멀리서 들려오는 징 소리와 바람소리 그리고 나뭇잎 소리를 침울하게 들으며 가끔 귀를 기울이고 옆에서 쉴새없이 주절대는 쓰이의 말을 주의할 뿐이다.]

[쓰이는 남색의 엷은 면 두루마기로 바꿔 입었고 이미 얼마나 말을 많이 했는지 지금은 힘에 부친 듯 기대에 찬 눈빛으로 원칭을 바라보며 그의 대답을 기다리고 있다. 그녀는 한 손에 약 대접을 들고 다른 한 손에는 빈 대접을 들고 약을 이쪽에 부었다 저쪽에 부었다 하는데, 약이 다 식으면 마시려는 것이다. 최후에는 약을 다 마시고 컵의 물로 입을 가신다.]

쩡 쓰이 : (대접을 내려놓고 또 시작—) 좋아요, 당신도 돌아오셨으니 저도
쩡씨 집안에서 면목이 좀 서게 됐어요. (냉소하며) 어쨌든 고모
말이 틀렸어요, 내가 자기 오빠를 핍박해서 집을 떠나게 해서
돌아오지 못하게 한다고 했거든요.

[원칭이 귀찮은 듯이 고개를 들어 그녀를 바라본다.]

쩡 쓰이 : (곁눈으로 원칭을 보며 아주 정색해서) 어때요? 이 일이? — 전 이렇
게 결정했어요. (잘 모르겠다는 표정으로) 어, 왜 또 말을 안 해요?
이건 절대 내가 당신을 핍박하는 것이 아녜요!

쩡 원칭 : (탄식하며 막무가내로) 당, 당신 도대체 또 뭘 어쩌자는 거야?

쩡 쓰이 : (눈을 크게 뜨고, 또 무슨 억울함을 당한 표정으로) 이상하네요, 당신
생각대로 했는데 또 뭐가 잘못됐어요? (마음을 정한 표정을 지으며)
전 말이에요, 사람노릇을 하려면 제대로 하려는 거예요. 오늘
고모가 아버님 앞에서 제 자식들까지 있는데 저한테 성깔을
부렸어요. 내가 모두 당신을 위해서 참았어요! 전 방금도 고모
를 찾아가서 좋은 말로 먼저 말을 꺼냈어요, 좀 건너와서 의논
을 하자고 말이에요, 모두가 함께 좀 의논을 해서—

쩡 원칭 : (참지 못하고 고개를 들고) 뭘 의논하자는 거야?

쩡 쓰이 : 아이, 우리가 말하고 있는 이 일을 의논하자는 거지요? (자신이
원칭의 속내를 알았다고 인정하고, 비꼬며) 이건 어린애가 사탕을 보
고 속으로는 먹고 싶으면서 겉으로 싫다고 할 그런 일이 아녜
요. 난 정말 시원시원한 것을 좋아해서 하고 싶은 말이 있으면
하고 말지요. 전 말이지요, 양고기를 먹고 싶으면서 노린내를

싫어하는 그런 남자는 좋아하지 않아요.

쩡 원칭 : (귀찮은 듯) 날이 밝는데 가서 자.

쩡 쓰이 : (못들은 척 하고 계속 같은 말투로) 전 고모하고 다 털어놓고 말을—

쩡 원칭 : (깜짝 놀라며) 뭐! 동생에게도 다 말을 했다고—

쩡 쓰이 : (입을 삐쭉거리며) 왜요? 못할 말 있어요?

[원차이가 서재의 작은 문으로 등장한다. 그녀는 여전히 그 주름이 있는 원피스를 입었으며 위에는 커피 색 스웨터를 걸쳤다. 한밤에 잠을 자지 않아서 인지 얼굴은 더 초췌해 보이고 머리칼은 약간 헝클어져 있다.]

쩡원차이 : (머리칼을 정돈하며) 아니, 오빠, 5시가 다 됐는데 아직까지 들어가지 않았어요?

쩡 원칭 : (쓴웃음을 지으며) 싫다.

쩡원차이 : (쓰이에게, 조급하게) 지앙타이는 안 돌아왔나요?

쩡 쓰이 : 아뇨.

쩡원차이 : 금방 앞쪽에서 자물쇠를 따고 문을 여는 소리를 들은 것 같은데.

쩡 쓰이 : (차갑게) 그건 뚜씨네 하인들이 관을 가져가려고 온 거예요.

쩡원차이 : 아! (마음속에 점점 실망의 한기가 엄습해온다. 그녀는 몸서리를 치며 낡은 소파 위에 웅크리고 앉는다.) 아, 정말 추워요!

쩡 쓰이 : (귀를 기울인다. 참지 못하고 고의로) 들어보세요, 지금 또 자물쇠를 잠그네요! (그 문제를 언급하며) 어때요? (존칭을 하기가 약간 자존심 상하지만 얼굴에는 웃음을 띠며) 아가씨, 금방 제가 말했던 그 일은—

쩡원차이 : (마음이 어지러운 듯, ―막연히) 뭘요?

쩡 쓰이 : (간사하게 웃으며 원칭을 힐끗 보고) 내 말은 쑤팡 아가씨를 시집보
내는 일 말예요!

쩡원차이 : (생각난 듯, 하지만 쓰이가 속으로 또 무슨 연극을 꾸밀지 몰라서 단지
쓴웃음을 짓고 만다.) 그렇게 좋은 것 같지는 않은데요.

쩡 쓰이 : (아주 통쾌하게) 그게 뭐 안 좋을 것이 있어요? (친근하게) 아가씨,
제 마음이 (약지를 쳐들고 비교해 보이며) 이렇게 넓다고는 생각하
지 마세요. 하긴 내가 뭐 종일 남자하고 붙어있어야 살수 있는
여자는 아니거든요, 내 평생에 현모양처와는 인연이 없지만 이
만한 도량이야 있지요. (다시 겸손하게) 사실 말하자면 이건 뭐
도량이다 뭐다 할 것도 없어요, 외사촌 누이가 외사촌 오빠한테
시집오면 더 가깝고 좋지요, 이것도 하늘의 뜻이고 땅의 도리이
니 세상에는 얼마든지 있어요.

쩡원차이 : (성실하게) 아니, 제 말은 쑤팡 동생의 의사를 물어봐야 한다는
거지요.

쩡 쓰이 : (신랄하게 소리내어 웃으며) 어머, 뭘 물어볼 필요가 있어요? 마다
할 이유가 없는데요? 난 솔직해서 시원시원한 것이 좋아요, 쑤
팡 동생의 마음은 나 혼자만 알고 있는 것이 아니잖아요. 그
동생이야 정말 비할 나위 없이 좋은 사람이지, 난 마음에도
없는 말은 하기 싫어해요. 그럼 (원칭에게, 아주 간절한 부탁을 하듯
이) 외사촌 오빠께서 오늘 속마음을 털어놔야겠지요? 친동생도
여기 있는데, 적어도 동생 앞에서는 저에게 분명하게 말해 줘야
지요.

쩡 원칭 : (원차이를 한번 쳐다보고 다시 고개를 숙이고 말이 없다.)

쩡 쓰이 : (재촉하며) 당신이 분명하게 말해야 내가 대신해서 일을 추진하
지요!

쩡원차이 : (마치 오빠의 심정을 알아챈 듯 대신해서 말한다.) 제 생각에는 이 일은
그렇게 좋은 것 같지 않아요.

쩡 쓰이 : (눈알을 굴리며) 또 뭐가 좋지 않다는 거지요? 아가씨, 안심하세
요, 내가 절대 쑤팡 동생을 억울하게 하지 않을 테니, 전보다
가까워지지 멀어지진 않을 거예요! (자신의 인심이 후함을 나타내려
는 듯) 난 시원시원한 사람이라고요, 어제 밤에 내가 시집오면서
가져온 패물들을 뒤지다가 쑤팡 동생이 생각나서 가장 좋은
구슬을 골라 놓았는데, 이건 원칭을 대신해서 쑤팡 동생에게
주기로 정했어요. (말을 하면서 작은 탁자 위에서 옛 비녀에서 풀어낸
구슬을 집어들고 원차이에게 내밀며) 아가씨, 어때요?

쩡원차이 : (할 수 없이 받아서 보고는 말나오는 대로 칭찬을 한다.) 예쁘네요.

쩡 쓰이 : (점점 더 신이 나서) 난 성격이 급해서 원칭이 쓸 신혼방도 생각해
놓았어요. 좀 있다가 위앤씨네가 기차를 따고 떠나면 도배공을
시켜 도배를 할거예요. 모두가 함께 힘을 합쳐서 저를 도와
주세요. 2,3일도 지나지 않아서 아가씨는 잔치 술을 마시게
될 거예요. 난 말이죠, 이 일에 필요한 모든 것을 다 생각해
놓았고, — (원칭을 바라보고 조롱하듯, 또 칭찬하는 듯한 표정을 지으며)
원칭은 마음씨도 착하죠, 저 사람은 항상 쑤팡 아가씨를 박대할
까봐 걱정이거든요. 전 진작부터 생각했는데, 이후부터는 말이
죠, (모든 것을 다 말하려는 듯) 듣기 싫은 소리 한 마디 하지요,
이후부터는 집안에서 양쪽 모두 다 같이 중요한 거예요, (쌍스럽
게 크게 웃으며) 우린 누구도 억울하게 하지 말아야지요!

쩡원차이 : (마음이 초조하지만 또 어쩔 수 없어 따라서 웃으며) 그래요, 하지만 아버지한테 물어봐야지 않겠어요?

[장순이 서재의 작은 문으로 등장한다. 금방 침실에서 일어난 듯 눈에는 졸음이 가득하고 옷도 제대로 입지 못하였다.]

장   순 : (문으로 들어서자마자 부른다.) 마님!

쩡 쓰이 : (개의치 않는다. 원차이의 말을 분명하게 듣지 못한 척 하며) 뭐라고요?

쩡원차이 : 제 말은 아버지께 물어봐야 한다는 거예요.

쩡 쓰이 : (더욱 자신이 있다는 듯이) 어머, 이 일은 아버님께 물어볼 필요도 없어요? 이렇게 좋은 며느리가 생기면, (말속에 말을 담고) 당신 시중을 들더라도 더 떳떳하지 않겠어요? (갑자기) 그렇지만 한가지만은 말이죠, 쑤팡 동생을 부를 때 집에서는 어떻게 불러도 좋은데, 밖에서는 꼭 '쑤팡 아가씨'라고 부르는 것이 좋아요. '마님'이나 '부인'이라고 불러서 남들의 웃음거리가 안되게 말예요. — (다시 몸을 돌려 원칭을 힐끗 쳐다보고) 사실 난 상관없어요, 이것은 원칭의 의견이거든요, 원칭의 의견! (원칭이 막 말을 하려는데 그녀가 다시 고개를 돌려 장순에게 묻는다.) 장순아, 무슨 일이냐?

장   순 : 나리께서 부르세요?

쩡 쓰이 : 나리께서 아직 안 주무신단 말야?

장   순 : 네, —

쩡 쓰이 : (장순에게) 가자! 어서!

[쓰이가 급하게 서재의 작은 문으로 퇴장하고 장순이 뒤를 따

른다.]

쩡원차이 : (쓰이가 걸어나가는 것을 보고 일어나서 원칭 앞으로 걸어가 아주 동정하
는 어조로, 느리게) 오빠, 아직 뭘 먹지 못했잖아요?

쩡　원칭 : (그녀를 바라보고 머리를 젓고는 다시 실망해서 멍하니 있다.)

쩡원차이 : 제가 대추과자를 갖다 드릴게요.

쩡　원칭 : (급하게 손을 저으며 귀찮은 듯이) 아니, 싫다, 싫어, (다시 피곤한
듯이) 먹고 싶지 않아.

쩡원차이 : 그럼 오빠, 제 방에 가서 세수도 좀 하고 쉬는 것이 좋겠어요?

쩡　원칭 : (실성한 사람처럼) 아니, 자고 싶지 않아.

쩡원차이 : (묻고 싶으나 거북해하다가 끝내—) 언니, 언니가 왜 오빠를 밤새
방에 들어가지 못하게 하는 거예요?

쩡　원칭 : (슬프게 웃으며) 흥, 날더러 잘못했다고 빌라는 거지.

쩡원차이 : 그래서요?

쩡　원칭 : (절망하지만 아주 확고하게) 당연히 빌지 않지! (눈을 감는다.)

쩡원차이 : (아주 동정하지만 아무런 방법이 없는 듯) 후, 세상에 어떻게 이런
일이 있담, 남편이 막 돌아왔는데 조금의 기뻐할 시간도 없이
그냥 끝없이—

[밖에서는 서풍이 세차게 불고 있다. 천어멈이 서재의 작은 문
으로 등장한다. 그녀의 얼굴색은 밤새 피로 때문인지 창백해
보이고 눈도 약간 들어갔다. 그녀는 솜옷을 걸치고 하품을 하며
걸어 들어온다.]

천 어멈 : (원칭이 고개를 숙이고 기대어 있는 것을 보고서 잠이 든 줄 알고 원차이에 게 낮게) 칭 도련님이 왜 여기서 잠이 드셨어요?

쩡원차이 : (낮게) 아닐 거예요.

천 어멈 : (원칭에게 다가간다. 원칭이 눈을 감고 상대할 생각을 하지 않는다. 천어 멈이 그를 보고 가련한 듯이 고개를 젓다가 아주 사랑스럽게 지켜본다. 목이 메여 고개를 돌려 원차이에게) 아마도 잠든 것 같아요. (가볍게 한숨을 내쉬고 자신이 걸친 솜옷을 벗어서 그에게 덮어준다.)

쩡원차이 : (낮은 소리로 급하게) 그러지 마세요, 그러지 말아요, 유모가 추워 요. 제가 가져올게요. (자신의 침실로 걸어 들어간다.) ―

천 어멈 : (손으로 원차이를 저지하며 목소리를 죽이고, 급하게) 난 괜찮아요. 난 괜찮으니 아가씨, 아가씬 안채에 가서 나리를 좀 살펴보세요.

쩡원차이 : (조급하게) 무슨 일 있어요?

천 어멈 : (가슴 아파하며) 좀 누우시라고 해도 좀처럼 그러지 않으세요. 방안에서 일어났다 앉았다 안절부절 하시면서 사위가 돌아왔느 냐고 묻기만 하세요.

쩡원차이 : (어찌할 바를 몰라) 그럼 어쩌지요? 어떻게 해요? 지앙타이는 아직 까지 그림자도 안 비치니, 어디로 갔는지―

천 어멈 : (머리를 가리키며) 아이고, 무슨 놈의 원수래요! (원칭이 깰까봐 원차 이를 잡고 좀 떨어진 곳으로 끌고 가서) 말하면 불쌍하기만 하지! 낮에는 관을 주라고 쉽게 말씀하였지만 밤이 되어 몇 십 년 지켜온 관을 당장 남에게 줘야 한다고 생각하니― 생각해 봐요, 나리께서 어찌 애타지 않겠는가! 어찌 애가 타지―

[장순이 서재의 작은 문으로 등장한다.]

장   순 : 마님!

천 어멈 : (급하게 깊이 잠든 듯한 원칭을 가리키며 계속 손을 젓는다.)

장   순 : 나리께서 부르세요.

쩡원차이 : 나 참! (뒷걸음치다가 고개를 돌리고) 쑤팡 아씨는?

천 어멈 : 금방 나리의 다리를 주물러 주셨는데. ― 아마 방에서 다른
          것을 정리하고 계실 거예요.

쩡원차이 : 나 참.

[원차이가 장순을 따라서 서재의 작은 문으로 퇴장.]
[밖의 바람소리는 좀 누그러졌다. 나뭇잎이 정원에 떨어져 뒹굴
면서 바스락바스락 소리를 낸다. 야경의 징 소리는 서서히 멀어
져지다가 더 이상 들리지 않는다. 옆 골목에서 "떡 사시오"라고
외치는 소리가 쓸쓸하고 외롭게 들려온다.]
[천어멈이 하품을 하며 원칭의 옆으로 걸어간다.]

천 어멈 : (원칭에게 고개를 숙이고 그가 여전히 눈을 감고 있는 것을 보고는 부지중
          가볍게 부른다. 사랑으로 가득 찬 표정으로) 불쌍한 칭 도련님!

[원칭이 눈을 뜬다. 여전히 절망과 권태로 가득한 모습이다.
손으로 몸을 받치며, ―]

천 어멈 : (깜짝 놀라며) 도련님, 깨셨어요?

쩡 원칭 : (아주 혼미한 가운데 깨어난 듯, 천천히 고개를 돌리고) 어멈이었군요,
          어멈!

천　어멈 : (원칭을 보고 부지중에 눈가를 닦으며) 저예요, 칭 도련님! (그를 보고 고개를 저으며, 애석하게) 불쌍하지, 정말 많이 야위었어요, 왜 여기서 주무세요?

쩡　원칭 : (분명하지 않게) 네, 유모.

천　어멈 : 아이고, 칭 도련님! 그동안 밖에서 정말 고생했어요! (눈물을 닦으며) 나와 쑤팡 아가씨는 하루도 도련님을 걱정 안한 날이 없었어요, 불쌍하지, 쑤팡 아가씬—

쩡　원칭 : (갑자기 천어멈의 손을 잡으며) 유모, 나의 유모!

천　어멈 : (아픈 마음을 참지 못하고) 칭 도련님! 내 보배, 내 귀염둥이 칭 도련님! 도, 도련님은 돌아오셔서 아직 쑤팡 아씨를 만나보지 못했지요?

쩡　원칭 : (말을 못하고 단지 천어멈의 깡마른 손을 꼭 쥐고 있을 뿐이다.) 유모! 유모!

천　어멈 : (그의 마음을 헤아리고 가엽게 여기며) 제가 벌써 아가씨를 모셔왔어요.

쩡　원칭 : (놀란다. 아주 격동되어) 아니, 아니, 유모!

천　어멈 : 무슨 죄를 지었다고, 칭 도련님, 도련님이 어디 당장 손자를 볼 사람 같아요? 칭 도련님!

쩡　원칭 : (당황하여) 아, 아니, 쑤팡을 부르지 말아요. 왜 부르려고 해요—

천　어멈 : (서재의 작은 문이 열리는 것을 보고) 아니, 가만, 쑤팡 아씨가 오나 봐요?

[서재의 작은 문으로 쑤팡이 등장한다.]
[그녀는 검은 면 원피스로 바꿔 입었다. 길다란 검은머리, 창백

한 얼굴, 냉정한 표정, 그리고 커다란 눈에 괴로움과 피로한
기색을 살짝 담고 마치 유령과도 같이 사뿐히 걸어 들어온다.]
[원칭이 몹시 격동되어 곧 일어선다.]

쑤　　팡 : 천어멈!

천　어멈 : (일부러 자연스러운 모습을 하고) 아직 주무시지 않았어요?

쑤　　팡 : 네, (다른 말이 생각나지 않아서) 전, 전 비둘기를 좀 보려고 나왔어
　　　　　요. (곧장 비둘기 우리를 놓아둔 탁자 앞으로 걸어간다.)

천　어멈 : (그녀의 말을 이어서) 옳지, 그러세요! (갑자기 생각난 듯) 나도 작은
　　　　　도련님과 작은 아씨가 깨어났나 가볼게요. 큰 마님께서 그들
　　　　　부부더러 위앤씨네 식구들을 배웅하라 했거든요. (말하면서 밖으
　　　　　로 나간다.)

쩡　원칭 : (그녀의 솜옷을 들고 낮은 소리로) 유모 옷, 유모!

천　어멈 : 아이고! 옷, (그들에게 웃어 보이며) 내 정신 좀 봐요!

[천어멈이 솜옷을 가지고 어색한 듯 얼버무리고 서재의 작은
문으로 퇴장한다.]
[날이 밝기 전 바람은 또 서서히 불어오기 시작하고 백양나무는
다시 소나기가 내리듯이 소리를 내며 흔들리고 멀리서 첫 닭의
울음소리가 바람을 따라 공중에서 맴돈다.]
[두 사람은 묵묵히 마주보고 한참동안 말이 없다. 원칭은 부끄
러움과 원망으로 인해 머리를 숙이고 천천히 침실로 걸어간다.]

쑤　　팡 : (그때서야 비둘기 우리에서 눈을 떼고) 원칭 오빠!

쩡　원칭 : (걸음을 멈추고서 여전히 고개를 돌리지 못한다.)

쑤　　팡 : 유모께서 오빠가 절 찾는다고—

쩡　원칭 : (몸을 돌리고 천천히 고개를 들어 쑤팡을 본다.)

쑤　　팡 : (다시 고개를 숙인다.)

쩡　원칭 : 쑤팡!

쑤　　팡 : (부지중 고통스럽게 우리 안의 비둘기를 바라본다.)

쩡　원칭 : (할말이 없다. 처량하게) 이, 이 비둘기가 아직까지 집에 있었네.

쑤　　팡 : (고개를 끄덕인다. 침통하게) 그래요, 그건 이 비둘기가 날지 못하
　　　　　기 때문이예요!

쩡　원칭 : (멍했다가) 난— (갑자기 알아차리고 얼굴을 가리고 흐느낀다.)

쑤　　팡 : (떨리는 목소리로) 아니, 아뇨—

쩡　원칭 : (여전히 슬프게 운다.)

쑤　　팡 : (한 걸음 다가가서 위로하듯 또 괴로운 듯) 아니, 이러지 마세요, 왜
　　　　　울어야 해요?

쩡　원칭 : (통곡하며 소파에 쓰러진다.) 내가 왜 돌아 온 거야! 내가 왜 돌아왔
　　　　　나 말야! 돌아오지 말아야 하는 것을 너무도 잘 알면서, 내가
　　　　　왜 돌아 온 거야!

쑤　　팡 : (슬프게) 날 수 없으면 돌아와야지요!

쩡　원칭 : (흐느끼며 하소연하듯) 아니, 쑤팡이는 몰라, — 밖의— 밖의 풍파
　　　　　는—

쑤　　팡 : 원칭 오빠, 이걸 (열쇠를 꺼내서 원칭에게 내민다.)—

쩡　원칭 : 아!

쑤　　팡 : 이건 그 상자의 열쇠예요.

쩡　원칭 : (영문을 모르고) 왜?

쑤　　팡 : (냉정하게) 오빠의 서예랑 그림이랑 모두 그 상자 안에 두었어요.
　　　　 (열쇠를 천천히 탁자 위에 올려놓는다.)
쩡　원칭 : (당황하며) 쑤팡이는 어쩌려고? 쑤팡!

[한참사이. 바깥의 바람소리, 나뭇잎 흔들리는 소리―]

쑤　　팡 : 들어봐요!
쩡　원칭 : 뭐가?
쑤　　팡 : 밖의 바람소리가 정말 거세요!

[바람소리를 가로질러 밖에서 부르는 소리: "쑤팡 이모, 쑤팡
이모!"]

쑤　　팡 : (귀를 기울이고) 밖에서 누가 절 불러요?
쩡　원칭 : (역시 귀를 기울이고, 잘 안 들리는 듯이) 아니, 모르겠는데?
쑤　　팡 : (긍정하고, 슬프게) 아뇨, 누가 불러요!

[쓰이가 서재의 작은 문으로 들어온다.]

쩡　쓰이 : (쑤팡에게, 조소하듯, 또한 무심하게 하는 말인 듯) 아이고, 내가 쑤팡
　　　　 동생이 여기 있으리라고 추측한 것이 맞았네! (친절하게) 쑤팡
　　　　 동생, 내 허리가 또 아프기 시작하는데 좀 있다가 안마를 좀
　　　　 해주겠어요? 아참, 방금 깜박 잊고 말을 못했는데 오빠가 돌아
　　　　 오면서 동생한테 예쁜 선물을 하나 가져왔던데요.

쩡 원칭 : (궁지에 빠진 듯) 당신—

쩡 쓰이 : (다짜고짜 탁자 위의 구슬을 들고서 쑤팡에게 내밀며) 이걸 좀 보세요, 이 구슬이 얼마나 크고 둥근지!

쩡 원칭 : (경계심을 갖고) 쓰이!

[장순이 서재의 작은 문으로 등장해서 문 앞에서 주인들이 말을 하고 있는 것을 보고 걸음을 멈춘다.]

쩡 쓰이 : (동시에— 원칭의 표정에 개의치 않고, 웃으며) 오빠 말은, 이것은 동생에게 주는 선물—

쩡 원칭 : (격동하여 부들부들 떤다. 갑자기 분노가 폭발해서) 당신 같은 인간은 뱃속에 무슨 심보가 들어있는 거야!

[원칭이 말을 하고 나서 곧장 자신의 침실로 달려들어간다.]

쩡 쓰이 : 여보!

[침실 문이 쾅하고 닫힌다.]

쩡 쓰이 : (얼굴을 일그러트리며 쌀쌀맞게) 에구, 내 정말 이 마나님 노릇을 어떻게 해야 할지 모르겠네!

장 순 : (그때서야 앞으로 나간다. 낮게) 큰 마님, 뚜씨네 하인들이 인시(寅時)가 다 지났다고 지금 관을 가져가겠다고 하는데요.

쩡 쓰이 : 그래, 내가 곧 가마.

[장순이 큰 객실로 통하는 문으로 나간다.]

쩡 쓰이 : (돌연) 좋아요, 쑤팡 동생, 우리 있다가 얘기하지요. (서재로 통하는 작은 문을 향해 걸어가다가 다시 몸을 돌린다. 친근하게 웃으며) 쑤팡 동생, 나 또 위병이 도진 것 같은데 부엌에 가서 소금을 좀 구워줘요.

쑤 팡 : (고개를 끄덕인다.)

[쓰이가 서재의 작은 문으로 퇴장한다.]

쑤 팡 : (멍하니 제자리에 서서 비둘기 우리를 쳐다본다.)

[바깥의 바람소리]
[뤠이전이 큰 객실로 통하는 문으로 등장한다.]

쩡뤠이전 : 쑤팡 이모!

쑤 팡 : (움직이지 않고) 그래.

쩡뤠이전 : (다급하게) 쑤팡 이모!

쑤 팡 : (천천히 고개를 돌려 뤠이전에게, 슬프고 애석해하며) 즐거움이란 정말 항상 있는 것이 아냐, 즐거움의 꿈마저 이처럼 깨지다니!

쩡뤠이전 : (동정하는 어조로) 늦었어요, 쑤팡 이모, 가요!

쑤 팡 : (낮은 소리로) 문이 아직 잠겼는데, 열쇠가—

쩡뤠이전 : (자신 있게) 괜찮아요! '뻬이징'인이 우릴 도와줄 거예요.

쑤 팡 : (잘 모르겠다는 듯이) '뻬이징'인—?

[밖에서 쓰이가 부른다.]
[쓰이가 부르는 소리 : 쑤팡 동생! 쑤팡 동생!]

쩡뤠이전 : (큰 객실로 통하는 문을 열고 문안을 가리키며) 저 사람이에요!

[문 뒤에 산 같이 웅장한 '뻬이징'인이 우뚝 서 있다. 그는 지금 기름이 흠뻑 묻은 작업복을 입고 있다. 거무스레한 얼굴에 무쇠 같은 팔뚝, 그리고 손에는 강철 집게를 쥐고 있다. 북실북실한 눈썹 밑에서 번쩍이는 두 눈은 숙연하고 위엄이 넘치지만 자세히 보면 친절하고 성실한 미소를 읽을 수 있어서 사람들에게 부드럽고 친근감을 준다.]
[쓰이가 부르는 소리 : (더욱 가깝게 들린다.) 쑤팡 동생! 쑤팡 동생!]

쩡뤠이전 : 그녀가 와요!

[뤠이전이 큰 객실로 통하는 문 뒤로 걸어가 숨는다. '뻬이징'인이 위엄 있게 문 앞에 서 있다.]
[쓰이가 곧바로 서재의 작은 문으로 등장한다.]

쩡 쓰이 : 어, 혼자 이곳에 있었네요! 아버님이 인삼탕을 마시겠대요, 가죠.

쑤   팡 : (고개를 끄덕이고 가려고 한다.)

쩡 쓰이 : (갑자기 친절하게) 참, 쑤팡 동생, 생각이 나서인데요, 내 생각엔

지금 말하는 것이 좋겠어요? (말을 하며 탁자 옆으로 걸어가서 구슬을 집어든다. 갑자기 '뻬이징'인을 보고서 깜짝 놀라며, 그에게) 어머! 당신 여기서 뭘 해요?

뻬이징인 : (무시무시하게 그녀를 쳐다본다.)

쩡 쓰이 : (놀라고 의심스러워서) 좀 물어보지요! 당신 여기서 뭘 하는 거예요?

뻬이징인 : (다시 비웃는 듯 하기도 하고 경멸하는 듯 하기도 한 미소를 입가에 드러낸다.)

쑤 팡 : (침착하게) 저 사람은 말을 못해요.

쩡 쓰이 : (방법이 없는 듯, '뻬이징'인에게 혐오스런 눈길을 하고 쑤팡에게) 우리 밖에서 얘기하지요.

[쓰이가 쑤팡을 끌고 서재의 작은 문으로 퇴장한다.]
[뤠이전이 두 사람이 나가는 소리를 듣고 곧장 큰 객실로 통하는 문으로 등장한다.]

쩡뤠이전 : 갔어요? (사방을 둘러보고 '뻬이징'인에게 밖을 가리키며 말하며 손시늉을 한다.) 문, 대문— 잠겼죠, 열쇠가 없어요!

뻬이징인 : (서서히 주먹을 쳐든다. 뜻밖에도 한 마디 한 마디 힘차고 굵은 목소리로) 우—리—함—께—열—어—요!

쩡뤠이전 : (깜짝 놀라며) 당, 당신은—

뻬이징인 : (솔직하고 친절하게 웃으며) 날—따—라—와—요! (곧 걸음을 옮겨 밖으로 나간다.)

쩡뤠이전 : (크게 기뻐하며) 쑤팡 이모! 쑤팡 이모! (갑자기 '뻬이징'인에게 몸을

돌리고, 친절하게) 당신이 앞에 가세요, 우린 따를 테니까요!

뻬이징인 : (고개를 끄덕인다.)

['뻬이징'인이 거대하고 위대한 영혼처럼 길을 인도하며 큰 객실
로 통하는 문으로 걸어나간다.]
[동시에 서재의 작은 문으로 쑤팡이 등장한다. 얼굴이 대단히
창백해 있다.]

쩡뤠이전 : (기뻐하며 뛰어와서) 이모! 이모! 제가 해줄 말이— (갑자기 쑤팡의
창백한 얼굴색을 발견하고) 왜 얼굴이 그래요? 왜? 그녀가 이모한테
뭐라 했어요?

쩡 쓰이 : (가볍게 고개를 젓는다.)

쩡뤠이전 : (기쁨을 감추지 못하고) 쑤팡 이모, 제가 신기한 일 하나 말해줄게
요! 벙어리가 말을 했어요!

쑤 팡 : (무겁게) 그래, 그럼 나도 가야지.

[갑자기 밖에서 아주 떠들썩한 소리가 들려온다. 징과 북을 두
드리는 소리와 날라리 부는 소리가 바람소리를 압도하고 들려
온다.]

쩡뤠이전 : (놀라서 고개를 돌리고) 이건 뭘 하는 거지요?

쑤 팡 : 아마도 뚜씨네에서 관을 맞이할 차비를 하는가 보구나!

쩡뤠이전 : (다시 웃으며 묻는다.) 이모의 짐은?

쑤 팡 : 사랑채에 있어.

쩡뤠이전 : 가지고 와요!

쑤   팡 : (고개를 끄덕이며) 그래.

쩡뤠이전 : 쑤팡 이모, 이모는—

쑤   팡 : (처연하게) 아니, 너 먼저 가!

쩡뤠이전 : (놀라며) 이모, 왜 또—

쑤   팡 : (고개를 저으며) 아냐, 금방 갈게, 난 그저 그 분을 한번 더 보고
        싶을 뿐이야.

쩡뤠이전 : (또 그 일이다 여기고— 자기도 모르게 화가 나서) 누구요?

쑤   팡 : (측은하게) 불쌍한 이모부!

쩡뤠이전 : (그때서야 깨닫고) 아! (역시 약간 괴로워하며) 좋아요, 그럼 저 먼저
        가요. 있다가 정거장에서 만나요.

        [밖에서 원차이가 부르는 소리 : "지앙타이! 지앙타이!"]
        [뤠이전이 곧 큰 객실로 통하는 문으로 퇴장한다.]
        [쑤팡이 막 서재의 작은 문을 향해 걸어가는데 원차이가 그
        문으로 급히 등장한다. 온통 눈물범벅이다.]

쩡원차이 : (다급하게) 지앙타이가 아직 안 돌아왔어요?

쑤   팡 : 네.

쩡원차이 : 왜 아직도 돌아오지 않는 거야? (말을 하면서 소파에 엎드리고 흐느
        껴 운다.) 아이고, 우리 아버지, 불쌍한 아버지!

쑤   팡 : (급하게) 왜 그러세요?

쩡원차이 : (손수건으로 눈물을 닦으며) 뚜씨네 사람이 기필코 지금 관을 가져
        가겠대, 아버진 죽어도 안 된다고 하고, 불쌍한 노인네가 어린

애처럼 관을 안고서 절대로 놓지 않으려고 해. (다시 흐느낀다.) 난 정말 아버지의 그 불쌍한 모습을 보지 못하겠어! (머리를 들어 슬픈 얼굴을 하고 있는 쑤팡을 보고) 동생, 동생이 가서 아버지를 달래 들어오시게 해봐, 관 옆에 계시지 말라고 말야!

쑤   팡 : (처연히 서재의 작은 문으로 걸어간다.)

[쑤팡이 서재의 작은 문으로 퇴장한다.]

쩡원차이 : (동시에 홀로—) 아버지, 아버지, 우리 같은 자식들이 무슨 쓸모가 있겠어요! (일어선다. 자신도 모르게) 오빠! 오빠! (원칭의 침실을 향해 걸어간다.) 우리 같은 사람이 무슨 소용이 있어요, 무슨 소용!

[갑자기 밖에서 폭죽소리가 요란하다.]

쩡원차이 : (부지중 발걸음을 멈추고 고개를 돌려 바라본다.)

[장순이 서재의 작은 문으로 등장하는데, 눈이 벌겋게 부었다.]

쩡원차이 : 이건 무슨 소리야?

장   순 : (화도 나고 괴롭기도 하여) 뚜씨네에서 폭죽을 터트리며 관을 마중하고 있어요! 우리 집 뒷문을 열고 이미 관을 메고 갔어요.

[폭죽소리 속으로 관을 메고 가는 사람들의 규칙적인 발걸음 소리가 무겁게 '어여차, 어여차' 소리와 함께 들려오고, 동시에

뚜씨네 하인들이 재촉하며 지휘하는 구령소리가 섞여서 들려온다. 서재의 창문으로는 많은 초롱불이 사람들을 따라 급하게 오가는 움직임이 보인다.]

[이때 천어멈과 쑤팡이 쩡하우를 부축하고 서재의 작은 문으로 걸어 들어온다. 쩡하우의 얼굴빛은 백짓장처럼 하얗고 눈에는 잔뜩 핏발이 서 있다. 극도의 긴장감 속에서 그는 거의 실성한 듯한 표정이고 무슨 말을 해서 설득해도 들어오려고 하지 않는다. 천어멈이 눈물을 닦으며 계속해서 끌고 밀어서 들어오게 하려고 한다. 쑤팡은 쩡하우의 얼굴을 비통하게 바라보고 있다. 그들의 뒤에는 쓰이가 따르고 그녀도 손수건을 들고 눈가를 훔치고 있으나 눈의 티를 닦는지 아니면 눈물을 닦는지는 알 수 없다.]

천 어멈 : (계속해서) 들어오세요, 나리! 보지 마시고! 들어와요—

쩡 하우 : (고개를 돌려서 소리를 지르나 목소리가 잘 나오지 않는다.) 기다려! 그
　　　　 들더러 좀 기다리라고 해! 기다리란 말이다! (부들부들 떨며 쓰이
　　　　 에게 두서 없이 말을 한다.) 자네가 다시 가서 말을 좀 해 봐, 돈을
　　　　 가진 사람이 곧 온다고 말야, 돈이 곧 온다고! 기다려 달라고!
　　　　 그들더러 조금만 더 기다려 달라고!

쑤 　 팡 : 이모부! 이모부—

[쑤팡이 쩡하우를 부축하여 한쪽에 기대게 한다. 노인이 이처럼 격동되어 숨가뻐하는 모습을 보고 문득 뭔가 줘야겠다는 생각을 한다. 서재의 작은 문으로 급하게 퇴장한다.]

천 어멈 : (쉴새없이 달래며) 나리, 그 사람들 멋대로 하게 그냥 내버려둬요,
        (증오하며) 그놈들 가져다가 시체나 돼라지!

쩡 하우 : (거의 애걸하는 투로) 자네가 가서 좀 봐, 쓰이!

쩡 쓰이 : (이때 그녀도 어딘가 좀 괴로운지 참지 못하고 아이를 달래 듯이) 아버님!
        돈이 생기면 우리 다시 좋은 걸 사요.

쩡 하우 : (극도로 분해서) 원차이, 네가 좀 가봐! 어서! (발을 구르며) 지앙타
        이는 도대체 어디 있는 거야? 오는 거야 마는 거야?

쩡원차이 : (줄곧 애통해하다가― 급하게 대답한다.) 와요, 그인 와요, 아버지!

        [밖의 폭죽소리는 더욱 요란하다. 관을 메고 가는 발걸음 소리
        는 점점 가까워져서 눈앞을 지나가는 듯하다.]

쩡 하우 : (부지중 소리지른다.) 지앙타이! 지앙타이! (원차이에게 말하는 듯,
        또 자신에게 말하는 듯이) 그는 어딜 간 거야?

        [이때 큰 객실로 통하는 문이 활짝 열린다. 온 얼굴이 벌겋게
        된 지앙타이가 비틀거리며 걸어 들어온다. 머리카락이 헝클어
        지고 옷이 꾸깃꾸깃하다.]
        [폭죽소리가 서서히 멈춘다.]

쩡 하우 : (자신의 눈을 믿지 못하는 듯) 지앙타이, 자네 돌아온 거야?

지앙타이 : (어릿광대처럼 웃는 듯, 우는 듯, 득의양양도 아니고 상심한 것도 아닌
        아주 애매한 표정을 짓고 고개를 끄덕인다.) 제가 왔어요!

쩡 하우 : (모든 것을 잊고) 그래, 잘 왔네! 그들더러 기다리라고 해라! 그들

에게 돈을 주고 물러가라고 해! 어서, 장순아.

[장순이 즉시 서재 작은 문으로 퇴장한다.]

쩡원차이 : (동시에 지앙타이 앞으로 걸어가서) 빌, 빌린 돈은! (손을 내민다.)

지앙타이 : (손뼉을 치며 신이 나서) 여기 있어! (호주머니에서 종이 조각을 꺼내어
　　　　　손바닥에 '탁' 하고 놓는다.) 여기 있지!

쩡원차이 : 당, 당신 또—

지앙타이 : (동시에 고개를 돌려 문 어귀를 보며) 여봐라! 들어와!

[과연 큰 객실로 통하는 문으로 경찰 한사람이 걸어 들어온다.
뒤에는 쩡팅이 따르고 있다. 아주 미안스러운 얼굴을 하고 지앙
타이를 대신하여 반쯤 남은 브랜디 병을 들고 있다.]

지앙타이 : (손발이 말을 잘 듣지 않으나 당당하게) 저 사람이야! (다시 가리키며
　　　　　아주 분명하게) 저—사람—이야! (몸을 돌려 쩡씨네 사람들에게 변명한
　　　　　다.) 내가 뻬이징 호텔에서 하룻밤을 묵었는데, 글쎄 저 사람이
　　　　　나더러 물건을 가져갔다는 거야, 저 사람들 물건을—

쩡　하우 : 이런—

경　　찰 : (아주 분별 있게) 미안합니다만 어제 밤 이 선생님께서 우리 파출
　　　　　소에 계셨는데—

지앙타이 : 허튼 소리! 뻬이징 호텔이야!

경　　찰 : (여전히 예의를 갖추고) 파출소지요.

지앙타이 : (크게 화를 내며) 뻬이징 호텔! (경찰을 가리키며) 당신 국장을 내가

알고 있어! (말을 하면서 이리저리 걷다가 순간적으로 화를 풀고) 당신 보시오, 여긴 내 집이고, 이 사람은 내 집사람이오! (영문을 모르게 금방 있었던 충돌을 단번에 잊고, 득의양양해서) 저 분은 내 장인어른이신 쩡하우 선생이시고! (갑자기 고개를 쳐들고 웃기 시작한다.) 자 보시오! (방을 가리키며) 내 방이오! (한편으로는 경찰을 보고 웃고 한편으로는 얼떨떨하게 이것저것 가리키며 손가락 짓을 하는데, 마치 사람들을 데리고 어떤 곳을 참관하는 듯 하다.) 이건 내 탁자이고! (자기 침실 문 앞까지 가서) 내 문이지! (그리고서 멍하니 걸어 들어가면서 입으로는 계속 말을 한다.) 내— (갑자기 쿵하고 그리 크지 않는 소리가 난다.)

쩡원차이 : 지앙타이, 당신— (자신의 침실로 뛰어 들어간다.)

경　　찰 : 여러분 금방 다 보셨지요, 제가 이 도련님한테 다 설명을 드렸습니다.

　　　　　[대충 손을 들어 거수경례를 한다. 경찰이 큰 객실로 통하는 문으로 퇴장한다.]
　　　　　[밖의 사람 : (좋아하며) "어서 가자!" (곧 이어서 웃는 소리가 나고 다시 무거운 발걸음 소리가 들린다.)]

쩡　하우 : (돌연 다시 몸을 돌린다.)

천　어멈 : 뭘 하시려고요?

쩡　하우 : 내다 봐, — 봐, —

천　어멈 : 관두세요, 나리—

[쩡하우가 앞으로 나가자 천어멈이 급히 가서 부축하고 쓰이도
따라 부축한다. 천어멈과 쩡하우가 서재의 작은 문으로 퇴장한
다.]
[밖의 떠들썩한 소리와 발걸음 소리는 구불구불한 골목을 따라
가며 서서히 멀어진다.]

쩡 쓰이 : (쩡하우를 문 어귀까지 부축하고 돌아와서 이상하다는 듯이) 팅아, 그
경찰이 뭐라던?

쩡   팅 : 경찰 말은 어제 저녁 고모부가 술이 많이 취해서 물건을 산다며
가게에 들어가서 술 한병을 슬쩍 가지고 나왔대요.

쩡 쓰이 : 현장에서 잡혔다던?

쩡   팅 : 네, 어찌된 영문인지 고모부는 파출소에서 또 반병을 마셨는데,
그리고 나서 또 자신의 일을 털어 놓으셨나봐요. 이건(반병 남은
술을 들고서) 이건 남은 그 브랜디예요! (술병을 탁자 위에 놓고 고통
스럽게 소파에 앉는다.)

쩡 쓰이 : (고소하다는 듯이) 잘 됐구나, 고모가 또 하나의 재간을 배웠으니
말이다. (침실 문으로 걸어간다.) 원칭, (문 가까이로 가서) 여보, 내
금방 당신의 쑤팡 동생한테 다 말했어요, 보아하니 동생도 아주
기뻐하는 표정이던 걸요. 이젠 됐어요, 당신도 편하고 나도 편
하고. 당신에게는 쑤팡 동생이 시중을 들것이고, 난 해산한다음
조리해 줄 사람이 생겼으니 말이죠!

쩡   팅 : (어머니의 마지막 말이 마치 바늘로 그의 귀를 찌르는 듯 하고 전기가
통하는 듯 깜짝 놀라서 고개를 쳐들고) 어머니, 뭐라 하셨어요?

쩡 쓰이 : (잘 알아듣지 못하고) 왜—

쩡　　팅 : (천천히 일어서며) 어머니 말씀은 어머니도—

쩡　쓰이 : (좀 쑥스러운 듯한 얼굴을 하고) 그래—

쩡　　팅 : (겁을 먹고) 낳을 거예요?

쩡　쓰이 : (얼굴로 그 사실을 표현한다.) 왜?

쩡　　팅 : (절망적으로 어머니를 본다. 잠깐 사이, 모질고 무겁게) 그럼, 낳으세요!

[갑자기 쩡팅이 큰 객실로 통하는 문으로 뛰어서 퇴장한다.]

쩡　쓰이 : 팅아! (몇 걸음 쫓아가다가) 팅아! (고통스럽게) 얘, 팅아!

[원차이가 급하게 침실에서 나온다.]

쩡원차이 : 아버지는요?

쩡　쓰이 : (멍하니 서서) 관을 보고 계시지!

[원차이가 막 서재의 작은 문으로 걸어가려는데 천어멈이 쩡하
우를 부축하여 서재의 작은 문으로 등장한다. 쩡하우가 문 어귀
에서 들어오려 하지 않고 밖을 내다보며 소리를 지른다. 원차이
가 즉시 문 앞으로 달려나간다. 밖의 초롱불은 적어졌고 관을
멘 사람들은 이미 가버렸다.]

쩡　하우 : (얼굴을 문밖으로 향하고 멀리 소리친다.) 안돼! 그럼 안돼! 그렇게
　　　　　　메는 것이 아니야!

천　어멈 : (동시에) 그냥 둬요, 나리. 그만 하세요!

쩡원차이 : (계속해서) 아버지! 아버지!

쩡 하우 : (여전히 메고 가는 관을 쓸쓸히 바라보며 소리치고 손짓을 하며) 안돼!
그건 부딪치면 안 되는 거야! (천어멈에게) 저들더러 벽, 담 벽에
부딪치지 말라 하게, 저 관 뚜껑은 쓰추안(四川) 칠을 한 거야!
부딪치면 안돼! 부딪치지 말라고 해!

쩡 쓰이 : 상관 마세요, 아버님. 부딪쳐 부서져도 이제는 남의 건데요.

쩡 하우 : (그녀의 말에 조용해지며 잠시 멍해져서, 갑자기 슬프게 울며) 할멈! 할
멈! 할망구는 잘 죽었구려, 일찍 죽었으니, 죽지 못한 난 관,
관마저— (발을 구르며) 살아서 자식들이 있으면 무슨 소용이
있소, 이 쥐새끼보다 못한 놈들이 무슨 소용이 있다는 거요!
(애통하게 소파에 덥석 꿇어앉는다.)

[쿵, 담 벽이 와르르 무너지는 소리. 모두 침묵한다.]

쩡원차이 : (낮게) 담 벽이 무너졌어요.

[정적 속에서 지앙타이가 자신의 침실에서 비틀거리면 걸어나
온다.]

지앙타이 : (온화하고 부드러운 표정을 하고 아주 호의적으로 쓰이에게) 제가 말했
죠, 팔월 추석에 말예요, 무너질 거라고! 무너진다고! 지금 보세
요, 올 일이 오고—

[쓰이가 그를 혐오스럽게 힐끗 쳐다본다. 갑자기 몸을 돌려서

서재의 작은 문으로 걸어나간다.]

지앙타이 : (고개를 저으며) 어이구, 내 말은 들은 척 하는 사람도 없네! 날 아는 체 하는 사람이 없다니까!

[지앙타이가 말을 하면서 자연스럽게 탁자 위에 반쯤 남은 브랜디를 들고 다시 방으로 들어간다.]

쩡원차이 : (조급하게) 이 봐요! (따라 들어간다.)

[멀리서 닭이 울고 개가 짖는다.]

천 어멈 : 에구!

[이때 벽을 사이에 두고 갑자기 여자들이 우는 듯한 소리가 들려온다. 쑤팡이 회색 양털 조끼를 입고 한 팔에는 자신이 가지고 떠날 털 담요를 끼고 한 손에는 인삼탕 한 그릇을 들고 서재의 작은 문으로 들어선다.]

쩡 하우 : (고개를 들고) 누가 울어?
천 어멈 : 아마 뚜씨네 나리의 숨이 끊어졌나 봐요, 제가 가서 보고 오지요.

[쩡하우가 다시 머리를 숙인다.]

[천어멈이 총총히 서재의 작은 문으로 퇴장한다.]
[닭이 운다.]

쑤　　팡 : (쩡하우 옆으로 걸어가서 조용하게) 이모부.

쩡 하우 : (머리를 들고) 아?

쑤　　팡 : (부드럽게) 이모부께서 원하신 인삼탕이에요. (건네준다.)

쩡 하우 : 내가 달랬니?

쑤　　팡 : 네. (쩡하우의 손에 건넨다.)

[갑자기 큰 객실로 통하는 문으로 위애위앤이 살그머니 등장한
다. 여전히 원래의 옷을 입었고 다만 치마와 같은 색깔의 짧은
외투를 더 껴입었을 뿐이다. 목 깃에는 검정 바탕에 흰 점이
박힌 비단 수건을 헐렁하게 메고 있고 손에는 '뻬이징'인의 그림
자를 오린 종이를 들고 있다.]

위앤위앤 : (문 앞에 서서 낮고 급하게) 날이 밝았어요! 빨리 떠나요!

[위앤위앤이 웃으며 곧바로 그림자를 오린 종이를 들고 들어가
고 문이 닫힌다.]

쩡 하우 : (한 모금 마시고는 소파 옆 탁자 위에 인삼탕 그릇을 놓는다. 약하게 긴
　　　　　숨을 내쉬며) 아이고! (머리를 숙이고 눈을 감는다.)

쑤　　팡 : (관심 있게) 좀 괜찮으세요?

쩡 하우 : (분명하지 않은 소리로) 그래, 그래—

쑤   팡 : (애처롭게) 전 가요, 이모부.

쩡 하우 : (머리를 끄덕이며) 넌 가서 좀 쉬거라.

쑤   팡 : 네, (느리게) 전 가요.

쩡 하우 : (아주 피로한 듯 금방 잠이 들것 같다. 낮게) 그래.

[쑤팡이 몸을 돌려 몇 걸음 가다가 다시 고개를 돌려 허약한
노인의 불쌍한 모습을 본다. 견딜 수 없어 다시 돌아와서 자신
이 가지고 떠나려던 털 담요를 그에게 살며시 덮어준다.]

쩡 하우 : (문뜩 모호하게) 좀 있다가 와.

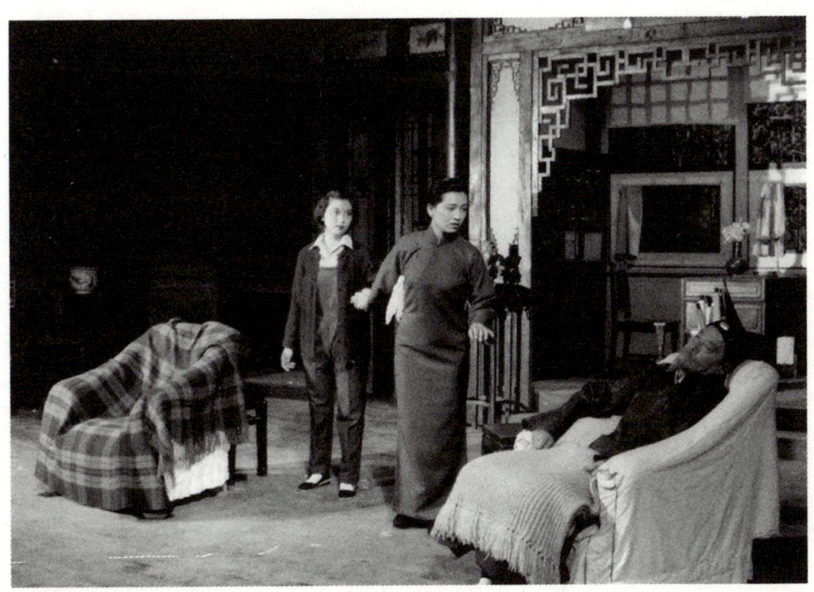

▶쩡뤄이전, 쑤팡, 쩡하우

쑤　　팡 : (눈에 온통 눈물을 머금고) 곧 올게요.

쩡 하우 : (눈을 감는다.) 또 와서 날 좀 주물러다오.

쑤　　팡 : (물러나면서 대답한다. 눈물을 참지 못하고 마침내는 흘러내린다.) 네,
　　　　　다시 오면 주물러 드릴게요, 다시 오면 주물러 드리겠어요, 다
　　　　　시 오―면― (누가 들어오는 기척을 듣고는 곧 몸을 돌려 큰 객실로
　　　　　통하는 문을 향해 걸어간다.)

쩡원차이 : (쩡하우가 졸고 있는 것을 보고, 가볍게) 아버지 인삼탕을 마시세요,
　　　　　식었어요.

쩡 하우 : 싫다, 마시고 싶지 않아.

쩡원차이 : (슬프게 위로한다.) 아버지, 괴로워 마세요! 어쨌든 다 살아가기
　　　　　마련이잖아요. (눈물을 흘리며) 기다리세요, 아버지. 내년 봄이
　　　　　되면 아버지 몸도 좋아지시고 증손자도 안아보시게 될 거고
　　　　　지앙타이의 성미도 고쳐질 거예요. 오빠도 돌아왔으니 좋은
　　　　　일자리를 구하게 될 거예요.

　　　　　[갑자기 원칭의 침실 안에서 누가 '쿵' 하는 소리를 내며 침대에
　　　　　서 떨어지는 소리가 난다.]

쩡원차이 : (무심결에) 아! (다시 쩡하우에게) 아버지, 제가 가 볼게요.

　　　　　[원차이가 곧 원칭의 침실로 달려들어간다. 서재의 작은 문으로
　　　　　천어멈이 등장한다.]

쩡 하우 : (허약하게) 뚜씨네가 ― 죽었나?

천 어멈 : 네, 죽었어요.

쩡 하우 : 눈이 몹시 아프군! 등잔을 좀 낮추게.

[천어멈이 석유 등잔의 심지를 낮춘다. 방안이 어두워진다. 큰 객실로 통하는 종이 막 위에 서서히 거대한 '뻬이징'인의 모습이 나타난다. 제2막 때와 같다.]

천 어멈 : (고개를 들고 바라보며 혼잣말로) 이 까불이 같은 위앤 아가씨는 떠나면서 까지도—

[원차이가 황급히 달려나온다.]

쩡원차이 : (낮고 급하게) 어멈! 어멈!

천 어멈 : 아!

쩡원차이 : (겁에 질려 목소리를 낮추며) 유모, 소리치지 마시고 빨리 큰 마님한테 알리세요! 오빠가 아편을 통째로 삼켰어요, 맥이 다 멎었다고요!

천 어멈 : (놀래서) 아이고! (울려고 한다.)

쩡원차이 : (그녀를 밀며) 울지 마세요, 유모, 빨리 가요!

[천어멈이 서재로 통하는 작은 문으로 뛰어서 퇴장한다.]

쩡원차이 : (진정하려고 애를 쓴다. 쩡하우에게 걸어가서) 아버지, 날이 곧 밝으려 해요, 제가 부축할 테니 들어가 쉬세요.

쩡 하우 : (일어선다. 몇 걸음 가다가) 금방 그 방에 무슨 일이 있느냐?
쩡원차이 : (애통하게) 쥐예요, 쥐들이 소란을 피웠어요.
쩡 하우 : 그래.

[원차이가 쩡하우를 부축하고 서재로 통하는 작은 문을 향해 천천히 걸어간다. 문 바깥에서 닭이 또 울고 날이 밝기 시작한다. 옆 골목에서는 노새가 끄는 마차가 느리게 굴러가고 멀리서 날카로운 기적소리가 울려온다.]

— 막이 서서히 내린다.